U0903128

云上

再见啦！母亲大人

不良生　著

北京出版集团公司
北京十月文艺出版社

新经典文化股份有限公司
www.readinglife.com
出　品

写给妈妈

序

是入山，是眠河，是靠岸

一

假如可以有重来，我宁愿永远都不曾写这一本书。

就像美国作家威廉·麦克斯韦尔在上个世纪的《妈妈走的那一年》一书中写的："关于我母亲的死，我再也没有什么好说的了，永远。"

是啊，再也没有什么好说的。

人世间有千千万万种能够煮酒话梅、成篇入味的书写题材。可以写美食，写旅行，写恋爱，甚至是写鸡汤。可我却写了这样一本书。

在这个所有人都想过得轻省、善忘、通透和松散的时代，我写了这样一本无关美食、旅行、恋爱、鸡汤的书，一本追忆和悼念母亲的书。

母亲走后，两年以来，从春入冬再到春，我用了很多时间、心思与精力来记录这些絮絮叨叨。在每个清晨，每个午后，每个傍晚，每个深夜，想起从前那些与她朝夕相伴的时光，然后静坐下来，将它们一一整理、累积、留存。

正如在初衷里所述，这么做是想要无力地去挽留住那些消逝的时光。

“因为记忆太汹涌，它们会时刻淹没我，然后又迅疾抽离，让我怅然若失。也因为记忆到底是个不可靠的东西，我知道它们总会一点一滴慢慢淡却。我不知道自己哪天就会遗忘。书写下来之后，就好像可以一直拥有着。”

这些碎片式的章节，片段性的回忆，流绪化的情思，终究汇合，以及相逢。

所以我想在每个人的生命里，都有一些不得不说的话，不得不表达的爱，不得不经受的告别。它们仿佛是一生中必须要做的重要事件之一。而写这一本书，就是我的“不得不”之一。只有当我写下来，人生才能继续向前走下去。

这，也许就是我为什么要写《云上》的答案。

二

写作的过程如同攀山，如同渡河，如同离岸，并不轻松，途中经历“春”“夏”“秋”“冬”“再相见”五段路程，这同时也是书里的五部分，五个章节。

一些记忆会随着时令更替此消彼长，情绪也会随之起承转合、汹涌寂灭。

完全摈弃了以往的任何写作技巧和修辞手法，始终在克制叙述，提醒自己切勿将它写成一本渲染苦难、泛滥煽情的肤浅之书——哪怕像这般想要跳脱出来、清醒冷静，是一件很不容易的事。而在几度易稿时，我也避免使它变成一件遣词造句、过分雕琢的精美的工艺品。好在，它并不是。

这本书更应该是一件有情意的纪念品，具有朴素、笨拙、本原的模样。

初稿近二十万字，删去几万字后，使文章的面貌脱落得更内敛隐忍、节制和哀而不伤。改稿的过程似乎是几度将母亲走后这一年里我走过的路，再重新痛苦地体历一遍，如同挫骨蚀肉、还魂归冢。但，它需要这样的重塑与隐遁。而那些删去的句段，是割舍，是掏剖，是缝合，是挽留，也是放手。

如同我终于能够体会，面对亲爱之人的离去，难的是“挽留”，更难的其实是“放手”。是时候了，该给自己一个期限，也给离去之人一个期限，告诉自己：到了该“放手”的时刻了。

很多读者在网上已读到一些《云上》的片段，纷纷留言，说感同身受，说共鸣慰藉，更多的是道谢，说学会了在往后的岁月里，如何陪伴老去的家人。

这是我未曾料到的它所带来的微薄的力量。

这样的力量使我沮丧。这本书终究成为一个载体、一瓶催溶剂、一只渡轮，唤醒他人内心对于母亲、对于亲情最原始的柔软，对我而言，却再无机会。

这样的力量也使我庆幸。这本书终究成为一个契机、一瓶良药、一扇门窗，唤醒他人更加珍惜眼前人，珍惜与所爱之人在一起的当下的每一刻。

如果你还有机会，如果你还来得及，那就去及时诉爱，及时珍惜。毕竟，我们与所爱、所牵挂、所依赖的人，总是会分开的。

我只是这世间一个寻常人子，而这本书就当是一个儿子写给他母亲的最后一封情书，倾诉着他对她的思念、愧疚、感怀与爱。

写了很久之后，某一天像是恍然大梦，我忽然认识到这场书写的局限性。我以为可以用书写的方式给母亲的一生做一些纪念，其实只是给自我的一场救赎。

我只是希冀在这样的写作里找到自我解答与解救，如同一场属于孤独者的，旷日持久、看不到出路也无须出路的修行。它只能是我的一场自愈。

如同攀山，最后入山；如同渡河，最后眠河；如同离岸，最后靠岸。

只能如此，除此以外，别无归途。

三

距离二〇一七年春天出版《云上》初版，已经过去了三年。今年也是母亲往生后的第五个年头。而《云上》，也推出了它的新版。

这两年，自我人生的最大改变，是离开了小城，离开了与母亲朝夕相伴地生活过十多年的地方，也离开了当初日日夜夜写作《云上》初稿的那个房间。

重新回到南京生活，却并没有割弃了往昔的感觉。将记忆打包，轻装上路，无论我活在哪里，她已久久地活在我的心里。有句话是这样说的，“唯爱不死”。依凭着这爱，我可以继续走下去，走到更远的远方。

我想我终于将她，这世上最爱我的那个人，永远留在了岁月里。

纵使很多很多年过去，也会有后世的人某天偶然随手拾起墙角一本沾满灰尘的《云上》，掸落、翻开，然后读到这样一个母亲，她曾如何存在过。

那时，她又重新被“唤醒”。她会在漫长的星河变幻更替之中“不朽”。

多好啊。

二〇二〇年，在人类历史上是一个开头并不太顺遂的年份。但期盼它能尽快好起来。就像《云上》这本书里写到的那些绵密、琐碎却温柔的小事，那些奔跑的，跌倒的，相拥的，离别的，耀目的，黯淡的，沸腾的，熄灭的，坚硬的，柔软的，冷掉的，热烈的，难过的，欣喜的，都是“我们”，和我们存在的此时此刻。

平凡人生，自有力量。愿《云上》曾给予你我力量。

我妈说过，我从小就嘴拙，不知道怎样把爱说出来，也不知道怎样让泪流出来，将自己的真情意告诉别人。但这一次，我要谢谢一些朋友。

感谢 Yoyo、凌立，以及出版社的一众编辑们，都对《云上》这本书给予了很多包容、鼓励与支持，使它呈现最终的厚重与美。

谢谢读到这本书的每一个人。你们都与我、与这本书为伴，在这一条星河明灭如秉烛夜游的路上，我们曾并肩而行。

从二〇一七年《云上》的初版，到二〇一九年影视化的进程，再到二〇二〇年《云上》的新版。人生的河流一直在往前流动。而流动，带来崭新希望。

你看，我们终于再相逢。

四

最后一行，依然是这一句：

谨以此书，献给我的母亲。

不良生

二〇二〇年二月十二日

目录

春

从此你在清风
我在明月
便是清明

1

母亲走的那天，是春寒料峭的三月。

三月十二日，阴历正月廿二，元宵节后的第七天，也是公历的植树节。在人类漫长的时间史上，这是再寻常不过的一天，但却是我与母亲的断代史中最不寻常的一天。

这一天之前，她还是母亲，我还是孩子；这一天之后，她飞天，我孤零。

我知道从此以后，我的人生更换了景致与轨迹，一切都将不复从前。

这也是我所在的岁月里，最迟迟暖和起来的一个春天。

2

母亲走后的第十天。

我像往常很多个早晨一样睡醒，在卫生间刷牙洗脸，在餐厅吃早餐，把被子抱到院里长满植物的花坛旁的衣架上去晒，坐在客厅打开电脑浏览网页。

独自一人在房屋里的各个房间走动、环顾、张望、整理、收拾，有条不紊地继续活着，像一具行尸走肉。

每个房间与角落都有你的气味，每一件布置与摆设都保留着你在时的老样子。

我觉得我好了。我觉得我没那么伤心了。

3

前几天走在大街上，路过从前与你一起逛过的许多小店。

我们一起吃过饭的餐馆。骨浓坊火锅店、安乐鸭血粉丝汤馆、吉祥馄饨、福润早点，都是些平民的小吃店，但当时你总舍不得花钱。我哄骗你说我有折扣券，不用的话就过期，浪费了可惜。你才肯乖乖跟我去。

还有我们常去的超市。每逢周末双休或者年节，母子结伴去采购，然后满载而归。

我从这些店门口路过，路过我们一起靠窗坐过的位置，路过你等我去锁电动车时驻足停留过的树荫。仿佛你还坐在那张椅子上，仿佛你还站在那片树荫下。

这么多承载回忆的小店，往后只剩下我一个人，我不想再走进它们了。

4

你在二十九岁的时候生下我，又在我二十九岁的时候离去。

我五岁时，你与那个我该叫他父亲的人离异，带着我离开小镇，去往另一个县城。我们没有房子，二十几年来先后租住在各式各样的民居。

我在纸上列出清单数了数，你带着我搬家的次数，这一生竟有十五六次。

搬家，有时是为了告别一段过往的人生，有时是你打听到另外一处房租更低廉的小屋，还有时是因为房东有了别的打算，不再继续租给我们。

瘦瘦小小的一对母子，在不停地找住所，不停地找安栖之地，不停地搬家。

你借来了三轮的平板拖车，将为数不多的几件家具搬上去，捆绑严实，在车前握着车把一步一步吃力地拉着，我在车后扶着那些摇摇欲坠的家具。在那些岁月，“搬家”两个字写满我们动荡漂泊的人生。即使不算居无定所、颠沛流离，我们也是一直在路上，一直在迁徙。

前年十一月，我们最后一次搬家，从原本两间加起来不过四十平米的平房，换到现在这有院落、有阳光的大间住宅。我们这才有了各自独立的房间，家里有了分配清晰的客厅、餐厅、厨房、卫生间、储物间、卧室。

妈妈，我们终于有了一个家，一个属于我们自己的家。我们在新家里一起度过了两个并不舒心的春节。然后你走了。家，变成了空荡荡的大房子。

5

你走后的七天里，家里各种喧嚣闹腾。我其实并不喜欢那些丧葬事宜的繁缛仪式。

当着旁人的面叩拜、烧纸、供饭、呼唤你归来，像是生者的表演，我总觉得刻意了些。但我还是会按照地方风俗习惯，尽量做好你身后事的每一个细节。

只有他们都走了，留下空旷的屋子，那些我与你独处的时刻才是真实的。

你才是你，我才是我，母子才是母子。

我才能与你说说心底话，如同以往无数个母子相伴的、静谧温柔的夜晚。

6

以前听人家讲过这样一句话：天要下雨，娘要嫁人。

说的都是人生中一旦遇上便无法逃避、无法改变的事情，仿佛有种大势已去、回天乏力的壮烈感。

而现在我才明白，这两桩事，都是寻常，都是小巫，都并非切肤之痛。

妈妈走了。这四个字，才是人世间最彻骨的大痛。

才是最挽留不住的叹息。

7

你走之前那几天，疼痛反复、口齿不清、嗜睡，总是闭着眼，但神志清醒。

你不允许我再对你说任何表示亲昵牵挂的话语，你是否担心我放不下？

三月十二日你走的那天中午，我俯身浅浅地抱着你，小心翼翼地问，妈，我可以亲亲你吗？

你点点头。我低头亲吻你嘴角两边早已瘦削的脸颊。

然后你把嘴唇噘起，就像我小时候你满含爱意地亲吻我一样。

我吻你布满皱纹的干涩的暗红色的唇，我们互诉“我爱你”。

妈妈，那原来是今生今世与最亲爱的人，温柔的、痛楚的、告别的吻。

8

弥留之际，你让我抱抱你，你也要抱抱我。

你已经再也没有力气搂住我了，你让我将你枯槁的双手放进我的口袋里。

这样，在我抱着你的时候，你也好像就能使出全身的力量紧紧地抱着我。抱住，好像就可以不分开。

然后你什么也没有再说。我知道，你心里舍不得。你担心我往后的人生：有没有吃饱，有没有穿暖，有没有好好过。

你疼爱了二十九年的孩子，怎么舍得丢下。

可是啊，你再也撑不下去了。

9

在储物间放杂物的纸箱里，找到搬家时带过来的一小袋你的黑发。

应该是大前年你在医院化疗时，大把大把地掉头发，我保留下来的。当时你还是黑发，不像后来这两年几近灰白。

感激涕零。这是此生你的血肉发肤留在这世间的依然鲜活的一件证物。

也是如今我唯一能拥有的，来自你本体的肉身的维系，就如同我曾脱胎于你孕育十月的母体。

我将这袋头发捧在手里轻轻握紧。我会珍藏着它们，一直陪我终老。

10

她就躺在那儿，躺在客厅布置的灵堂中间，寿衣穿戴整齐，一动不动，像个安详睡去的大红胖子。我有些走神。我幻想她只是睡着了，我仿佛能看到盖在她身上的红布随着小腹的呼吸而微微起伏。四周花圈陈列，挽联上写着奠辞，以及我与亲戚们的名字。

望着亲戚们匆匆找人写好的白色挽联，我心想：花圈上的毛笔字好丑啊，妈妈看了一定也不喜欢。

我守在母亲身边时，亲戚们不让我再触碰母亲的身体。“会让她走得不安稳。”他们说。可，那是我的妈妈啊。

母亲走的那天夜晚，我没有守整夜。前一晚在医院通宵未眠，加之那段时间身心俱疲，舅舅们提议轮流守夜，只让我上半夜陪着母亲。也许真的是脑中的弦绷得太紧也太累了，后半夜我回了房间迷迷糊糊倒下，果然睡熟了。

上半夜守灵的那晚，我摸了母亲的手指。并非想通过摸她的手使自己得到安慰，而是幻想着想要验证她的手指还是热的、还有温度，那样我就可以告诉自己：哈，母亲还活着，她只是难受和疼痛得不想动弹，她只是睡着了。然后她还会像之前很多个深夜那样被我的轻微声响弄醒，看我一眼，喃喃地说：怎么还不去睡觉呀，我先睡啦。接着她稍稍侧转身子，继续合上双眼睡去。

于是我偷偷摸了一下母亲的手——可是我没摸到一只温热的手，只有微凉、坚硬、光滑的手指，握着一束香。我沮丧地站起身来，被周围布置的灵堂、烛火和哀乐拉回现实。我知道了，她不在了。

11

我摸着母亲的手，并不觉得特别难过，也不觉得冷。仿佛母亲还在我身旁，还会用手温柔地摸摸我的后脑，像从前一样。

那是抚摸着我长大的温柔的手，是以前我握过无数次的手，虽然因为长年的辛涩操劳而皮肤褶皱、指甲生硬，甚至手心生茧、手背皲裂，并不是一双明润如玉的光滑的手，但这双手很温暖、很有力量。摸着母亲的双手，这些年因为频繁扎针输液而损伤的血管与青筋此时此刻也变得平和。

母亲的手，在她走的两天前，最后一次抚摸过我的头发。

那时母亲已坐卧难安，整日闭着眼，昏沉嗜睡却无眠。有一天她坐在床边，低头弓着腰身，呼吸短促艰难，手脚和腿臂都在打颤。母亲喃喃说："我怕是不行了。"我伏在母亲腿上搂住她，想给她一点稳定气息的力量。

母亲垂着头坐着，微微眯着眼，早已全没有了精气神，这时却抬起手，轻轻为我掸去头顶一小片不知从何处沾染来的毛屑。

然后母亲又坐着闭上眼，恍惚睡去。她太累了，却仍顾及要为孩子擦去最后一点尘埃。

12

几年前出版第一本书，书里写过一篇《我的母亲》，一直不好意思拿给母亲看。

其实在写作之初，我曾有一次对母亲说：我要把你写进我的书里。她好似作不情愿之势小声念叨了一句：写那些做甚。但心里也许多少有了几分期待。

其实在书尾最后一句，我郑重其事地说：谨以此书，献给我的母亲。但直到我拿到样书，直到它出版，我也没有把这本书、这一篇，拿给母亲看。

也许每个孩子在母亲面前，都羞于表达自己的爱、负疚与忏悔。我遮遮掩掩，把书藏在床头柜的抽屉里。

后来我才知道，孩子藏的东西，有什么是母亲不知道的呢。我能预感得到，其实母亲早已在某天我出门去上班后，偷偷地读过那一本书了。

13

母亲从未当着我的面夸过我，数落倒是不少。

她或许在别人面前吹嘘过自己的儿子，也听不得别人讲半点我的不好，却从未在母子独处的时候表扬过我。

我刚升初一那年，九十年代末，在一本叫《中学生博览》的杂志上发表处女作，得到第一笔稿费，好像记得是三十块钱。那天母亲陪我去邮局兑现汇款单，路上遇到熟人阿姨，母亲大声地打招呼、告知因由，眼角眉梢全是喜悦。

后来参加市级作文大赛拿奖，母亲说要看看我得奖的文章。那是一篇议论文，母亲胡读一遍，挑刺儿似的指着一行笑着“揶揄”我：瞧这词语用的，啥“恶劣”不“恶劣”的，这词儿多土呀，压根儿不美。我老羞成怒，与母亲嘻嘻哈哈回嘴一番。再后来，这次作文里的“用词事件”成了母子俩之间一桩时常被翻出来说笑的旧故，每每被她拿“恶劣”来“揶揄”我，我俩都哄笑一番。

家里有一摞我参加省市各类作文大赛的大红丝绸面儿的证书奖状，母亲都细致地用薄膜纸包好。我在外念书而没有陪她的那四年，她把它们一字排开挂在墙上。

还有我前年参加一档综艺节目夺冠，那天录制完节目已至夜深，我一回到宾馆就忙不迭第一时间给母亲打电话报喜。母亲在电话那头听了也很高兴，语气里满是沸腾——那天深夜，那个在电话那端语气兴奋的鲜活的真实的母亲，怎么现在就不在了呢。这期节目播出后，母亲逢人来家里做客就打开电视找那期节目播放给人家看，还领着去看摆在家里至今未拆封的万元家电奖品。

嘴角漏笑，神采飞扬，是母亲抑制不住的满心骄傲。

而我再回头看，却都是些微薄的、渺小的，抵不过辜负了她太多的骄傲。

14

小时候，我是性格孤僻的孩子，喜欢沉默地站在一旁。

每次我受了委屈，母亲总奋不顾身冲上去保护我。我是如此依赖她。相反，成年后，一定是我不够保护母亲，才没有留得住母亲在我身边安享更多年月。

念小学时，有一回因为抢玻璃球跟邻居家的小孩扭打，我扯着嗓子对着家门喊：妈妈，快来帮我打。母亲不明就里，真的火急火燎地跑出来了。

去年有一晚坐在老去的母亲身边，我们聊到这件小事，都笑了。母亲说：现在还会喊我帮你打架么，妈妈打不动喽。我又笑了。

扭过头去，眼里不知道为什么噙满了泪水。

15

留着四组票根，是带母亲去电影院看过的四场电影。

第一次带你去电影院，是看《钢的琴》，电影里的父亲要给女儿做一架钢琴，但还是没能留住女儿。人生有很多事，即使没有抵达圆满的结果，至少也用力去做过。那天你在给我织一条围巾，随身怀揣着毛线团跟在我身后迈进放映厅。在黑暗的座椅上，你一边盯着大银幕一边双手穿针引线盲打不停，好神奇。

第二次是去看《北京遇上西雅图》。进场之前，我微微担心你不喜欢汤唯饰演的小三角色，但我知道你很喜欢吴秀波。他满脸白花花的大胡子装扮，让你辨认了好一会儿，才高兴地说：嗯，不错，是他。

第三次是看《归来》。当巩俐跟陈道明在天桥上遥相呼喊却不得靠近触摸、相见相拥时，我偷偷望向你，你眼中噙满了泪。最后一幕，两个老人并肩倚靠着，在风雪茫茫的天地间站成两座雕塑，就像我在电影院里倚靠着你。我在你耳侧说，陆焉识可以这样一直陪她到老吧。你轻声说：是啊，他们就这样到老吧。

最后一次带你去看电影，是在你去世的五个半月前，我们一起看了《亲爱的》。你很喜欢这个讲述亲情的故事。直到走出电影院，你还仿佛没有回过神来，惋惜地感叹道：唉，为什么就不能把那个小姑娘给赵薇收养呢？

那个时候你的病况就已经暗暗加重了，常常受不住放映厅里轰隆隆的音响。

而我以为是我在带母亲去看电影，其实也是你在陪着我，你想多给我留一些彼此陪伴的美好回忆。即使你身体不舒服，气力衰退，也一路陪我看完了这四场悲欢离合。

16

以前我做的家务活太少了。每当我抱着电脑在桌前写稿，你总是一手提着拖把一手拎着水桶走进我的房间，唠叨着说“你啊，房间乱得像狗窝一样”，从我的床下扫出好多毛绒灰尘，将我的房间打扫得明亮清爽、一尘不染。

以前你总是闲不下来。每次我把才穿过两三回的衣服挂在衣架上想隔几天再穿，回到家却总发现被你洗干净了，摇摇晃晃地晾在日光下的衣绳上。那时我还有些埋怨：明明一点也不脏啊，明天还要穿呢，湿嗒嗒的怎么办。

以前你一直催促我早点睡。当我在房间里熬夜写稿或者观影看剧到夜深时，你会佯装生气地冲我喊：又朝着十一点数啦，又朝着十二点数啦。你心疼地说，丢下稿子睡吧，明天再写。或者你用商量的口吻说，今天别写了吧，身体吃不消，快些睡吧。我嗯嗯啊啊、支支吾吾地答应，又继续磨蹭许久。直到你真的生气了，黑下脸来，我才乖乖听话，关机，起身，上床睡觉。

你走以后，我却不再熬夜了。有时看着电视或者翻着几页书，早早地就睡了。

我想，我是想念你的唠叨了。

17

我与母亲之间，有两个“五年”。

我在外念书四年，留在南京工作一年，加起来，这是母亲最孤独的“五年”。

独自抚养大的孩子要飞，把她一个人丢弃在小城。只有寒暑假才能团聚。在那五年里，她在苏北的小城，我在南京的郊区，我们之间隔着由一条长江和无数的高楼大厦、村庄田野切割开来的一百七十公里，坐车要四个多小时，不是太遥远，但也不算切近，我们被分隔在这不远不近的苍茫空间里。

时间再往前推，我念高三那年，母亲刚做完第一次手术、结束第一期化疗，本该休养，却在之后这五年里为了我即将需要的大学费用没日没夜地操劳。

后来听邻居奶奶说，那些我不在家的日子，母亲做好几份工。她白天在工厂或者医院辛苦打工，晚上在家接外贸手艺私活劳累到深夜，睡眠很少，饮食也敷衍。别的大人上班就算再辛苦，还三班倒呢：白班，夜班，休息，可她却完全没有。除了胡乱扒几口饭、短短睡几个小时，其他时间她就一直在奔波劳累，压根儿没“三班倒”，她是“三班全上”。母亲是心里有甘愿有期盼有寄望：等我好了，她也就会好了，苦日子总会熬到头的。

大学毕业回到小城、回到母亲身边，是另一个“五年”。我们终于重新朝夕相对，不再被那一条长江和无数的高楼大厦、村庄田野切割开来的不远不近的一百七十公里分隔开来。我们共同度过了相爱、争吵、亲密的五年，也是最后的五年。

妈，我现在一切都渐渐好了，可是再也没机会对你好了。

18

母亲走前第二十二天是大年三十，她给我做了一顿年夜饭。

那时她的身体已很虚弱。我说自己可以炒几个菜，但她还是执意爬起身来进厨房帮忙。炖三黄鸡、土豆烧肉、红烧鲢鱼、烧杂烩汤，都是母亲在忙活。我在一旁做冷菜拼盘。

烧菜过程中，母亲几次体力不支、难受得想吐，伏在厨房案板上喘息，歇息片刻后又起身继续。我推她去休息，她不依。等忙完这些菜，窗外别人家已是鞭炮礼花齐鸣。母亲支撑不住了，回房间躺下休息，饭菜都没吃上几口。

我从不知道一大家子人一起围桌吃饭会是一种什么感受。我只知道，此前很多个除夕夜，即便家中只有我们母子两人，但她有我，我有她，便是团圆。母子二人，吃团圆饭——很多年，我们都是这样过来的。

这是母亲做的最后一顿年夜饭，也是她与我过的最后一个除夕夜。

19

年夜饭里有一道菜——炖三黄鸡。

除夕前几天，我去巷子里的生禽摊买了只宰杀干净的鸽子，想着可以给母亲炖汤喝。母亲几年前刚做完手术后，也喝过亲戚们炖的鸽子汤，所以我以为鸽子汤能大补，也以为母亲只要多喝汤，身体流失的营养、脂肪还会复原。

母亲躺在小屋，见我买了鸽子回来，愠怒地责备我。她挤出力气喝令我去换一只三黄鸡回来。母亲其实是心想着鸽子又小又贵，不划算，不够两个人吃；三黄鸡也可以炖汤喝；更重要的是，母亲记挂着她的孩子喜欢吃炖鸡。

后来我又买了一只三黄鸡回家，那只鸽子偷偷让舅舅带回去煲好了汤重新送来给母亲喝。我们哄骗母亲说，这是野鸭汤，母亲才乖乖地喝了几口，又沉沉睡去。

20

我从未带母亲出门旅行过。

相反地，是她带着小时候的我辗转迁徙过好几个小城小镇。

成年后，我与母亲仅有的几次出行都不是旅行：十年前，念大一前那个暑假，我们去南京，为了我即将开始的大学专业课程申请转系。我们坐在破旧的夜班慢车上靠随身带的泡面和煮鸡蛋果腹，困了累了就蜷缩在车厢狭长空旷的座椅上打瞌睡；深夜到了南京，赶夜班公交，没有座位，急刹车时，刚做完手术化疗才一个月的母亲没有抓稳扶手，一个踉跄回旋重重摔跌在地；第二天从校办离开，我们摊开报纸，坐在天桥上，看喧嚣嘈杂沸腾的人流车流，等下午返程的火车。四年前的冬天，我们去上海给母亲做骨扫描、找专家问诊，舅舅接我们借宿在莲安路的狭小巷弄里。两年前我们去南通，也是看病。

除此以外，再无一起出行，更谈不上旅行。

大四毕业第一年，我留在南京租房、工作。母亲想过来，一是不放心，要来照料我，二是也想出来散散心。她一个人蜗居在小城太寂寞了。可我觉得我那时候连养活自己都很困难，硬是没肯让她来。

这两年，她偶尔会半开玩笑地念叨说：“你瞧人家孩子都带妈出去玩，现在我自个儿腿脚走不了了，也不想那个心思了。”我安慰她说：“妈，等下个暑假，我带你去就近的哪处景点转转。”——这终究成了谎言。

21

这么多年我们是怎么过来的，是母亲掐着手指、精打细算过来的。

哪里的商场有打折促销，哪里的卖场有清仓甩卖，哪里的超市上午有限时抢购，哪里的菜市傍晚有买一送二，母亲全都计算在心里，飞奔而去。无论是早晨排在大润发门口等候开门的长长的老年队，还是一袋一袋运回家的一块九毛九一斤物美价廉的大米，货比三家，不嫌劳累，也不浪费每一分不该多花的钱。

很多次，我跟在母亲的身后都会觉得很难为情。母亲也让我不要陪着她排在那条长长的、都是些老爷爷老奶奶挤在一起的队伍里，叫我站远一点等她，或者是先到别处转转。等她买完出来，我们再在超市里的某一处拐角会合。

母亲还乐此不疲地办理了各种超市、商厦、卖场的会员卡，就为了图有优惠换购、积分抵现这样的小便宜。那些精美的塑料卡堆起来，能有厚厚一摞。

又有时，超市卖场搞活动，购物小票只要满多少元就能抽奖一次或者低价换购。母亲和我像一对“小市民”一样，在出门前就盘算好要买的生活必需品，甚至细细罗列写在纸上，以凑足“达标”金额，期待抽奖时会有好手气。

正是这样一个过完今天筹谋明天、会计算生活的妈妈，一点一点把我养大。

22

母亲爱吃蛋糕上面那一层又甜又厚又滑又腻的奶油。

她生病后，我告诉她：那种人造脂肪啊，对你身体不好，要少吃啊，要少吃。母亲就乖乖听话，很少再吃了——现在想来，这却也是我“部分剥夺”了母亲对她所喜爱的美食的享受。

最后那几天，母亲像是惦记奶油蛋糕。我跑去超市买了一个小小的蛋糕杯。

心里想着，等过几天再买一个大点的圆形多层蛋糕，上面有厚厚的奶油，回来跟母亲一起吃，也当是提前过生日。明年我三十岁，后年她六十岁。

后来没等到大蛋糕,母亲就走了。那只小小的蛋糕杯才吃掉一半,还搁在冰箱里。

再后来我独自吃完剩下的半杯小蛋糕，就好像我与母亲提前给彼此过生日了。

23

母亲的手机号码至今还保持通畅，我舍不得去办停机。

以前我在南京念书，开通了与她的亲情号码业务，这几年我在她身边，每天都能见到面、说到话，我也没有关掉。虽然每个月我们都有五百分钟的免费通话时长没怎么使用，可这让我安心。

妈，往后我的手机不会再亮起你打来的未接来电，你的手机不会再收到被我设置成奶声奶气搞怪地喊你一声“妈妈”作为提示音的短信了。

可是啊，我不想去停掉你的手机号码。

24

每个孩子小时候总是容易生病的吧。母亲说，要把一个小孩养到大，多么不容易。

她说我小时候有天深夜发高烧，病情危急。

她无人可以求援，抱着我冲出门往医务室跑。一路要穿过小镇长长的斜坡和长桥,跑了好远才到小镇另一头唯一的医务室。那时候,她抱着的是她全部的生命，她的整颗心一定跳得汹涌而剧烈。

而我愧疚，在母亲这几年病痛缠身时，我却未曾像她那般赤诚热烈相待过。

25

我童年时，母亲在小镇家里开过一个小商店谋生。

是那种玻璃柜台垒起的小卖部，陈列着各种零食、糖果、玩具、日用品，从一个侧门走进去，身后是木质橱柜，摆放着待售的烟酒、饮料和油盐酱醋。

有时她去批发部进货，有时她被邻居们喊去帮忙剪裁衣服，有时隔壁小阿姨小姐姐过来，叫上我们一起去小镇上唯一一家影剧院看诸如《妈妈再爱我一次》这样的大热催泪重映片子，我都主动“请缨”说要留在家中看店。她不在家的那些“黄金时段”，就是我的辉煌时刻。我可以肆无忌惮地偷吃货架上的零食：蔗糖、椰子糖、话梅糖、山楂片、火腿肠、虾条、果冻、神龟粉、萝卜丝、雪饼和仙贝，或是为了凑集一整套金庸人物卡而拆开好多包小浣熊即食方便面，以及那时在班里风靡一时的“九五神雕”“九七天龙”画片。

家里有一张白色的棕绷床，母亲摆在小店门口当货架摊用，上面堆满各类零食。有一次我背对着门口正吃得津津有味，没留神母亲回来了，站在我身后逮了个正着。我佯装辩解，却很快投降认错。母亲“不屑”地说：“你呀，还穿开裆裤时，要是突然站着不动，表情奇怪、神色慌乱，我就知道是要屙屉屉了。你还能有什么事，是我不知道的？”我顿时语塞。真是“知子莫若母”。

再后来有一次，我偷偷从柜台上母亲专门用来收支的那只木头抽屉里拿了几块钱硬币——不是像小伙伴们一样去买烤串或者去泡游戏厅，竟是去买喜欢的明星卡片。这一次又被母亲发现了，被她一路打着哭回家。

这是母亲的严厉，她绝不允许她的孩子在做人品质上养成陋习。

妈妈，我想再做错一件小事，会不会“逼”你回来骂骂我？

26

家里有一只巴西龟。几年前母亲带它回来，暖和季节水养，寒冬时把它埋在罐装的黄沙里冬眠。在母亲走后第十六天，小乌龟也走了。

母亲爱惜过的小生灵，母亲带回家无微不至养了五年的小生灵，我没留住。

也许是母亲寂寞了，担心我不会把乌龟照料好，便把它带走，到天堂陪着她。也许是乌龟通灵，它找不到女主人了，就用这样寂静的方式与我告别，与母亲重逢。又或许，母亲其实很希望我能把她留下的乌龟养好，我没有做到，我辜负了她。

后来我将小乌龟埋入花坛边上一只深黑色的花盆里。

爱过的人，中意过的事，喜欢过的物件，都是这样一点一滴从身边消失的吗。

27

工作后的四五年，我给母亲买过很少的几件衣服。

买回来她都会生气，责怪我花这些“不必要的钱”。她虽然很少穿，却都细致地收放在衣柜里。

有一套深紫色的 M 号保暖内衣，买回来一直到她过世，都没穿上过。她这一辈子，宁愿每年冬天都穿那种老式的棉毛衫、棉毛裤。

即使夏天，母亲也穿不惯那种“袒胸露背”的圆领短袖衫。给她买过两件有衣领的长袖方格衬衫，一件深蓝格，一件绛红格，母亲很满意。她常穿深蓝格那件，绛红格那件一直舍不得穿。如今，我把这两件衬衫还整整齐齐地挂在母亲的衣橱里，干干净净，看起来像是崭新的一样，闻起来却有母亲的味道。

前年冬天，给母亲买过一件喜庆的红色唐装棉衣，有着好看的盘花纽扣、灯芯绒的袖口与立领、中国风的牡丹花图案。母亲很是喜欢，憧憬地说等我将来婚娶时，她就穿这件棉衣。最后这个大年初一的早上，母亲主动提议说，想穿上这件棉衣——那时她已气力虚弱，也许是想到以后再没有机会穿上它了吧。穿上它，到底也算一种夙愿的慰藉，可以给孩子留下一眼她穿过它的样子。穿上这件棉衣，母亲的脸上仿佛也映出一点鲜活的光泽。可才穿了片刻，母亲又不舍地换下了。走的那天，我将这件棉衣给母亲穿在了寿衣里。

无论是母亲年轻时候珍爱的衣物，还是我工作后给她买回来的衣物，她生前几乎都没怎么穿。打开母亲的衣柜，好多件衣裤都崭新如一，被妥帖和爱惜地折叠、悬挂、收藏着，她甚至连一次也没有穿上过。回想起来，黯然失落。

28

以前很多次，母亲好好儿的时候，跟我说过：

以后不管我怎样了，就算有一天不在了，你都不要哭，不要把自己弄得可怜兮兮地给人家看，你还要好好地过下去，晓不晓得？

每次我都嗯嗯啊啊地答应，然后说：还早呢，不说不说，还有五十年，这是五十年之后的事。母亲带着笑说：好的，好的，五十年之后。

然后我们都刻意回避这个话题。不提及，也就好像真可以再有五十年。

29

母亲满脑子机灵，比我的“榆木脑袋”聪明多了。

比如打扑克牌，母亲会的玩法比我多比我全比我精通。这么多年，我的牌技一直停留在一种叫“跑得快”的玩法上，而母亲会各种玩法，比如“八十分”“斗地主”和后来风靡小城的“掼蛋”。母亲还会打点麻将，我却一窍不通。

“姊妹对”“三带一”“三带俩”“炸弹”“疯子”……母亲教我这些扑克牌里的术语。我手拙，抓牌握牌时，扑克牌松散掉落是常有的事。一副牌还好，能抓紧；若是两副牌，早就手忙脚乱。每当此时，母亲就会大笑着教我拿牌的手势。和母亲一起打牌，偶尔我赢了，便忍不住心浮气躁；母亲赢了，总是不动声色。

这几年，家务事多了，母亲很少打扑克牌了。我能想起的最后一次与母亲一起打扑克牌的时光，还是在老房子里。那一晚，我们打了四局老式的“跑得快”，两两输赢成平手，皆大欢喜，然后洗漱去歇息。

我好想回到那一晚，回到那样奢侈的时光里面。

30

从小我就是安静的小孩，太乖，太闷，不好动，也不爱打游戏，一个人能下整盘四色飞行棋；最怕体育课，家里有母亲给我备的双喜乒乓球拍、李宁羽毛球拍，我也从不去碰，更别提运动；唯有在高三毕业之后那个漫长的暑假，每天早上被母亲以锻炼身体为名“逼迫”着晨跑。但我格外爱看书。

自然是看连环画、故事集这类“闲书”。母亲在我幼儿时就不知从哪儿弄来一本薄薄的彩绘版《成语大全》让我读，绝对是不大赞成我读“闲书”的。理由也很充沛有力——影响视力、影响身心，更重要的是影响学习成绩。我就自作聪明，要么更换书皮，要么在上面压放一本课本，变着法子偷偷看。

若是母亲带我去探望外婆，我可开心了。因为外婆珍藏了一箱小人书，都用手帕包裹着，每一本都是手掌大小，除了封面彩绘，里面全是黑白的。什么《西游记》《西厢记》《珍珠塔》《杜十娘》啦，应有尽有。我会翻箱倒柜，偷偷捎几本带回来，又嫌黑白画风不好看，就用水彩笔给唐僧师徒四人细致地涂上颜色，果然精美多了。我才涂了一两页，没几天就被母亲发觉了。这些可是外婆的“宝贝”啊，母亲连忙一飞身把小人书都收了回去，等下次再给外婆妥妥地送还过去。

有一段时间，班里的小伙伴热衷交换各自心爱的连环画看。我央求母亲给我也买一本，未得应允。母亲反而鼓励我说，你去书店跟那卖书的阿姨请求，借一本看看。我当真傻傻地去了小镇上唯一一家新华书店，当然借不到。正当我羞愧地转身要走，看到母亲笑着站在身后，原来她是要锻炼我的胆量与交际能力。那天，母亲后来还是给我买了一本漫画，我记不清是《唐老鸭》还是《机器猫》了，后来骄傲地带到学校与小伙伴们交换着看，很快失传，下落不明。

还记得有一回放假，母亲某天突然递给我一套三本的崭新《故事会》。我瞪圆眼睛，不敢相信地想：妈妈怎么会如此“大赦天下”？真是破天荒的事情。我立刻如获至宝地捧到一边，一头扎进去。

成年以后，有一次我跟母亲聊起这件事，问怎么会给我一套《故事会》看。母亲想了想，笑着说不记得了。

31

家中到处都是母亲的物件。

洗手台上母亲的漱口杯与牙刷，卫生间池子旁用来擦拭水迹的毛巾，才抹掉薄薄一层的保湿面霜，洗澡时喜欢用的还剩小半瓶的沐浴乳，洗衣服用的薰衣草味的洗衣液，衣柜里围过的深蓝底碎白花的丝巾，餐厅橱柜里习惯用的小黄碗与木筷子，坐在客厅沙发上看电视时用的粉红猪靠垫，戴过的一枚翡翠色的小玉佛，给我写过的留言便笺……我都好好地收着，保留着它们原本摆放的样子。

有一天我坐在床沿，抱着仍留有母亲气味的衣物发呆，用力地深嗅。当我摸着母亲的衣服，就像摸着母亲的手臂一样；摸着母亲的鞋，就像摸着她的双脚一样；摸着母亲的毛巾，就像摸着母亲的脸颊一样。我却不知道可以怎样保存气味，让它不随时间挥发，我怕自己有一天忘了母亲的气味，再也闻不到了。

亲戚们跟我说，该烧的烧，该扔的扔。所以我将能烧给母亲的衣裤鞋帽烧了，入泥入土；将不能烧也不能留的物件扔了，入河入海。更多物件，我偷偷留了下来，藏到我的衣柜里，发肤里，灵魂里。

32

以前家里常年只有我们母子两人。买肉，两斤足矣；买鱼，一条大的回来够吃。

母亲很会烧鱼。若是炖鱼汤，她总能将汤汁炖得乳白，撒上切碎的蒜花，喝一口特别鲜美。母亲跟我说了好几次，以后做鱼汤，记得冷水下锅汤才会白，千万不可图省事加开水。

若是做红烧鲫鱼，母亲的汤汁也总是收得浓稠香郁刚刚好。母亲烧完用两个圆盘装盛，却不是她一条我一条，而是鱼头、鱼尾两段盛放进她的盘子，肉质饱满的鱼身两段盛放进我的盘子。我若是要与她换，或是夹一块鱼肚肉给她，母亲总要佯装愠怒挡开不依。这是她“强势”的爱，也是她最柔软的爱。

即使我“公正”地盛上两盘对等的红烧鱼，母亲也总是用筷子夹下她盘里的整片鱼肚肉，来换我盘里的鱼头。无论什么时候，无论我长到多少岁，在她心里都是被疼爱的孩子。她用鱼肚肉换鱼头，她这样表达她的爱。

33

最后一两个月，母亲“逼迫”我独自做各种饭菜。

我手拙，写得来三流文章，却烧不出一等好菜。比如焖大米粥时水放少了，烧青菜烧黄了，明明晓得胸腹水患者要尽量不吃食盐，却还是把汤烧咸了，像是故意跟母亲的口味对着干似的。每次饭菜做得不好，母亲尝了两口，便忍不住唠叨地数落起我来。我想，是病魔让母亲变得暴躁易怒脾气差。我安慰自己：假如这个时候病人不怨气多，还能什么时候怨气多呢。

母亲过世后我才想到，也许从很久以前开始，这么多年，母亲其实一直受抑郁症困扰。我们都忽略了这一病症，我也忽略了对她的疏导、陪伴与开解。

又过了很久，有一天我仿佛突然明白过来，最后那一两个月里母亲的“苛刻”，是她在逼我学着独立，学着过好我自己以后要面对的人生。

她用这样看似生硬决绝的方式，要我学会自己烧饭做菜给自己吃。她要把孩子逼到墙角，然后爬着站起来，强韧地活下去。

34

我与母亲都是标准的“电视迷”。

五岁时，我们租住在别人家，没有电视机，母亲有时领我去隔壁邻居家串门，看一集《小龙人》。后来上了学，我每晚“霸占”电视遥控器，母亲就只好随我看各种古装武侠神怪剧。《还珠格格》《新白娘子传奇》《粉红女郎》《神雕侠侣》也是我们如数家珍的居家必备剧。有一部叫《纵横四海》的港剧，叶德娴在里面演一个伟大的母亲，赚足了我与母亲的热泪，现在想来她与母亲眉眼竟有七八成相像。念高三那一年，紧张地复习备考，但母亲也格外开恩，准许我在吃中饭时陪她看两集诙谐轻快的情景喜剧《闲人马大姐》。

童年的每个周末，我与母亲守着电视机一起度过那些欢愉时刻：《综艺大观》里端庄大气的倪萍是我们喜爱的女主持人，载歌载舞、诙谐幽默的各种节目给我和母亲孤零零的周末时光带来许多欢乐；《曲苑杂坛》《东西南北中》编排播出时，我们意兴阑珊，仿佛那个周末少了些什么；《非常周末》里那个能说会道的小胖妞“南京秦虹村一枝花”深得母亲喜欢；《正大综艺》的“不看不知道”“世界真奇妙”带领我们用眼睛满世界旅行，那句“爱是正大无私的奉献”仍声犹在耳；《正大剧场》让我们第一次看到外国电视剧，印象最深刻的是中央电视台引进的一套墨西哥长剧《野姑娘娜塔莉》，我和母亲念着剧中长串而新鲜的人名打趣，是在那些泛黄的年岁里，简单、纯真和美好的记忆。

回到小城后这五年，我们一起看《李春天的春天》《请你原谅我》《幸福来敲门》《风车》这类优秀国产“良心剧”，也喜欢蒋雯丽、小宋佳、海清、许亚军这些演员。如果说倪萍、刘晓庆、宋丹丹、蔡明这些人名，我都是从母亲那儿知道的，后来一些港台明星的名字，母亲也都是从我这儿知道的。有段时间我沉迷港剧，《金枝欲孽》《火舞黄沙》《珠光宝气》翻来覆去看，黎姿、蔡少芬、佘诗曼、邵美琪这同一批女演员在戏里时而古装，时而现代装，时而又民国装，母亲靠在沙发上陪我看，深感脸盲。她抱怨：香港女明星都长得一样啊！

在母亲几次放化疗间歇，各种毒副反应接踵而来，我想给母亲转移注意力、缓解生理疼痛，就给她看一部德国剧《屌丝女士》，果然，她看得很开心。她仿佛忘记了病痛折磨，指着剧中那个又二又逗的女主角叫“二女”。她又羞又大笑，惊呼：这个电视剧怎么这么“流氓”啊！

母亲也喜欢看一些竞技闯关节目。每期节目，她会屏住呼吸，心情跟随节目选手的际遇而高低起伏。若是选手落水，她的心仿佛提到了嗓子眼，忍不住一声叹息；若是选手闯关成功，她也会在荧幕外的沙发上发出小小的欢呼声。

《心术》《青年医生》这样的医疗剧也能让母亲感同身受。每次去住院治疗，她都很能体谅医生们的工作与难处。可惜小城的医疗水平有限，那几任诊治过母亲的主治大夫，始终都缺少了点妙手仁心与医德医术。

幼时，我不懂每部电视剧最后一幕出现“剧终”二字的意思，母亲说，这是为了告诉观众这个故事结束了。后来，新潮剧集都不像旧时那样，在结局标注“剧终”，母亲就会讶异：怎么没有出现“剧终”呢，唔，明晚一定还有得播。

从前与母亲一起看剧，后面一集开头会重复前面一集的精彩片段，倘若回顾剧情耗上三五分钟，时长“注水”、严重拖沓，母亲也会不耐烦，嘟囔着跟我吐槽道，“这个复得太长咯”。我“嗯嗯啊啊”回应，表示赞同。

母亲接受新事物的“学习能力”其实很厉害。观影看剧，也能活学活用。比如，“翻篇”不是说书本翻开一页，而是说一件事过去了或一段关系进入新的阶段；比如，“围脖”不再是一件御寒保暖的编织物，还是一种网络社交的微博客；比如，“粉丝”不只是一种食物，更是指迷恋某个偶像的拥护者——诸如此类的“新潮”词语，母亲全都了解透彻，近乎是“新时代师奶观众”。

这些年，我总是闷头写稿，很少陪母亲煲剧，母亲只好独自看了很多良莠不齐的内地情感戏，从晨昏到日暮，再到半夜或凌晨。母亲最后这两年常常彻夜失眠，我又不在身旁陪伴，她只得彻夜守着电视剧；又或者当她接到各种诈骗电话时，也能耐心地听对方边聊边“忽悠”她老半天，至少排遣她的孤闷。

母亲看最后一部电视剧时，她说眼睛看不大清了，听着也烦心。我没留心那是疾病的进展。母亲看了三四集就丢下了，像一桩未完成的遗愿。还有一部剧叫《虎妈猫爸》，我原本心念着可以跟母亲一起看。母亲再也等不到它的播出了。

这不是出差远游或暂时忙碌，等回来了、有空了还能补看得上。这是永远也看不到的空缺，是在母亲一生的断代史里，从未发生过关联的悄无声息。

35

母亲走后第六天，亲戚们叫我在酒店办了三桌母亲的告别宴。

来客中，一桌半都是我的工作同事，半桌是家中亲戚。真算得上是母亲生前好友、街坊邻居的，寥寥无几，加起来不足一桌。在她病重垂危期间，除了娘家亲戚，也就唯有两个从前她带过的缝纫女学徒来探望过她。她年轻时候的那些最好的朋友，都离开了她。这些年，母亲把全部身心精力都投注在我身上，完全放弃自己的社交与处世。有儿子在，那些人情啊牵绊啊，她都不需要、不在乎了。

我就是她的整个世界。

母亲一生节俭，从未舍得这样去酒店吃过饭。母亲走后，我却要按照俗世的规矩习俗，以她的名义宴请。我心里有些不好受。当时也不太能理解，为何人走了，留下的活人反而要吃喝闹腾，烟酒团聚。朋友开导我说，也许妈妈喜欢这样呢，也许她想这样被大家怀念。

我才释然。那就借这样一个大多数出席者都在打牌唠嗑、敬酒恭维、谈天说笑而其实没什么人伤心没什么人真的在乎主题的时刻，让这个世间记得，这一晚聚集在一起，是为了我的母亲。

“让这个世间记得她来过，爱恨过，挣扎过，无悔过。”

在那晚筵席的一篇致辞里，我这样说。

36

四月三日，清明节将至。

从未想过会有一天，我只能在清明去祭奠你。早晨去花店买了一束白菊，用嫩绿的纸包扎好，系上淡黄的丝带。妈，我捧着白菊去陵园看你。

小城还是时兴烧纸、烧锡箔，我再给你带一束鲜花，也许你会觉得雅致。

我来到你的墓碑前。你入土已二十多天，碑上、墓前、台阶上落满灰尘。我在你的墓碑上浇洒从家中装来的清水，俯身擦拭干净，摆放好白菊，与你闲聊。

明明有许多话好久没有再跟你说，此刻却静默无言。只得说我一切都好，你且放心。只得说你也要诸事无忧，无论在哪里都顺遂安宁。

你去了风中，再无音讯；我留在月下，再无团圆。

妈，从此你在清风，我在明月，便是清明。

37

为什么这个世上的人突然走了就是永别呢，一下子就没了。

原本每天都能触摸、都能看见的人，再也不会在眼前跳出她鲜活的脸孔、熟悉的声音。

可不可以缓一些？离世的人，可不可以从每天可见，变成每隔三天、五天、十天半个月只能见一次，再变成每半年、一年、三年、五年、十年才能与之相见一面？连四季更迭不都是循序渐进、缓慢变化的吗？人与人的别离可不可以也这样，那该多好。

这样间隔拉长地缓冲，这样循序渐进地消失，这样，来得及告别。

38

与母亲此生最后一场对话，在她弥留之际。

我亲吻了母亲的脸颊。母亲说：我爱你。我说：我也爱你。母亲又说：我最爱你。我说：这个世界上我不会再爱其他人像爱你一样地爱。

我知道母亲听懂了最后这个连念起来都有些拗口的长句子。她轻轻点头，继续躺着，不再与我回应，安静地等候临终时刻的降落。

那个时刻，她的灵魂会不会轻盈升起，慢慢地脱离沉重苦痛的肉身，停留于一切浮生的上空片刻，看着我守着她的肉身，俯望这一切？大抵也会有不舍，但终究是要超然渡去了。

被留在凡间的人，永远无法与故人的灵魂彼此触摸或言语，这是无奈，是敬畏，是隔断，也是长恨。

39

三月十五日，母亲的肉身留在这世间的最后一个白日。

清晨，母亲出殡。长辈前一天叮嘱我要穿一双白鞋。没买到白布鞋，买了白球鞋。

我穿着那双白球鞋，捧着母亲的遗像走出家门，被告诫一直向前走，不能回头望。迈出去之后，从此两隔。像是踏上一段茫然无所回顾的路，送母亲走。

灵车载着母亲，跟在我们的车后去殡仪馆。主事的人教我在母亲寿衣所盖的红缎子被单上浇一点水，几个给母亲的花圈在焚烧前也浇上水。随后给母亲选骨灰盒，在简易的遗体告别仪式后，跟着灵车去了火化间。

殡仪馆的工作人员叫我们这些小辈跪着。母亲的肉身停在火化炉入口处，被缓缓推送入炉时，我想起在电视上看到的场景，也对着母亲大喊：妈妈，快些跑啊，快些跑。我不知道为什么要这么喊，也许是想让母亲少受一些火焰的炙痛。

脑海里只想起不知在哪儿读到过的句子，“她身上的那些积累一生的伤口和伤疤，最终都和寿衣一起被烈焰吞噬了，悄无声息，再无痕迹”。

又忘了过了多久，母亲的血肉骨骼化作青烟。我捧着母亲的骨灰盒，去了墓地。陵园离家有十几分钟路程，不依山也不傍水，景致一般，环境还算清静。别人的墓碑上大多留着一列空位，等候着将来刻下亡者尚在人世的伴侣的名字，而母亲的墓碑上只是母亲一个人的名字，被正正方方刻在了中间。我被牵引着磕头叩拜、敬香点蜡烛、烧纸烧元宝，一一听从指挥，像一个木偶。不知道为什么，我心里没那么难过，只记得那是一个阴天。

“送走”母亲，回到家中，亲戚们帮我把灵堂撤出。这三天里，看着家里的客厅变成灵堂，再从灵堂又变回客厅，仿佛自己也做了几场大梦。

那双白球鞋，长辈说安葬回来后要扔掉。我一直用纸盒装好搁在家中的鞋柜里。我就是穿着这双白球鞋，陪母亲走完了最后一程。

40

从前每当我出远门，到了别的城市出了车站后，总要给母亲先打个电话报平安，因为我知道她正在家中等着。即便有时很晚，母亲也会打电话过来叮嘱：住宿有没有安顿好；夜饭有没有吃饱；睡的时候门窗一定要锁好，留心提防坏人小偷；明天事情顺利办理好就早早回来，若是没有办理好也不用急不用慌，诸如此类。手机听筒那头装着的，是她满满的牵挂。

母亲走后，有一晚我走在异乡的夜路上，下意识地把手机从口袋里掏出来摸了摸，再次悄然无言。往后无数异国他乡的夜路上，我都要像这样独自无人问津地走下去了。她再也不闻不问不管不理我了。有那么一刻，我觉得自己像个弃婴。

无心再恋这座他人的城市。在外走得越远，越会想起母亲在家守候的日子。可是归家，脚步却又不似往日那样急促轻盈。因为母亲再也不会打开门，眼里有光、笑意盈盈地迎上来了。

无论走与留，在母亲走后的第三十天，我才发现自己无处可去、无所适从。

41

某些时刻，母亲像温柔的猫。

起早贪黑辛苦上班的那几年，夏天中午或傍晚回到家，母亲的衬衣都被汗浸湿了，生出刺痒的痱子。母亲会让我帮她挠挠后背，抹些痱子粉或擦点六神花露水。又或者，我用笨拙的手劲给母亲按摩，握起拳，捏肩敲背，手指关节轻轻捶击着母亲后背的肌理，清脆作响。

那时，母亲背对着我，或者伏在我的双腿上、椅子的后背上。她眯着眼，舒舒服服地躺着。身边是她的孩子，她最信任的人。母亲享受儿子的照料，安心、舒适、无所顾虑，即使睡着了也觉得安稳。

有时候，我也会用这样的姿势给母亲掏耳朵。母亲侧着脑袋，乖顺地伏在我的大腿上，就像我幼时伏在她的大腿上那样。母亲帮我掏耳朵时，我很舒服；我给母亲掏耳朵时总是手拙，不敢将耳扒往耳洞里送，把她的耳朵弄得更痒。

我念高中时，母亲就长出几根稀疏的白发，零星地散落在黑发间。我说：妈，我帮你拔掉吧。母亲迷信，道：人家说白头发不能拔，会越拔越多的。但她到底是半信半疑，也就同意我给她拔掉白发。那时母亲的头发还没像这几年荒芜似的变白，她乖顺地低着头，我用两根手指轻轻捏住她头顶偶尔冒出来的一两根白发，掌控好力度连根拔起，又快又准，尽量不留“长痛”只留“短痛”。

这些时刻，母亲伏在我的腿上，温柔的、小小的、安详的，像一只呼吸均匀的猫。

42

几次在早晨上班路上，看到一些与母亲年龄相仿的半老太太，精神矍铄、满面春风地走在马路边，穿着运动衣刚晨跑回来，或者挎着菜篮子去买菜。我就会走神：要是妈还在，一定也像她们一样。人家都好好的，为什么我妈就走了呢？

每天下班后，会听到隔壁邻居奶奶的儿子回家时，敲门喊着：妈，妈，开门哦。他一声一声叫唤着，透过门缝传到对门我孤零零的客厅。然后是邻居奶奶开门的声音。我想起以前回到家推开门，喊一声“妈，我回来了”，躺在客厅沙发上边看电视边等我的母亲就会轻声应唤着迎上来。

那天走在大街上，看到一位年轻的妈妈领着五六岁的女儿走着。小女孩闹脾气赖在路边不走，她妈妈说：再不走我就走了哦。然后佯装松开手走远。小女孩赶紧追上去靠着妈妈。妈妈牵起蹦蹦跳跳的小女孩的手一起向前走远。不知道为什么，那天我驻足扭头看了好久。

43

母亲走后，伤痛感像过山车，初时觉察不出，慢慢以巨恸的力量渗透至全身，再然后，不知道过多久，它会再次减轻，有低谷有巅峰。

朋友开解我说，如果人人都像你，觉得没了妈妈，笑也是罪恶，吃饭也是罪恶，看电视也是罪恶，人类怎么延续？那从原始社会就都伤心至死了事了。

字字说到心口，颇有一些劝说功效。但这些道理，其实我们一早便懂。

只是，该如何说再见，如何自我接受并且消化，如何继续仰头洒脱做人，真的太难。也许很多年后再回望，我们的人生就像河流一样静静地淌下来，在光阴里漂荡过去了。但在当下，似乎真要多几分铁石心肠、狼心狗肺，才能苟活下去。

更艰难的是，竟要一字一句残忍地告诉自己：母子缘分，到、此、为、止。

此生此世，到此为止。

44

母亲走前两个月左右，我做过一个梦：找不到妈妈了。

以前也做过母亲出门离去的梦。与现实情境相呼应的，是我下班回到家，母亲不在家，原来是去菜巷子里转悠，去邻居家串门，或者去看望外婆，去后门的楼道口收拾打扫，不一会儿，母亲就会蹒跚着回来。

我问，妈，你去哪儿了。母亲就会弯腰拍拍掸掸，坐下来跟我聊天。

可是在那天的那场梦里，我到处找不到她。一直到我醒来，也没找着。

45

开始习惯每天早晨一个人吃早餐，傍晚回到家一个人吃晚餐。

有一天想起电影《天下无贼》里，刘若英最后挺着大肚子，一个人坐在雨天的餐厅窗户内，滴着眼泪，大口大口吃着北京烤鸭。

不管怎样，活着的人总要活下去的。

影片中，她饰演的角色还有期待、有寄托、有新生的希望。可是我呢。

母亲走的那天中午，亲戚们做了素菜素汤与米饭，给我端到母亲床前。我不知道那就是旧俗所称的“倒头饭”，是给母亲吃的最后一顿饭。母亲再也咽不下任何食物了。我望着她，她也望着我。我捧起碗筷，让母亲最后一次看我努力地吃饭。

那个时刻，我要让彼此深望最后一眼，让母亲永远都记得：

妈，你看，孩子在努力吃饭。

46

母亲走后第四十二天，我独自去了一趟超市采购。

拎着购物篮，买了米、肉、鸡蛋、蔬菜、水果。之前一直在吃母亲以前买了搁置在冰箱里的食物，以为很久都不会再去超市，原来还是会一个人活下去。

会有些“我执”，比如刻意选购母亲以前不能吃、不喜欢吃的食物，而不买母亲以前爱吃、以后吃不到了的食物。一想到要独自享用那些母亲从前嗜爱过的食物，想到母亲再也不会陪我一起吃饭，更觉心酸。就像从前跟着母亲过惯了苦日子，她走后，我总不愿过得太顺遂与安逸。因为那样，我会更难过。

独自走过从前与母亲驻足挑选过的货架，走过与母亲买完生鲜后洗手的超市清洁水池，踩上与母亲握着扶手上下的长长的黑色电梯，站到与母亲习惯排队结账的收银台出口，还有太多熟悉的区域，刻意回避，不敢经过。

我毫发无伤地去超市购物，满载而归。我再也不带她去超市了。

47

以前，我从不肯与母亲分梨吃。

我们一起分食过各种水果，苹果切两半，香蕉掰两半，柚子、西瓜更是需要分享。

唯独吃梨，我不肯与母亲分吃。因“梨”“离”同音，分梨寓意分离，我不喜欢。我并非迷信，但对此总有一份避讳之心，这么多年都坚持这样的习惯。

有时母亲吃不完一整只梨，留下半只搁入冰箱，宁可坏掉，我也不吃。母亲笑着说：傻小伙啊，天下哪有母子不分离的，人家说的是夫妻之间才不要分梨吃。

我也明白这些道理，但仍旧守着心里的这道坎。我以为只要今生今世从不与母亲分梨吃，也就永不会分离。

最后那天，母亲静静地躺着，嘴唇干涩。我将一只香梨切成薄片，给母亲润唇。母亲摆摆手，自己用指头捏住梨片，蘸了蘸嘴唇，又擦拭脸颊与额头，像是某种临终前的清醒自知的净面仪式。

后来，那一只梨剩下的部分，我大概也是吃了。为何最终我还是分了梨吃？此刻想起，不禁有些懊悔。

48

母亲走后，我在她的房间里养了两盆植物，一盆绿萝，一盆金心吊兰。走进房间，是满眼新鲜的葱绿。

有一天，花盆旁边爬过一只蜘蛛。从前我与母亲看到房间里有爬虫、飞虫，总是忙不迭要拍掉捉掉的。这一次我怔怔地望着蜘蛛爬走了。我在想：那是不是妈妈，她想回来看看？——我突然变成了一个相信神神叨叨的唯心主义者。

有同样失去母亲的友邻说："我们的妈妈若是回来，也是灵魂；而且善良的人是不会转化为虫子的。"我才释然。是啊，妈妈生前那么不喜欢虫子，才不会变成虫子呢。

49

其实，带母亲去看的那几场电影，每一次，她都觉得是在浪费钱。

她嚷嚷说："你小时候，我抱着你去广场上看的那些电影都是不花钱的呢，现在票价这么贵。"我又使出撒手锏说："妈，我有赠券，过期才浪费呢！"

即便如此，她还是半信半疑。在电影院门口的休息区，她会想着要不要退掉票或便宜一些转卖给别人。我吓唬她说，影城门口都有保安抓黄牛，禁止转票的，被抓到就惨了。母亲被唬住，信以为真，这才肯乖乖跟我进场看电影。

在黑暗的电影院里，长久固定的姿势坐乏了，母亲没多久就骨痛起来，腰身瘫软地想要躺下来，或者头晕目眩，觉得疲累。我一直握着她的手，母亲也安宁地一直让我握着她的手，好像只要电影不散场，我们就可以一直握到天地长久。

50

又梦见母亲。

好像是我用电动车载着她去一个并不崭新的城镇看病，街道有很多分支，容易迷路，下过雨的地面也不平整。城镇道路两旁的摊点店铺生意繁华，一片安居乐业的祥和气氛。医院是一栋几层高的旧式建筑。我在医院里见到医生，是一位女大夫。但母亲还在赶来的路上，我又折下楼一路走着去接母亲。

看到路边有叫卖煎炸食物的，我给母亲买了一串。走着走着，又发现手里拿的是一袋果冻，用粉色的透明袋包好，封口也扎得紧紧的。我走过一个又一个路口，穿过一座特别陡的石桥，心想：这儿街道真多，妈妈会不会迷路呀。

想着，找着，走着，就醒了。一夜雷雨未歇。

51

母亲年前开始消瘦，好像从某天起突然就不大能行走了。

有时我搀着她上卫生间。爱干净的她坚决不在床上解手，买回的纸尿裤她也不用。有时需要去输液，医院又太远，我就用轮椅推母亲去就近的卫生站。

轮椅滑行在人行道上，其实很轻便，母亲以为很笨重。她明明自己精气神虚弱，那个时候还不忘关心我，舍不得我吃力受累，一直说让我停下来歇会儿。

母亲叹气说：我怎么就变成这样儿了，难道以后要在轮椅上过日子了，往后你会更辛苦了。我说：妈，没事，只要不再恶化，就保持现在这样，就在轮椅上过下半辈子，无论我照顾你多少年，都好。

我又说：等天气暖和起来，每天下午啊傍晚啊我也推着你出去转转走走，透透气，散散心。母亲微微点头说：好啊好啊。

我心里暖暖的，开始跟母亲一起期待天气能暖和些。到了那时，我就可以推着母亲一边走一边逛街，就像我小时候，她也曾牵着我走过一段又一段无声安宁的夜路。

已是五月，初夏的天气渐渐温热，并不晒人，反而天朗气清、惠风和畅，早晨与傍晚都是适宜用轮椅推着母亲出去散步的良辰。

但正月廿二母亲就走了。妈，我们福薄，没有等得来春暖花开的那天。

52

冰箱里还冷冻着一碗东坡肉。

去年年底，你说吃什么都没胃口，想吃东坡肉——那种切得四四方方，皮薄肉嫩，香糯甜酥，油腻爽口，又红又亮的东坡肉。

我不会做，去饭店买回来一份现成的，闻着沁香。你舍不得吃，分成两小袋；吃不下大块，又切成细细的条状。

你说，你到最后也就指望吃这点东坡肉了，别的什么心思也不想。我把它们摆进冰箱，心想哪天你想再吃的时候拿出来。但直到最后，你也没有再吃得上。这碗东坡肉，依旧冷冻在冰箱里。

53

母亲若是在少年时能被给予好好念书的机会，或许会过另一番人生。

像这世上大多数不被重视、待见、欢喜的二女儿一样，母亲也是一个“被忽视的老二”。她有一个姐姐、两个弟弟，姐弟四人当中，排行老二的她在父母的眼中轻贱得不过是一粒微尘。她断断续续地念着小学，更多数时候被外公外婆滞留家中劳作。尚是少女的母亲失去念书的权利，困在家中忙田、挑猪草、挑水做饭、骑自行车载外婆出行。

当时，农村公社还要求每家每户派出一个劳力参加集体劳动。外公忙于木匠活，外婆有腿疾，姨妈远嫁，两个舅舅要读书考大学，母亲只得首当其冲，成为家中唯一劳力。母亲说，那时是按劳力记工分，挣的工分多少，直接决定着全家口粮的多少。她不得不起早贪黑参加生产大队指派的各项重活儿，每天跟在一群粗汉身后，因为没有背景的家庭出身，往往做得越吃重，所得却越稀薄。

母亲曾涩然地笑着说，她念小学时，有段时间学堂里教含有未知数 x 的方程式，而她被滞留家中多日参加农忙。等她重返课堂，那一单元已经学完，老师叫她上黑板解方程式，她怔怔地望着不懂何意的 x，以为是从前学过的圆周率 π，于是写下 x＝3.1415926，在全班同学的哄堂大笑中涨红了整张脸。

母亲后来还云淡风轻地回忆说，她越是不受大人们看重，越是性格暴烈、刚硬。有一次在家照看尚在摇篮的弟弟，一恍神，我那年幼的舅舅爬出摇篮跌到地上，刚好被外公返家看到这一幕。外公不问青红皂白，扬起巴掌顺手就甩了母亲一记重重的耳光。“被打得摔倒在一旁，鼻血当时就流出来了，”母亲讪讪地笑道，“后来我冲他喊道，要打，你要不就把我打死吧！”

读书希望渺茫、劳作负荷深重、父母疼爱稀薄——或许这样无望的人生初景恰恰激励了母亲，她在成年之后，毅然跑出去当了一名老裁缝的学徒。她不顾外公外婆当时对家中劳力流失的自私、担心和反对，学费也是靠自己一分一角在少年时积攒下来的私房钱。这是那个时代，母亲的叛逆、果敢与魄力。

掌握了一门手艺在身，她之后才能跳离农村，才能在每一段艰难岁月里养活我。母亲用自己的力量，多多少少改变了她和我的人生。

54

今年春节，我问过母亲，要不要联系他来一趟。

他是我血缘上的父亲，却从不是一个合格的爸爸。我不知道怎么开口，好像踌躇了两天，然后试探着问母亲：是否需要让他来？

像太多影视剧里那样，男女主角经历了一生的爱恨拉扯最后到老，在一方时日无多之际，另一方前来，见人世最后一面，说破几十年的恩怨。纵使不能够一笑泯恩仇，也可以把心中未讲完的话讲完。给对方一个机会忏悔，也给自己一个机会轻省，让彼此都有一个机会善终。

母亲那天却轻轻地说：不必了。又若有所思地酝酿许久，犹豫着再也没说什么。

我不知道那天她犹豫着想要说却没有说出口的是什么，或许她也想他前来见最后一面，或许她早已觉得人世两茫茫没有必要再见面了。我也顾虑若通知了他来，在母亲床前两人回忆起从前的千疮百孔，会不会又争吵怨恨，反而更让母亲不适？于是，我竟再未和母亲聊起这个话题，也没有去联系多年未有音信的他。

母亲患癌十年，疾病深植的因果，有一部分是我终究未能令她宽慰。究其根源，也是这段仅维持几年光景的短暂婚姻造成她的气郁情结。过去这二十年来，她始终放不下对于失败婚姻的怨念和对于被背叛、欺骗、辜负的不甘。她恨他，也爱过他；她原本有多柔软，后来就变得有多坚硬。

他后来的人生，过得也算苟且。我明白人生本来就是线头缠绕、无从说清对错，所以也真的不觉得他欠我几分。哪怕当我第一次长出胡须，第一次喉结凸起和变声变嗓，第一次笨拙地使用剃须刀……却都没有办法对一个父亲倾诉和寻求帮助，而只能涨红着脸无比害羞地被母亲发现和安慰的时候，我也不觉得他欠我的。毕竟这么多年，我也就是这么过来了，母亲也是这么过来了，我和母亲都是这样过来了。但我不肯原谅他对母亲的亏欠。

二〇一〇年冬天某个傍晚，母亲病情加深，我打过一通电话给他，不可免俗地问：你可曾真的爱过妈妈？电话那头沉默片刻，然后他只吐出了一个字：有。之后，彼此再也无言。我抑制不住地汹涌哭泣。我不知道他那一秒是出于真心流露，还是假意慰藉。我太像母亲，对这世间男子的感情是有多么失望。

母亲走了。她未能与爱恨深织了一生的男人见上此生最后一面。他未收到讣告，但人言如流水，他也该是听闻了的。但我想，他也无须有所回应了。

只是后来很多个独自守着房屋的晨昏，我都会有些怅惘与遗憾地想：若是在母亲走前，我擅作主张暗自联络他前来，会不会对他与母亲各自人生的拼凑、补缺与完整，都能更好一点点？

55

在我出生之前，在那样一个如今日渐闭塞的小镇，母亲嫁给了我的父亲。

她开缝纫店呼啦啦带了二十几个学徒，他也靠手艺吃饭。他们在婚后有过短暂的安稳日子，很快成了八十年代初那贫寒闭塞的小镇上颇有名的“万元户”，便打算在镇区路口建起一栋三层小楼房。

虽然请了建筑工人，母亲还是充当劳力，事事亲力亲为，以为这样能节省一大笔人财开支。那时母亲肚子里已有了我。于是怀着身孕的母亲常常挺着肚子在日头下不怕脏苦地搬砖运瓦，甚至顾不上喝茶（“喝茶”在小城的方言里是喝白开水的意思）。她用双手一砖一瓦地奋力劳作，建造着那栋三层小楼房，也砌造着她往后余生长栖的家园与一家三口寻常的幸福。

母亲以为她会在那个小镇的那栋房子里住一辈子吧，直到白发苍苍、安然老去，所以她才会那么用力，辛苦也甘甜。世事难料，没过几年，母亲就带着我绝望地离开了伤心地，去往另一座小城，开始了十几年漫长的居无定所的租房生涯。那栋房子里，从此住着一个自私佝偻的男人和另一个登堂入室的女人。

我无法看见母亲当年搬砖运瓦的努力，但我能想象那样的情景。在那一年，那些岁月，母亲也曾满怀希望，满脸汗水与柔光。

56

二十多年前，他蒙蔽了良心要与母亲离婚的那些日子，酒后常有家暴。

他不让我们进家门、进那栋母亲挺着大肚子一砖一瓦努力搭建的三层楼房。他为逼迫母亲主动提出离婚，狠心地将妻儿推出去，一把铁锁锁在门外，再踩着摩托车一溜烟离去，去找早已勾搭上的女人。

母亲与我在那样的夜晚无处可去，有家却不得归。被抛弃在家门口的那些夜晚，她怀中抱着五岁的我，坐在家门口右侧的石阶上，心里疼痛、苦楚而忧伤。她会给我讲故事，或者轻声哼唱从当时热播的电视剧学来的歌曲哄我入睡。记得有一首《济公》的主题曲，“鞋儿破，帽儿破，身上的袈裟破”，母亲在唱这首歌的时候，想的是剧中人的悲惨，还是她自己的命运呢？

有时坐乏了，我们起身在门口空旷的水泥地上赛跑，从这头跑到那头，再跑回来。母亲是在逗我开心，也是在打发时间。直到夜深了，我终于累了想要睡觉，母亲重新抱着我坐到石阶上，我们保持这样的姿势依偎着一直到天亮。

他与那个女人谋划了这一桩九十年代初轰动小镇的“离婚案”。他们以我的人身安全为条件，联手逼迫母亲净身出户，无房无钱。被威胁着“不想孩子被谋害”的母亲那时是个软弱的异乡女人，纵使心中万般苦楚，也是不得不走。

母亲带着我离开那个不开心的小镇后，我们去往别的县城。再往后的日子，包括我成年后的这十年，我们都很少再谈及那样的夜晚，那些被所谓的爱人与亲人用一把铁锁隔绝在门外的夜晚。但我知道那样孤苦无援的时刻像伤疤一样刻在母亲心里。就像现在，在母亲走了几个月后，我仿佛清晰地看到那样的夜晚，仿佛能清晰地看到母亲脸上的疼痛、苦楚和忧伤，可是她一抱紧我，一抱紧她的孩子，又觉得全身充满了力量，人生也重新有了继续活下去的希望。

我想回到那样的夜晚，在晚风中亲吻母亲的脸颊、额头与耳鬓乱了的头发，将柔软的、悲伤的、无助的母亲抱得更紧一些。

57

母亲二十八岁嫁人，二十九岁才生下我。在那个年代是典型的晚婚晚育。

婚姻生活不顺遂也不圆满。母亲朴素而操劳的生活态度延续到了婚后，而父亲那种对婚姻不忠的男子大抵需要一个更会安图享乐、挥霍青春的女人陪伴在侧。这也是大多数顽劣且无耐性的年轻男子的庸常本性。于是他出轨，母亲又是爱憎分明的人，短暂婚姻激烈破碎。我五岁那年，他们正式离异。

后来母亲回忆，当时法庭在判决我的归属时，是我说“我要跟着妈妈”。这个决定或许在那样暗无天日的年月里给予了她一点安慰，却也成了她一生的负累。

一个离异的单身女人，带着一个拖油瓶的男孩子，想收获新的爱情，再组建一个家庭，开始崭新的人生——这自古至今是无比艰涩的难题。世俗价值观与利弊取舍大多不会给予她们公正的对待。无论母亲带着我去到哪里，租住在哪处民居，总有爱打探别人私隐的街坊邻居在背后对这对母子指指点点议论，“嘘，听说了吗，刚搬进来住的那个女人，带着个孩子的，离了婚”。

在所有的单亲关系中，父子、父女、母女都不及“母子”这般举步维艰。“孤儿寡母”四个字，从来就不是一个喜庆的词组。于是在那些人世风霜如利刃负肩的苍茫年岁里，原本性格温和软弱的女子必须要收敛柔情与美梦，以刚烈与强韧来碰撞坚硬人生的悲苦与薄情岁月的欺侮。她是怎样带着我看透这世态炎凉的风景，又是怎样咬牙一一渡过，皆如独斟一壶寒酒，欢苦冷暖自饮。

58

也许天底下每一位单亲母亲，将孩子带在身边，担惊受怕地陪伴他的每一次生病、跌倒、爬起、成长、哭泣、欢笑，最大的快乐是看到他吃得饱，穿得暖。

假如二十五年前，母亲离开那个小镇时没有带我走，孑然一身闯天下，也许就不用操这份心思，担这份责任。又或者，假如她有个爱人并肩一起行走，共同抚养孩子，也许就不用这么拼命、劳累，也许仍可以安逸地倚靠在沙发上看电视打盹儿。

但这样的“假如”永远都是“假如”。她到底还是把我带出来了，还是提心吊胆地独自一个人抚养我长大了，还是一而再再而三地累倒了，还是油尽灯枯地走了，再也操心不动了。往后的人生，我与她再也无法相互关怀了。

又假如我当年选择了父亲，或许孤身离去的母亲可以活得更轻省自我一些，或许可以另有一番朗朗天地。但我知道，假如人生可以重来一次，她还是会选择我，选择最难走最难行的那条路，选择做一位单亲母亲。

59

母亲成为单亲妈妈后，需要找工作赚钱养活我，有一段时间把我寄养在乡村的外婆家。

她白天去偏远的服装厂上班，时常加夜班，太晚了就睡在宿舍。我总要隔好多天才能见到她，无聊时就在乡村的小河边拔鲜嫩的茅针吃，或者到篱笆围着的田地边摘下大棵的美人蕉、小朵的一串红，吮吸那些甘甜的花露。

后来母亲多次说起一件小事，说有一天下午她下班早，来外婆家接我。五六岁的我正在河边玩耍，像个野孩子一样拔河畔的甜茅草芽吃。远远看见年轻的母亲飞快地骑着自行车遥遥过来了，我也激动地喊着“妈妈”，一路沿着田陇边上被车辙、足迹碾压平整的泥土沉积的道路，向她激动地奔跑而去。母子俩快要靠近的时候，她匆匆扔下自行车，几乎是一瞬间屈着双膝跌坐到地上，一把抱住我，抚摸揉捏、嘘寒问暖，恨不得将对方深深嵌进眼窝里、心窝里。

母亲后来回忆起这样一幕时，总会眉眼带笑，脸颊洋溢着幸福与骄傲的神色。她一定欣慰于孩子对她强烈的期盼、思念与需要。即使啊，再后来，这个孩子总是离他的母亲越来越远。

60

住在乡下外婆家的那段时日其实很短，但在记忆里却很长。也许是很久都看不到母亲，所以觉得格外漫长。后来没过多久，母亲把我带回身边，再也不分开。

往返外婆家的时候，会经过村子里一座狭长的危桥。说是危桥，因为它的桥面是用几块厚实的水泥石板拼搭建成，两边没有任何栏杆围着。从桥面向下望去，是深险的湍急水流。我自幼恐高，每次都不敢从上面行走，胆战心惊、直打哆嗦，更不敢走到桥梁边缘。

只有当母亲用自行车载着我从上面稳稳经过的时候，我才觉得是安全的。

61

母亲常去一家理发店，那位阿姨能剪出母亲喜欢的“蘑菇头”。后来那家理发店搬迁，母亲重新找了一家理发店，但再也修理不出她想要的模样。

“蘑菇头”使母亲看着年轻，但有时也理不了“蘑菇头”，比如化疗掉发的时候。母亲说，与其慢慢地掉头发，不如直接去剃个光头。后来也没去，稀疏的头发全掉光了。母亲这几年化疗十多次，有几回掉发特别严重，露出整颗光洁的脑袋，我还与母亲商量过要不要买一顶假发。那是夏天，母亲戴了一顶棉布的浅色小花帽子，倒也好看。后来母亲的头顶逐渐冒出一层密密的绒毛，我一遍遍抚摸，像摸着刚出生的婴儿。再后来，那年秋冬，头发长齐，母亲又活过来了。

这两年母亲不再去理发店，不是怕麻烦，是节省理发钱。她都是自己在家里捣鼓，修剪过长的前额、鬓角、后脑勺。母亲有一条绿底白点的方块布，清晨梳头时，她会把这条围布盖绕在肩上，这样，梳落的头发就不会掉落在身上。梳完头，只要将这条围布抖一抖就干净了。给自己理发时，母亲披着这条方块布，对着镜子将颈口束得紧紧的，一手抓着梳子撩齐头发，一手操起剪刀精准咔嚓，前俯后仰、顾盼生姿，将自己收拾得清清爽爽，手艺并不比理发师差到哪里去。有些发梢角落难以修剪齐整，母亲才唤我过去帮她修理。

后来我买了一只电动理发器，母亲很满意，笑说以后在家修理头发就更方便了。

可是还没来得及使用这只理发器，母亲怎么就突然没了呢。

62

小时候，我不喜欢被捏鼻子。我总觉得被捏了鼻子之后，鼻腔会好一阵不舒服。

母亲有一次逗我，捏了我的鼻子。我立马拉下脸来，大声表示不满。母亲才知道了我这个习惯，也许她还会讶异：自己的孩子也会发脾气了哦。自那以后，她就尊重我的习惯，不大捏我鼻子了。

只有当我们冷战时，在“和好”之前，母亲会破例捏我的鼻子，她顽皮地想要以一个母亲的领属身份“挑战”孩子的底线。

63

网上有一个 QQ 群，失去母亲的人们聚在一起，给予疗伤与慰藉。每天都有人负伤进来，有人痊愈离去，人来人往。有人说“日子越久我们就离母亲们越近”，这样想着，似乎也能从灵魂深处得到一丝慰藉。

有时看到群友们上传母亲生前的照片，都有相似的音容笑貌。不一样的是，他们与她们的母亲，几乎都会有美发烫发、穿金戴银的时刻，站在照片里也都是游山玩水、享受过人生欢愉的幸福模样。

而我的母亲，没有那样的照片，没有那样的时刻。她一年到头舍不得穿好看的衣服，舍不得吃好吃的，更不会像懂得安享人生的同龄阿姨们那样去做头、做首饰。她就永远穿着那几件夏装与冬装，四季更迭，一穿好多年。

她并非对美不自知。相反，她细致、讲究、爱干净、懂得美，但却把对美的盼求深深隐藏起来，藏到了栽培和养育我的泥土里。

64

脑中浮现出母亲走路的姿势。

这么多年来，她习惯的走路的样子，都是低着头，一只手垂放着，另一只手从小腹前面伸过去挽着这只手臂，双肩略微有一点摇摇晃晃地走着。

有一次与母亲散步，我“挑剔”母亲走路的姿势太不自信了。她问，那该怎么走呀。我便示范着，抬头挺胸，双手悬于两侧，一边走一边手臂生风。母亲夸张地效仿起来，甩动臂膀，像一只划水的鸭子，逗得我俩止不住大笑。

又进一步“改良”，我让母亲一只手插在裤袋里，另一只手前后轻轻挥动地走。她全然把我的“教学”当作玩笑嬉闹，幅度更加夸张地不自然地走了起来，口中还一直问我“这样吗，是像这样吗”。又气又好笑，只得作罢。

母亲用她习惯走路的姿势走完了一生。从少女走到青年、中年，一直走到她的五十九岁，走到她生命的尽头。低着头，一只手垂放着，另一只手从小腹前面伸过去挽着这只手臂，双肩略微有一点摇摇晃晃地走着。

这样的姿势显得不自信，是岁月的蹉跎消磨让她选择了这样走路的姿势，也是她在饱经人生苦楚、动荡、无常之后，找到的唯一让她感到舒适安全的姿势。

65

最后一次出院回家，母亲的状态已大不如前。我还在想着，母亲会好起来的，像以前千千万万次一样，会一点一滴慢慢好起来的。休息一阵子，母亲又可以一跃起身，跟我说笑拌嘴、谈心吵架，给我做饭烧饭、洗衣服，陪着我去看电影，跟着我去吃小馆子，傍晚一起沿着街边散步。

母亲是从什么时候开始，知道自己等不到了呢？

是她再也不愿去看电视里的喧嚣闹腾的时候？是她有意无意很多次跟我交代后事的时候？是她突然跟我发脾气怨我这也不会做那也不会做的时候？是她深夜独自一人在小房间里坐也不是睡也不是找不到一个舒服安身的姿势，而我却回房睡觉的时候？是她再也吃不了以前最喜欢吃的食物的时候？还是她知道等不到我成家而失望地放弃了的时候？

我不知道最后那三个月我是怎么糊里糊涂地过来的，我甚至想不起来她怎会从那么一个鲜活生动、大声说笑的母亲，慢慢变得不能走路不能起身不能说话了？我就那样托着侥幸的残败的易碎的希望，看着母亲一天一点地瘫痪下去、衰弱下去，直至没有了希望，直至烛火全部熄灭。

66

记得童年时，母亲无数次给我洗脸的情景。

她用温热的手指裹着柔软的毛巾一角，蘸了清水湿透后抚拭我的脸面，轻轻揉开我紧闭的双眼。我总是死死闭着眼睛，生怕水沾了进去而流眼泪，硬是不让母亲给我洗脸。母亲就哄我说："就擦一下，把眼屎擦掉就好啦。"

长大后，我有过几次给母亲倒洗脸水、挤牙膏，却没有帮她洗过脸。

最后那些日子，母亲虚弱卧床。每天清晨与傍晚，我本该蘸湿母亲的洗脸毛巾，记得给她擦擦额头、脸颊、鼻梁、嘴唇和眼睛，我本该知道久卧在床的母亲脸上会有尘埃、汗渍、倦容与病容，我本该像小时候母亲给我洗脸一样雏鸟反哺地给她洗洗脸，我本该有良知去做好这一件力所能及的微薄小事。

为什么在母亲临终那些日子，我却忘了，忘了俯身下来，给她最后洗一洗脸。

67

有些记忆，无法清晰辨认。

我一直记得在我们最后生活的这座县城，很多年前有一处庞大的地下商场。

那时，母亲每次带着我从小镇到县城玩耍，总会领我进去逛逛。她一只手牵着我，找到地下商场的入口，小心翼翼领着我走进去。地下商场蜿蜒的过道隔开一间间简易店铺，陈列着各种物美价廉的衣裤鞋帽、生活用品。我觉得非常神奇，在我们行走的道路之下，怎么会藏着这么一个丰富多彩的迷宫？

后来道路修建，地下商场被填平，搬迁到地上，好像是盖了一座大商城。

可是其他同龄人都不记得了，还有人说从没有过这样的地下商场。我不知道是我的记忆出了错，还是年代太久，他们忘记了。我总觉得是有过的，那一座神奇的、魔怔的、迷人的，我和母亲牵着手走过的庞大的地下商场。

68

生了一场持续数日的小病。孤零零躺在病床上的那一刻，希望房间门被“吱呀”推开，母亲走进来唤着我的名字，坐在床边靠过来摸我的额头。我翻转过身来，面向着母亲，像倦鸟归巢般应答：哎，妈。

如果人间有奢梦，这就是奢梦。

去年我住过一次院，母亲奔波忙碌地照料我，中午去医院食堂打来一份盒饭。母亲是过了饭点去买的，食堂即将打烊，同样价格能买回更多分量。大排、白菜、肉丸、茶叶蛋、花菜、豇豆，有一种物超所值的“丰盛”。她拉开床尾的简易餐桌，摊上报纸，将饭盒的白色塑料薄膜盖撕开当作托盘，然后坐在我身旁，与我分食一份盒饭。那真是人世间最美味的盒饭。

往后的海味山珍，都不及那天的那份盒饭了。

69

母亲在我身边耳濡目染，也了解了一点星座知识。

她是狮子座，我是天蝎座。算星盘的人说，这样的一对组合似乎有些糟糕。争执、埋怨、冷战，这些戏码都曾在我们之间上演过，可是一转身，我哄哄她，或她喊我去吃饭，我们又会并肩坐在一起煲肥皂剧。

母亲被我灌输了星座知识后，总以为星座也跟属相似的，人的“本我”会体现出一些动物属性的特征。她一脸认真地说：唔，你是天蝎座，怪不得你像蝎子一样不怎么热情，性格像冷血动物一样冷啊；我是狮子座，怪不得我总是性子急，像狮子一样脾气暴躁、会发火啊。

一对狮子座和天蝎座的母子，曾争吵也曾相爱过。

好想跟母亲再吵一回架呀。

70

在养大我的过程中，母亲除了照顾我的衣食起居，更有一些神奇的本领。

这些神奇的本领，是她的裁剪缝纫手艺，是在我的羽绒服内侧缝上一只宛如原装的内袋用来稳妥存放贴身的钱物，是我少年时穿过的一套又一套白衬衫与灯芯绒裤子，是当我的衣服破了洞或掉了线头，第二天就被“天衣无缝”地补好了。

这些神奇的本领，是她竟然能在小屋后墙的窄巷，一块碎瓦碎砖一勺黄沙水泥，蹲在地上用手铺建出一条狭长走廊来，还划分成厨房区、卫生间区、杂物区。

这些神奇的本领，是家中所有的电线电路插座，全是母亲自己设计的。从哪里引出一根电线，在哪里摆放一个多孔插座，哪里的插座坏了要修，哪里需要接一条新的电路出来，母亲全部亲自上阵。我房间床头节能灯的电线与开关，也是母亲设计的。我每晚临睡前，躺在床上只要一伸手，就能将开关掐了。

生活艰涩不易，可母亲总能有这些神奇的本领，让生活渐渐绽放出柔和的光芒。

71

母亲走的那天，凌晨三四点，她躺在医院急诊室里。她说：我想喝点粥。

那个时间点，医院食堂和门口旁边的餐饮摊点都还没有开张。亲戚帮我去医院旁二十四小时营业的肯德基买了一碗搁了盐和其他调味品的皮蛋瘦肉粥。我不知怎的，一时慌张就忘了母亲胸腹水严重一定要饮食清淡，尽量不能吃盐。

喂母亲吃了两口，她就将头歪向别处，嗫嚅着说：咸，太咸，不吃了。

原来，人生很多时候，连一碗寡淡白粥的愿望也并不容易实现。

72

母亲对我说的最后一个“谎言”，是让我去煮些鸡蛋。

那是母亲走前一个星期，也是我过完寒假开始上班的时候。母亲说：去煮些鸡蛋吧。

她奄奄一息地躺在小房间，这样对我说着。我以为母亲是想吃水煮蛋了。

那天晚上我煮了好几颗鸡蛋，滚烫的蛋壳在手里打转，我用碗装着，端到小房间想剥给她吃。她虚弱地，像是叹着气说：你说我都这样了，哪里还吃得了鸡蛋，你每天早晨上班之前，都要记得吃一个蛋。

原来母亲是叮嘱我要煮鸡蛋吃。像从前那么多年一样，每逢周末她都把我下个星期吃的鸡蛋煮好。母亲觉得给我每天吃一个鸡蛋，能补充营养。

小时候，我很不喜欢吃水煮鸡蛋的蛋黄。有一次年底大清理，母亲从橱柜底下扫出好多颗被我偷偷扔进去的、圆滚滚的早已发黑的蛋黄。那个年代，鸡蛋是奢侈食物，母亲往往舍不得自己吃，看到此情此景，也只是嗔怪了一句：你呀。

剥开灰褐的蛋壳，滚出雪白的蛋白，绽开金色的蛋黄——母亲曾经能连吃好几颗煮鸡蛋。后来生了病，听人家说常买的那种“洋鸡蛋”是“发物”，对肿瘤患者不好，她又不舍得买价格更昂贵的“草鸡蛋”给自己吃。而现在，她咀嚼不动，咽不下去，再没有力气吞食，更别说吃鸡蛋了。她虚弱、迷糊得连眼睛都睁不开，却还惦记着我，给我留下最后一个“谎言”：

“去煮些鸡蛋吧。”

“早餐啊，无论吃什么，都要记得给自己多加一个鸡蛋。”

73

病重的日子，母亲时常觉得干渴、低烧、灼热。有一天，她唤我去买些水萝卜。

身体好的时候，她很喜欢吃那种嫩生生、水灵灵、甜脆脆的白皮水萝卜，汁水丰盈，又带些辛辣，吃了还能暖胃。小时候，母亲将水萝卜洗净、切成块，把萝卜芯塞到我嘴里，那是最甜最嫩的部分。

我没有去较远的菜场上买新鲜的水萝卜，只在附近超市买了两根回来。那却是在超市货架上搁置很久的有些空心的老萝卜。我切成块放在碗中，母亲躺在床上啃咬了几口，又搁置一旁，虚弱地昏睡过去。

我让母亲永远丢弃了对水萝卜最后的喜爱。

74

四年前，母亲的癌细胞先后转移到各个器官。

有几次她坐在沙发上看着电视，突然肝痛起来，吃了止疼药也效用甚微。母亲揉着肚子，自己都能摸到肿块。她叫我帮她摸摸看，说好像比之前又大了些，或者担忧地说：哎，这儿以前摸不到的，怎么现在也有一个硬块了？

我俯身帮母亲按压肚子，心里也害怕会摸到那些质地发硬的肿块，害怕触及那些令这世上的亲人们分离的“洪水猛兽”。我摸了摸，又缩回手，自欺欺人地故作镇定，骗自己也骗母亲说：不是的，妈，那不是的。

我奢望着：明天早上再摸的时候，也许就摸不到了。

75

母亲出殡那天，我在殡仪馆的骨灰盒柜台细细挑选。

负责母亲后事的阴阳先生给我们预先订的是一款篆刻着“千古流芳”字样的骨灰盒。我看了看橱窗里的其他品种，换了一款篆刻着“万世富贵”字样的骨灰盒。

我当然明白，这一只只骨灰盒甚至整个殡葬行业，其实都只不过是对活人的安慰而已。可是啊，妈妈，你节俭清贫了一辈子，穷苦节约了一辈子，从未过上一天优越安逸的生活，相比“流芳”，你更需要的是来生来世的“富贵”——我这样偏执地想着。

76

母亲生前，穿过一双杂牌子的运动鞋。因为鞋帮很厚，所以保暖，母亲很喜欢。我一直记得在鞋身深蓝色的底纹上，印着当时风靡一时的 F4 半身像。母亲平时舍不得穿上这双运动鞋，只有在冬天闲歇下来时才“奢侈”地穿一会儿。

母亲说这双鞋原本是打算给我的。可我那时候的脚码已经穿不上了，母亲才穿了去。在母亲清一色朴素的鞋柜里，这是唯一一双花花绿绿的鞋子。这一双不知道什么牌子的运动鞋，结实、保暖、廉价，却也许是母亲穿过的最好的鞋子了。

念大三那年，第一次做家教，赚了一笔钱，我打电话给母亲分享喜悦。寒假回家，给母亲买了一双普通的保暖皮鞋。母亲穿得极其爱惜，一直穿了五六年。

母亲走了，这双掉皮、斑驳的保暖皮鞋，依旧无声地摆在她的房间。

77

失去了至亲，只对当事人才有切肤之痛。这原本就是世间寻常的事。

妈妈，你的离开对于许多人来说，只不过是他们参加了一场葬礼，吃了一桌斋宴，叹了一声惋惜，留下一句道别。但于我来说，是整个前半生的坍塌。

从前想过，假如失去你，不知道会是怎样天翻地覆、无以为继的场景。但其实就这样活过来了。带着一些苟且偷生的负疚，也带着承诺与希望。

是我对你的离去早有心理准备了吗？没有过激的情绪，没有终日以泪洗面，也没有长久失眠。这是人性的强大，还是人性的可怕？

78

很久之后，我翻看母亲的照片，才意识到她早已衰老。

从前她总是充满活力，撑着站起身做这干那，整天一副干劲十足的样子。我甚至对母亲额头的皱纹、头顶的白发、手背的褶皱不以为然。

其实母亲早就老了。从她前倾着头、眯着眼睛才能看清报纸上的字，从她渐渐地不再记得东西放哪儿了，从她深夜看着电视不一会儿就打起盹儿，从她接到诈骗电话也能听着对方陪她聊上大半天的这些时候，她就老了。

望着去年给母亲拍的几张照片上，她深陷的眼窝和眼角绽开一条条四散的皱纹，我才发现母亲的衰老并不是一夜之间的事。可是在那些照片里，母亲依然用力地让浑圆的双眼里流淌着清亮的水泽。

是我忽略了，母亲的一生比同龄女性的一生更操劳，也就比她们更苍老。可惜的是，母亲在时，我还跟她发脾气，还心安理得享受着她的庇护。

她走了，我才仿佛一夜之间追悔地发觉：妈妈其实早就老了。

79

家里原来有一只老式的棕红色三门橱，大概是母亲年轻时候的嫁妆。

母亲会将珍爱的物件搁在里面：衣服、摆件、箱包、唱片机、重要的信件。

儿时的我对这只木橱充满了好奇。记得有一次，我小小的身子偷偷潜入三门橱，看到了一只塑料圆盘，上面遮盖着一条橙红色纱巾，下面摆放着手镯、项链、戒指、玉坠之类的“奇珍异宝”。母亲是极少佩戴这些首饰的，但在那样的年代，它们会让人内心觉得富足与安稳。

假如能回到小时候，我想永远钻进这只三门橱，永远躲进那条橙红色纱巾下面，永远没有长大。

80

从前很多时刻，为了一些小事，我惹母亲生气，又性子倔强地不肯低头，听着她喋喋不休地数落我好久。夜深了，各自上床睡，我辗转反侧睡不着，其实母亲也是整夜无眠，睡不安稳。

即使冷战、埋怨、后悔、自责，我们都僵持于跨出第一步言语交流。多么相像的一对母子。

第二天早晨，母亲一言不发，照旧备好我的早餐，我还是不肯先软下口风来跟她说话。可是只要我诚心哄哄，她都会待我温柔如初。当我在心里难受于母亲糟糕的坏脾气，母亲又何尝不是在心里对我恨铁不成钢？

倘若想到如今我连与她说句话的时刻都没有了，连被她恼、被她疼、被她爱的分秒都没有了，当时怎么会那么硬、那么倔、那么犟，怎么不抱抱她，怎么不多珍惜一些？毕竟，这世上再也没人像她那么在乎我了啊。

81

从小到大，我都是一个爱哭鬼。但母亲走的那几天，我没怎么哭。

最后一日，母亲被阴阳先生从小床上抬出来，孤独地躺在冰冷的木板上，我没有哭。

三天守灵，我没有哭。遗体告别式上，再看她最后一眼的时候，我没有哭。

望着母亲安静地躺着，这个命苦了大半生的女人，她从前被病魔折磨得千疮百孔却总能硬撑着跳起身来替我操劳奔波的、瘦瘦小小的肉身被送进火化炉，缓缓地被推进黑暗隧道一样的长匣子的时候，我没有哭。

炉门关上，黑暗隧道封锁了匣门，熊熊烈火开始燃起，将她在人世间受苦受难的血肉躯壳烧成残骸骨灰的时候，我没有哭。

坐在等候室里，亲戚们都好像如释重负，故意扯开话题聊起了别的，经过了短暂又漫长的等待之后，望着母亲的骨灰被拣装入盒的时候，我没有哭。

也许是那段日子，所有人，甚至是我，都或早或晚地逐渐在心里预设并接受了“我的母亲就要走了”这样一桩即将到来的事件。我们都奔着这样一个结局在母亲的生命线上走着，渐渐麻木到觉察不出伤心，麻木到不知如何挽留母亲，麻木到轻视了母亲的离去是一件如此沉重的事情，麻木到我冷了血。

只有在日后一点一滴想起来，那点良心才又被唤醒，重新活过来，悄悄哭起来。

82

母亲不喜欢我叹气。以前她会说：叹什么气呀，日子过不起来了才叹气呢。

只要看到我闷闷不乐地坐在一旁出神，她都会关切地问我是不是不舒服，还是遇到了什么不开心的事。大多数时候，我不想让母亲陪我一起担忧。我越是不说，她越是忧心忡忡。她说：家里一年到头就俩人，你不说给我听还能说给谁听呢？每当我告诉了她，她都有妥善处理的办法。

而往后，我再遇到苦难、喜悦、难题、如意、逆境、顺境，无论各种大小事情，真是连一个倾诉与商量的人都没有了。

83

以前写文章时，喜欢用到一个词：成灰。

时光成灰，枯荣成灰，爱恨成灰——哗啦啦像流水一样用得多美啊。

直到那天在殡仪馆火化间，望着母亲穿裹得厚厚的，躺在推送台上缓缓进入黑色的长格子，炉门封上，火焰燃起，血肉骨骼烧炼成灰。

妈妈，是不是人的一生，最后都这样，被烧作白骨，终将化成灰。

今生今世，不敢再轻易拣起这个残忍的词。

84

喜欢的一部电影，男主角说，如果人生有四季，四十岁前，我的人生都是春天。

我想，如果人生有四季，三十岁前，我的人生都是春天。

该怎样形容失去母亲之后的感受呢，与之等同的，大抵只有失去生命吧。

往后的人生啊，我也会大口吃喝美食，按时起床和睡觉，看到喜剧片会笑，每逢晴朗的天气记得开窗通风透气，会遇到崭新的欢愉，也许，还会遇到喜欢的人也说不定——但这些往后的经历，都像是对余生的慰藉。

还有部电影里有句台词，说“你中有我，我中有你”。是啊，某种意义上，至此我们才合二为一。母亲在时，母亲是母亲，我是我；母亲走后，有一部分的母亲活在了我的此岸，有一部分的我早已跟随母亲一起去了彼岸。

卓文君在《白头吟》里写："朱弦断，明镜缺，朝露晞，芳时歇，白头吟，伤离别，努力加餐勿念妾，锦水汤汤，与君长诀。"

妈妈，我会努力加餐，请勿惦念。

85

前两年，有一回因为病况进展，母亲再次住院治疗。

主治医生在我签同意书之前，与我进行了一番听起来丝毫不乐观的谈话。我回到母亲身边，母亲一再逼问谈话内容。我说：妈，没事。又说：是你把我带出来留在你身边，是你把我带大的。无论你怎么样，无论你去哪儿，我也去哪儿。

后来我知道，那都是意气用事的话。原来，母亲走了，我并不会追随她而去。

母亲走前，有一天下午我又坐在母亲身边，她仍会事事不放心我。我搂住她削瘦的肩膀说：我会好好活着，妈，我肯定会好好活着。母亲轻轻点头，说：对哎，就是的。

无论她在哪儿，无论我在哪儿，我都要让母亲放心。哪怕人世风尘再凶恶，她都能一个人把我养大，给予我珍贵的此生。仿佛她留下了一盒碎拼图给我，就靠我往后继续去拼出我人生的图卷了。所以这是我给母亲最后的承诺：

我也会像她一样，哪怕崎岖却坚韧地，孤独却勇敢地好好活着。

86

燕子衔来了青草与泥巴，又开始在屋檐下筑巢。就算再怎么迟迟暖和起来，这个春天还是来到身边。

母亲走后，我开始在豆瓣上写回忆录，题目是“与母亲的99件小事”。

因为“九十九”是缺一，是不圆满。源自记忆仓库里的小事也永远写不完，永远不会到达终点，像是一条河流蜿蜒向前，又像是从云上深处透出一缕缕恒久的光。它早已是余生的一层意义。

今生今世与母亲的关系与牵连，对她的反照与回报，缺口太多，无从补遗。

无论如何去做，此生都再无圆满。

夏

有家可归
是这世上
最美的四字风景

1

今日立夏，母亲走后第八周。

八天、八个星期都过来了。吃喝醒睡、喜怒哀乐，我知道八个月、八年也都会这么过下去的，大多数时候生活可以平静得看不出一点伤痕。我想，幸好不会有八十年，我不用隔那么久才能与母亲再相见。

小城有在立夏时节吃鸡蛋的习俗。小时候，每天清晨母亲骑车送我去学校，总会带上一颗熟鸡蛋，路过一大片麦田时，嘱咐我躲到麦田里蹲下来吃掉。

过往的二十九年里，每到这天，母亲总不忘给孩子煮鸡蛋吃。又立夏了，早晨我去母亲墓前，剥开两颗洁白的水煮蛋，摆进墓碑前的碗碟里。

妈妈，夏天到了，我们一起吃鸡蛋。

2

小城的陵园，墓碑清一色都是同样几种规格。

别人的墓碑上，并列双亲的名字，左下角也是写得层层叠叠，满眼是儿孙满堂、子嗣福厚的热闹阵势。母亲的墓碑上，只有母亲的名字和“先母之墓”的字样，左下角是我的名字，“子某某叩立”，以及母亲来去人世一遭的时辰：“生于一九五八年六月十五，殁于二零一五年正月廿二。”清简，静默，一眼望尽。即使孤独，也会有一种无畏孤独的任性与倔强。

碑上也无墓志铭。想起从前读到书本上别人的墓志铭说：我与这个世界有过情人般的争吵。还有这样一句：只愿你曾被这世界温柔相待。

母亲与这个世界有过争吵，但没有遇见一个好的爱人，而母亲被这世界温柔相待的时刻太少。我默默地想，母亲的一生该如何概括。

“她对这个并未待她有几分温柔的人世间，无所亏欠。”——这便够了。

3

母亲走后，我也无惧死亡。这并不是自我悲壮、感觉良好地喊口号，而是原来在经历过失去后，会对逝者去的那个世界怀有亲近与向往、憧憬与期待。死亡，不过是一件得以成全我与母亲重逢的乐事。

但并不会求死，无须急于求成。相反，会努力好好活着，好好用完这一生，这是对母亲给予我的生命的尊重与珍视，也是我对母亲的承诺。

况且，人人都是向死而生的，不是么？它是在我的生命线里早已深植的最后一处伏笔，终会揭晓。所以我并不忌讳它在很多年之后如约而至。到那时，它将是我收到的最后一件礼物。

4

我是跟着母亲姓的。在成长的过程中，这逐渐成为一件值得骄傲的事。

当身边所有的同伴都跟父姓的时候，我是与众不同的存在，仿佛具有了某种别样的稀奇与神奇。

我有一个寻常的名字。母亲曾说，这是当初改了跟她姓时随意起的名儿，那时也普遍时兴那么叫，以后我可以再改名。现在我觉得这样一个名跟在这个姓氏之后也蛮好的，就像我跟着母亲。

我喜欢母亲的名字：碧云。碧云，碧空中的云，单是念起来就觉得特别美。辞典里说“碧云”比喻远方或天边，多用以表达离情别绪。那个写《她是女子，我也是女子》的香港女作家姓黄，也叫碧云。

后来我读到柳永的词：最苦碧云信断，仙乡路杳，归雁难倩。心中更觉怅然。

5

二〇〇五年暮夏，我外出念大学，距今已十年。

那时还没普及到每个大学生都有一部手机，学校设有公用电话亭，每间宿舍配有一台电话机，生活区小店也有贩卖的电话卡，面值从三十元、五十元到一百元不等，每次拨打时前面还要先加拨一串数字。两年下来，我用掉厚厚一摞。

那时候，每个周六中午固定给母亲打一通电话。我站在宿舍门后，抱着话筒，讲着方言，跟母亲报平安，各自都说很好。我有很多话跟母亲聊，母亲每次也都要把上回叮嘱过我的事情再细细叮嘱一遍。

当时小屋没装电话，我先打到邻居家，母亲得到召唤后再丢下家务活，从家里匆匆跑来接听。

那时候，总会掐着时间点通话，不浪费每张电话卡里的每一分钟：如果过了某分钟零几秒，就继续跟母亲多聊一会儿，直到通话计时在某分钟五十几秒时，才跟母亲道别，然后迅疾挂断。每次打电话都称得上是“争分夺秒”。后来有了手机，方便多了。再后来，周六日忙着去做家教、逛街或是和同学出去玩，忘了给母亲打电话了，她也会担心地拨打过来，哪怕隔山隔水，只要听到对方的声音，心里就安稳多了。

很想念那样厚厚一摞堆积起来的电话卡。那时的我与母亲，总有聊不完的话。

6

有一个缝纫师傅当母亲的好处，是在换季时，总能穿到她亲手做的新衣裳。

婴孩时的我每每穿着母亲给我做的一件件新衣裳跑出去溜达玩儿，大人们问我：这件新衣裳真好看，谁给你做的呀？我就说：“妈做花宝穿。”——意思是妈妈做的花衣裳给宝宝穿。很多年后，母亲依然记得我稚子时期的这句话。

母亲开缝纫店的那些年，她给我做过好多件白衬衣、灯芯绒裤子、棉布裤衩儿。那时候的客人时兴定做“的确良”衬衣、带内衬垫肩的西装、喇叭裤、连衣裙，多出来一些零零碎碎的布料残块，母亲就给我拼拼凑凑地缝出一张五彩斑斓的小床单。虽然那个时候舍不得常买布料回来做衣裳，虽然只有等帮客人做完衣裤之后晚上在灯下赶夜工，母亲也会乐在其中。小时候每当她喊我过去，要我站直、张开双臂持平，再转个身，一边拿卷尺测量，一边用笔纸记录我的胸围、腰围、臂长、腿长时，我便开心地晓得：妈妈又要给我做新衣服了。

幼时我喜欢画画。母亲给我做完一件白衬衣，叫我在一块白色方形布料上画一只大熊猫。待我画完，她再将布料附在白衬衣的左胸前，放在缝纫机下缝制出图案。黑与白是熊猫的身体，青翠是竹子的姿态，玫瑰红是熊猫身旁点缀的花蕊。

如果我在学校不小心在白衬衣上沾上洗不掉的污渍，母亲也会妙手生花，在那块位置缝贴上一块丝毫看不出破绽的图标，或者绣出一朵精致的小花。

那些晨昏相伴的岁月里，我与母亲曾齐心协力，在我的白衬衣上绽放出笨拙却深情、简朴却真挚的美景。

7

记忆中有很多母亲送我离家、接我回家的场景。

小时候跟着母亲去另一个小镇，没有户口念不了小学，只好先去原来的小镇学校上了一个星期的课程。母亲独自一人在另一个小镇挂念，日思夜想、寝食难安。那个周五下午，她就想接我回到她身边。

后来母亲回忆说，那天是下午的一节美术课，已有好些家长站在窗外或教室后排等着接孩子。我回头看到母亲，看了好几眼，又扭过头继续平静地画画。

那时我也已有一周没见到母亲，心里当然激动兴奋。但幼时胆小，想着要做乖学生，碍于还未下课，不能喊妈妈。直到下课，我才放下笔，走到母亲身边。母亲说，那天她问我：想不想跟妈妈走？

得到肯定回答后，母亲欣慰地带走我，从此我们又再也不分开了。

去南京念书后，每到开学前最后一天早上，母亲都坚持要送我走。我们都不喜欢送别。我说，妈，你留在家里，我一个人去车站。母亲却说，要是她一个人待在家里，她也难受。于是好多次，我用电动车载着母亲和我的行李箱去车站。把我送走后，母亲再一个人开着电动车孤零零地回家。

很多次，我隔着汽车车窗对母亲挥手，母亲也对着我挥手。那样的场景，就像是我自己狠心地走，把她抛弃在车站门口。母亲神情落寞，依依不舍。我回头望着她越来越小，也觉得难受。她就一直站在原地目送我，直到站成一块衣角，一个灰点，一口湿雾，一阵轻烟，直到我坐的车子转弯，再也看不见她了。

大四那年我找到在南京报社的工作，正月初六就要报到。那是在家待的时间最短的一个春节。坐上汽车后我望向母亲，心里默默说：没事没事，以后会用更多的时间好好陪妈妈。

而这样的承诺，到如今也过去六年了。我对母亲永远地爽约了。

8

昨天下午，院落花坛里的芦荟开花了，一盏一盏的橘红色花朵环绕在一根茎上，像一串红。我从不晓得芦荟也会开花。若是母亲看到芦荟开花，也会觉得美妙吧。

院子里的这些植物，都是搬家过来后母亲亲手栽种的。两株芦荟，张牙舞爪、肥厚充盈地向外铺张，长得恣意青葱。一盆玉树，是前年跟住在老房子那边的邻居奶奶移栽过来的一片分株，也长出一大片。还有两盆金心吊兰、三株仙人掌与一盆万年青。花坛另一侧是雨季疯长的葱蒜，都开得旺盛，满眼是绿。

教书后，学生送的盆栽仙人掌、盆栽芦荟这样一些绿植小玩意儿，母亲也爱惜。她在窗台上那盆小小的仙人掌旁放了一小杯水，说要让植物吸收水分，还不忘每隔一个星期都换一次水。但后来，我与这些善忘的植物大抵都辜负了她。

去年一月二十八日那天夜里，小城下过第一场厚雪。母亲撑着起身下床，唤醒睡梦中的我，一起找出几个厚实塑料袋罩住了院子里这些植物。她怕它们被大雪压倒，更担心第二天雪化时冻着它们。那天晚上，母亲本来已经睡下，听到窸窸窣窣的落雪声，又挂念起这些无声的生灵。

9

妈，你走之后，我复原得比想象中要快。我会很快习惯你不在。

我仍留在故乡，只是再也回不去故乡。

每逢人家过年过中秋，我也过年过中秋，只是不会再有团圆。每天上班离家前回头望，只是不再有一个柔软的回头望。每天下班回到家，只是需要自己打开灯，照亮黑漆漆的房间。我住在比从前更宽敞明亮、牢固安稳的大房子里，只是啊，没有了家。我成了孤儿。

有一些从前在词典里学到的短句，“举目四盼，无亲无故”，“茕茕孑立，形影相吊”……它们全都一股脑地袭来，跃然纸上一般有了更切肤的感受。又像高中语文课本上的某个比喻句：我好像“一轮孤月下一株孤独的树”。

很多次，我都希望当我某天醒来后，发现这不过是一场梦。大家都只是搞错了而已。或者当我某天回到家中，看到你还在，一切照旧。

可是我一次又一次恍惚过来，恍然大悟似的一遍遍告诉自己：你不在了。

10

去年夏天，八月底时，我还发了一条微博说：

“现在什么事才能让我觉得安心，是清晨从房间看到窗外母亲弯腰在天井的小花坛边，细心摆弄那些栽种的葱葱蒜蒜；也是夜晚望见客厅沙发上，母亲抱着枕头或躺坐或侧睡，入神地看着电视剧里的各种喧嚣。”

我那时候的语气，应该是知足满足自足，还带有一点沾沾自喜的安逸与幸福吧。

怎么还没到下一个夏天，妈妈就走了呢。

11

母亲是 DIY 高手。

家中大部分陈列摆设、装饰设计，皆是出自母亲的一双巧手。一半是出于她精明算计的脑袋，一半是归功于她勤劳节俭的天性。

铺在客厅沙发上的淡橘色布毯，卧室床单的深玫色下摆，卫生间摆放洗衣粉洗衣液的木头架，套在热水瓶上保温的夹绒夹棉的圆形帽盖，家里所有椅子的坐垫和靠垫，淋浴室地面的排水漏盖，用绝缘电线牢牢地绑在床梁柱上的节能灯管，拉一根长麻线系在左右两只铁吸盘上做成的室内晾衣绳，给洗衣机和电视机遮尘的深红色布罩……全都是母亲亲手做的。

空掉的雪花膏盒子，洗洗干净可以用来囤放硬币；印有青花瓷图案的圆形月饼硬纸盒，刚好可以用来摆放家里接待客人的十几只茶杯；一只被洗晒洁净的白色塑料罐子，装着酒精和棉花，平时密封摆放在橱柜顶上，倘若我或她的手脚或者身上哪里不慎划破皮肤流血，就取下一小撮蘸着酒精的棉花，清洗伤口、杀菌消毒、防止感染；桌子太矮了，就在四个桌脚下面各塞一块大小差不多、碎得方方正正的砖块垫进去，不仅增加了桌面高度，桌下还腾出更多空间来摆放什物；旧衣服只要裁剪裁剪，就可以变成窗帘、灯罩、抹布、地拖……面对破破落落的人间事，母亲统统都能变废为宝。

在我念小学时，有一段时间母亲颈椎扭伤，脖子不能动。不舍得买牵引器，她就用结实的布料在竖立的床梁上紧紧绑了一根拉绳，绳子的顶端还做成一个拉环的模样。这样当她起身和躺下时，手臂可以借力，仿佛也就没那么艰难了。

母亲还随身携带着一只用缝纫机自制的精美小钱包。这只钱包有粗糙的棕色条纹，有两根可以套在手腕上的带子和金色的拉链，装着沉甸甸的小额纸币、硬币和纸笔。去商场、超市、菜巷时，这只钱包都形影不离地伴随着母亲。

甚至最后那些日子，她不能行走，不方便上卫生间，也不肯让我去买一只坐便器回来，而是与我一起设计了一个搁置在床前的简易马桶。

她用一颗既朴素又丰盛的心，与一双既沧桑又灵巧的手，曾将这艰涩难行的人生过得满是生趣。

12

母亲做过很多职业：

缝纫师傅、小商店老板娘、食堂阿姨、寄宿学校的生活老师、流动早餐车摊主、城管、服装厂女工、外贸加工员、公司或医院的保洁员——而在学习缝纫手艺之前，少女时代的母亲还曾梦想过学驾驶、当司机。这几年，母亲做不动负重的力气活儿了，可也不闲着，整日在家里忙碌着家务。

母亲一直说有两种活儿她是坚决不做的。

一是不当保姆。她不情愿去做伺候人的活儿。她活得清寡却执拗，单薄却硬净，不喜欢低眉敛目看他人眼色。她只肯将一生的光热血泪俯身浇灌于我。

二是绝不做农田活儿。少女时候的母亲在农村过早加入公社，干够了起早摸黑的田地收种，成年后她不顾父母反对毅然用自己的积蓄跟了镇上一名老裁缝学手艺。她成了那时候很拉风的女缝纫师傅。母亲有长远计划，她一心一意要给自己将来的孩子更好的生活环境，她要把我带出乡村与田地。于是这一生，自成年之后，母亲就真的从未再卷起裤腿踏足过泥泞农田半步。

妈妈，你好伟大。

13

母亲特别爱干净。一有闲下来的时刻，她几乎都在拍拍掸掸。

出去买个菜，去楼道取份报纸，去院子里小花坛浇浇葱蒜，进门后她都要拍拍掸掸不停。她从袖管拍掸到衣摆，从大腿拍掸到裤腿，把自个儿从上往下、从头到脚都用手噼噼啪啪地响亮地拍掸个遍，仿佛灰尘都四散逃逸而去，那阵势像是刚从一场沙尘暴里逃出来似的。我从未再见过有谁像她那样喜欢拍掸。

这是洁癖，也是好的习惯；这是对衣服的爱惜，也是节约清洗衣物要耗费的水电；这是母亲干净整洁的生活习惯，也是她对人生秩序的自我养成。

很久以后，一个同事无意中聊起对母亲的印象。从前某天她在小巷子里看见过你，她说，觉得你看上去“比较体面和讲究”。我听了，胸口一热，心中有泉淌过。即便是这么一眼，你也会给陌生人留下朴素、干净的特征与气息。

想起从前，用电动车载母亲出门，衣角刮到路边的绿化带，她也要赶紧掸一阵子。一起逛商场时，走着走着，母亲落下好长一截，我回头张望，她正弯腰忙着拍打自己的裤腿。我常揶揄说：妈，这是你自创的“拍拍舞”吗？

那些时刻，母亲还会常常唤我帮她拍掸她够不着的衣服后肩、后背，也会嗔怪地数落我没有养成拍掸的好习惯。她眼一瞪，一再反复唠叨我：你呀，每天从外面风尘仆仆地回来，拍拍掸掸总是好的。

而现在，我再也看不到也听不到那个爱干净到极致的半老太太在我身旁噼噼啪啪地响亮地拍拍掸掸了。

14

在每晚入睡前，或者临出门不知何时归家时，给客厅留一盏微弱的小夜灯。

从前很多次，我没回家，母亲也睡不着。我要是回来得特别晚，母亲也都会整晚坐在沙发上守着电视剧等我回家。这样留一盏灯，当我独自回家时，家里也有一些暖意；当我沉睡时，假如母亲想深夜回来看看我，也会看清回家的路。

无论在哪里，都会在心里为母亲永远留着这一盏灯。

15

五月的初夏是草莓疯长的季节，早晨与傍晚的路边都有许多叫卖的草莓摊贩。

一篮又一篮刚从田地里摘上来的草莓被盛满摆好，还带着泥土的芬芳与露珠的潮湿。从前在这个季节，母亲经常买草莓回来。鲜红又大颗的太贵，我们买个头小一些、卖相丑一些的，吃起来并无两样。这样的草莓，善于杀价的母亲能以半价买到双倍。回家后将草莓泡在水里，用温水洗干净，能吃上一整天。

盛夏早晨，母亲也会去瓜果批发市场砍价，抱好几只微微有裂口的圆滚滚的西瓜回家；秋天一来，母亲会在路边小贩手中买回好大一串青紫相间的熟透了的葡萄。它们全都物美价廉，分量惊人。买回来后，母子分食。

母亲买过那么多各式各样的水果给孩子吃。今年我却不买给她吃了。

16

和同龄人一样，我也养成了离不开手机、电脑的坏习惯。

陪母亲一起吃饭时握着手机，坐在沙发上一起看电视时刷着手机，自己回房间后开电脑使用很久，周末在家也一有空闲就对着电脑。好多次，都是母亲来找我聊天。从前明明不是这样子的，以前我总绕在她身后或者依偎着她，她带我闯荡天涯。母亲一直欣慰于我孩童时对她的依赖。即使后来我在外念书，头一两年也是每个月给母亲写一封信、每个星期给母亲打一通电话。

为什么最近这几年，我好像是早就把母亲抛弃了，陪伴她的时间也一年比一年少。我用手机、电脑把母亲挡在我的生活外面。母亲在的时候，即使我在她身边，也把热爱“转嫁”给了那些科技垃圾。

有时夜深，母亲睡眼惺忪醒来，见我仍在电脑面前长坐，会语重心长地劝我：“还不睡啊，小军”“睡撒”。倘若我屡屡不听，她便要拉下脸来生气了。

母亲生气了，这一回是真的生气了。她又一次愠怒地说：以后你就捧着手机、抱着电脑去过吧，反正有我没我也都一样！

后来当我回想起我与她之间，“先离开的人到底是谁”，我以为是母亲离开了我，其实是我先“离开”了她。于是她真的留我去跟手机、电脑过一辈子了。她永远地躲了起来，再也不出来了。

17

母亲生前，没来得及给她好好拍一张照片。

最后的大幅遗像，是拿着母亲几年前上班办理手续时拍的一张两寸照去放大的。母亲有几张这样不同的证件照，以前她曾开玩笑说：这张看着还不错，将来倒是可以做遗像。一语成谶。

母亲走后，我整理了一本母亲的相册，才发觉给母亲正式拍摄的照片太少，很多都是我用手机随意拍下的。我握着母亲生前的照片，一遍遍用力地看着。从眉毛看到眼睛，从眼睛看到鼻梁，从鼻梁看到嘴唇，好像要刻进心里。

我与母亲的合照只有两组。一组是大学放暑假回来，相处亲近的女生朋友紫秋帮我拍了几张挽着母亲并肩站在一起的场景，那时候笑得真灿烂。母亲也一直以为，紫秋一定会是她的准儿媳。另一组大概是我五六岁时，母亲刚与父亲离异，她带我去小镇的照相馆留影。站在假的山水亭台的画布背景板前，年轻的母亲牵着稚嫩的我，定格住二十年前的泛黄光阴。母亲穿着淡粉色的垫肩衬衣，面容紧致饱满有光；我握着一束假花，歪着圆滚滚的脑袋，咧开嘴笑着。

除此以外，再无合影。我成年后这十年，竟从未带母亲去过照相馆。

前几天，我买了一只白色相框，冲印了一张母亲的五寸正面照，安放进去。以后当我每次去旅行、去远方时，都会带着它，都会在背包里放着这张照片。她只是换了另一种方式，继续陪在我的身边。让母子俩继续一起去看看这个我们都未曾踏足的、辽阔苍茫的世界。

18

从手机里翻出这几年不经意留存下来的母亲的音容笑貌。

三段短视频，九节录音，一些手机拍的照片。都是在母亲生前，我拍录着玩儿的。有她唱歌的片段，有她发现被我偷拍而忙不迭笑着躲开镜头的画面，有她告诫我人生要上进的长谈，有她训斥我时的发火责备，有我开玩笑把她逗笑的欢趣时光，也有她停顿很久的凌晨时分的叹息。

都已成了母亲的留赠，如同遗像。只恨太少，它们不够我重温一辈子。

当我重温这些鲜活的影音存档，就像一个人从此站在深夜大漠上，抬头望见皎洁温柔、慈悲残酷的月亮。

19

妈，我开始慢慢接受你再也不会回来的既定事实。

很多时候，我眼望着空荡荡的家，心里却装满了暖暖的错觉，仿佛你还会回来。

也许你只是去了姨妈家住一段日子，也许你只是去了舅舅家聊家常，也许你只是去家门旁边的巷子里转转买菜了，也许你只是去了很远的地方，就像以前很多次我独自在家一样，我知道你早晚会回来的。

但这一次你不会再回来了。我把你房间的原貌保留得再完整，我把你的牙膏牙刷洗脸盆摆放得再整齐，我把厨房的碗筷洗刷得再干净，我很有规律地饮食起居，我在心底存留着一份柔软的寄望，想着哪天你会回来看我是怎么过的，我们又像往常一样在一起不分开了。可我知道你是永远地走了，你不会回来了。

妈，你已往生，我已独活，今生此世，千千万个往后的日日夜夜，你都不在了。

20

我外出念大学的第一年，给母亲写过几封长信。

四年大学，是我第一次真正意义上的出门远行，也是第一次长时间离开母亲。

厚厚的好几张信纸，内容大致是对母亲的想念、爱、牵挂、承诺、愧疚、忏悔与疼惜。我所能想起的，是我的字里行间一定充斥着“妈妈我爱你”这样肉麻兮兮的表述——在母亲身边时从未如此直白过，离母亲千里之外，才敢借着信纸大肆渲染这份思念之情。

那几年，家里才安装了有线电视。我想，即使我不在，有热闹的电视节目陪伴母亲也是好的。我在大学图书馆里会留心翻阅电视报刊，查找节目表的预告编排，然后写信告诉母亲：哪个电视频道，会有哪些精彩好看的节目。

每封信里，我还附上一个贴好回邮、写好回信地址并折叠好的空信封，便于母亲回信。母亲也回过一两封信，写过简短的几句话，无非是叮嘱我要吃饱穿暖睡好照顾好自己。后来我回到小城在母亲身边的这五年，我们很少谈到给她写过的信——在她身边时，我又羞于表达爱意了。

母亲走后，有一天无意中翻找出了这些信。已过了近十年的纸张尚未泛黄，笔迹还带着彼时的年轻模样，字里行间满是亲昵。不敢读，不忍读。在那些信的末尾，我都对母亲说：不要太辛苦，放心，以后有我。而那时的誓言，今时今日都成了我对母亲的食言。它们像躲在暗处的时钟，敲打着我这几年的懦弱与无为。

这些信纸上仿佛还有母亲指尖摩挲的触温，有母亲灯下捧在手心阅读的目光照耀。我知道在从前很多个孤独日夜，这几封长信被母亲一读再读，母亲将它们一直收藏着，视若珍宝。我只能像母亲一样，继续将它们细心收好。

它们也成了遗物，见证着这世间曾有一对母子，在分开前，也曾亲密地贴紧。

21

我是最讨厌吃生姜的。小时候每次吃到菜肴里加了生姜，都忙不迭地要吐掉。

母亲一直告诉我：生姜当然不好吃，可是能调味啊，煮鱼烧肉都少不了它。我点头，却暗自在心里恨恨地想：等以后我长大了，家中“封杀”一切生姜。

小时候每当我着凉感冒或拉肚子了，母亲也会赶紧给我熬一碗生姜红糖茶，逼迫我连汤带料全部喝下去。我咬牙闭眼一阵痛苦猛灌，对生姜一再深恶痛绝。

很多年过去了，我才渐渐体味到生姜的好：去腥，提味，祛寒，暖胃，益处颇多。母亲走后，我孤独地煮饭烧菜，才知道厨房少不了生姜。就像总要等到现在，才明白一碗生姜红糖茶的良苦用心。终于，生姜也会陪伴我一辈子了。

很多事情，母亲在的时候，我不懂。母亲不在了，我方才明了。

人世间的很多事，都是失去以后，才会比拥有时更能记挂。而想起很多年前暗自许下的杜绝生姜的雄心，想起母亲的话语，都恍如隔世了。

22

小时候也会挨母亲揍。

因为母亲是一个人独自抚育孩子，一个人承受我的好与不好，任何时候她都没有一个丈夫、我的父亲在一旁一起商量。正因为没有两个人做权衡，无论我长成坏孩子还是好孩子，他人都只会归因到她一人身上，因此母亲才格外要我成人与成才，才不得不对我严格管束。

比如孩童时，我对冒着白色热气的热水瓶好奇，总想去掀开来一探究竟。母亲就会干脆拔出热水瓶盖子，让我伸进手指摸个“痛快”——我“哎哟”一声哭出来，缩着被烫疼的手弹跳开去，再也不敢玩热水瓶了。类似这样“简单粗暴”的教育方式零零散散、举不胜举，但每次都很奏效。

而大多数时候母亲凶我，也都是怪我不够上进。比如偷拿家里的钱买明星卡片，比如三年级语文考九十五分而数学只考了七十五分，比如在辅导资料的书皮里包着娱乐杂志看，比如作业没写完就贪看电视里播放一整天的周末剧场，比如我讲错了话，让她生气、委屈、伤心了。

妈，其实你打我的时候一点也不疼。有好多次，白天你打我手重了些，晚上会怜惜地睡到我枕边，揉揉我的手臂，心疼地问我还痛不痛。有时我故作生气不理你，你整夜不睡，哄我逗我好久。等我与你“和好”后，你会语重心长跟我讲做人做事的道理，剖析我哪些地方以后需要改正，也自责不该动粗。

你的声音像夜晚温醇柔和的山泉。妈妈，那真是失而复得的最幸福的时刻啊。

23

搬进大房子后，我离你远了，有了能逃避你唠叨的空间。

很多次，我耐不住你的喋喋不休，嫌烦躲进房间。其实那都是你牵挂我、放心不下我的叮咛啊。你尾随我想进房间继续讲完，我顺手把房门锁上。现在想起来，即使这样的举动带着些许玩笑意味，但当时是多么伤你的心啊。

从前没有独立的房间时，我们可以彻夜长谈，我听得进去你的每一句唠叨。搬进大房子之后，我怎么变得这么毫无耐性？

而现在，家里再也没有一丁点你的唠叨了。从白天到黑夜，除了我吃饭的声音、呼吸的声音、水池流水的声音、电视机里的声音，都寂静如死灰。

妈妈，我怎么就永远把你隔挡在房门外了呢？

24

舅舅的女儿，也就是我的表妹，生了小孩。

小孩的脑袋圆滚滚的，想起母亲也曾对我圆滚滚的脑袋颇感骄傲。她笑说，刚出生的小孩啊，要常用柔软的棉布轻轻地揉脑袋，这样才不会睡在婴儿床上被压扁，渐渐长出来的头型才滚圆，才好看。这是让她自豪的育儿心得。

表妹的孩子满月酒那天宴请，我与亲戚们到场，大家欢聚一堂、喜庆热闹，却少了母亲。她，已不在场。

从前这样亲人团聚的时刻，总少不了母亲的身影，她也是活跃气氛的健谈者。在四个兄弟姐妹当中，尽管母亲是生活条件最艰苦、家庭成员最稀少、身体状况最糟糕的那一个，但她从未显得卑微或者尴尬或者羞怯或者失落或者虚弱——即使只是在人前，她也从未这样表露过。家宴之上，母亲与亲戚们大声地说笑，热心地递拿，开心地张罗，积极参与每一个话题。

那天的晚宴上，他们升腾在新生的喜悦中，举座欢然地聊起趣事，传递笑声。

也好，妈妈，这个世间已开始遗忘，不再诉离伤。

25

母亲节到了。

是你走后第六十天。原来已过去两个月。早起出门，去我们以前经常逛的小超市买了水果，去我们吃过的小饭店买了早点，过一个十字路口，去花店取出预订的一束百合，骑着以前常载着你的电动车，去看你。

今天的大街上，好多儿女带着自己的母亲去商场，去逛街，去公园，去电影院，去餐厅，去发型店，去市民广场，去旅游，而我却是去陵园，去墓地，去无声的寂静。

天气很好，陵园里除了两位工人，再无人烟。我走过密密麻麻的墓地，一块一块墓碑从我身边渐次跳过去，直到看见你的名字，我才驻足，像是一壶沸腾的开水重新变得安宁。从一座座墓碑看过去，想起从前每次下了班去医院，也是像这样一个病房一个病房穿行过去，走着，望着，直到找到你。

叩拜之后，擦拭干净碑身，然后坐在你身边吃早餐，与你聊聊天。树林枝叶间传来鸟语声，在静谧的陵园中显得特别清脆。初夏的阳光从天空铺下来，有的折射进树林，有的沐浴着我与你，就像前尘旧事从未远离。

26

在路边看到两个小孩子在玩红绳。把一根绳首尾相接缠在手上，两个人交替变出不同的花样。刹那间，儿时的回忆都回来了。

小时候，母亲给我织毛衣，有时要将一件旧毛衣的线全部拆卸绕团，有时要将多出的毛线从一个线团绕到另一个上去。这时，母亲会唤我帮忙，搬两个凳子对面坐着，我的两个手掌竖着做线轴，或者握着两根筷子，又或者两只手交叉转着“滚雪球”，任由母亲变幻出大大小小五彩缤纷的毛线团。

绕毛线乏了，母亲会拎起一根废弃的毛线，打个结，套在手中绷紧，陪我玩这个小游戏解闷——应该是叫“翻花绳”，但在小城方言里，叫“绷大河”。

随着手指上下穿缝、左右拉伸、挑动指尖，就能翻手变出很多花样，是那时简单而知足的快乐。有一种像大桥的样式是最纷繁复杂、最难翻出来的，母亲手把手示范教我，我好像一次都没翻成功过。

很久没再玩过绷大河。此刻想起来，那些久违的指法仿佛又回到念旧的手里。

27

母亲走后的初夏，我开始学着一个人洗晒换季的衣物。

连续用几个周末洗完羽绒服、呢子大衣、毛毯、被套、围巾、帽子、棉鞋、毛靴。鞋子是要刷洗的。我去母亲惯常摆放木刷的卫生间窗台取刷子，讶异地看到，在一把刷子的木柄背面有母亲不知什么时候写上去的一个大大的“鞋”字，另一把的背面写着“衣服”。

窗台上有好几把刷子，有的刷鞋，有的刷衣帽，有的刷牛仔裤，有的刷水桶水盆，有的刷马桶或浴缸。母亲将它们分门别类，辨别得清清楚楚。以前她撑着搓衣板洗衣物时，偶尔喊我给她递刷子，我总会挑错。现在这样的字样，是母亲哪天一个人在家时写上去的呢？她怕我以后拿错，用红笔将每一把刷子都标注上了用途，来回划刻的痕迹仿佛是用尽一生的力量完成的雕刻。

母亲把我最细微处的生活细节统统都料理好了。从此，我一眼就能看到写着“鞋”和“衣服”字样的刷子。我取过鞋刷，开始用力刷着帆布鞋上的污迹。

我终于再也不会搞错了。

28

现在每天一进家门，就看见放在客厅门口的鞋架上再也没有了你的鞋子。

这个鞋架是前年我们搬家过来后，一起拼装起来的。上下四层，各用两层。后来在去年下半年，有一天我发觉鞋架上只剩一两双你的鞋子了。那时你已不大出门走动，脚上成天穿一双拖鞋，我也没太在意。再后来不知道什么时候，悄无声息地，鞋架上就再也没有摆放过你的鞋子了。

那是你还在的时光，鞋架却过早腾空了你穿过的鞋底轻轻碾压的灰尘与印记。

29

家里突然多出了很多我不会用的电器。

四年前买的豆浆机，以前很多个我贪睡的清晨，母亲已起身开始用它磨昨夜泡了一整晚水的黄豆，伴随“咕噜咕噜”的声音，变出两杯又香又醇的等我起床的豆浆。三年前买的空调，我们只用过两个夏天，后来丢在老房子没有拆过来。

去年买的滚筒洗衣机，你舍不得使用，坚持用家里那台你结婚时添置的绿铁皮、不生锈的老式洗衣机，更多时候你为了节省水电费，宁可一遍遍地用手搓洗。

去年我买的一只粉红色的隔水电炖锅，炖过几次猪蹄汤、排骨汤和银耳莲子红枣汤，你不习惯它炖出的汤水太清，总觉得浑浊的汤才有滋味。

去年我们还买了冰柜，家里冰箱的冷冻区越来越装不下你买回来的鸡鸭鱼肉了，所以又买回一台冰柜，你总喜欢把它装得满满的，心里也装满安逸富足。

还有去年年底刚装上的电热水器，正月初几某天，你强撑着脱相的虚弱病体起身，费力地去摁下开关给我烧洗澡水，而你总共就只用它洗过两回澡。

今年年后才买的料理机，给你榨过两三杯果汁，你就用不上了。

这些沉默的电器，有些被我洗干擦干晾干，收进壁橱深处，轻轻合上了柜门。

30

从前每到夏天傍晚，我最喜欢喝母亲熬的粥。

我与母亲习惯了晚饭吃粥。大米粥，颗粒饱满，汤水浓稠，撒上一小把绿豆或者薏米，熬得又香又黏。母亲说：“这样喝粥才好，不会‘疰夏’哩。”

盛好两碗粥，母亲剥两只咸鸭蛋，从蛋黄边缘一直往外流溢出金花花的油。母亲总将咸鸭蛋剥好后才喊我过去：“夜饭煮好啦，快点来吃嘎。”

见我很快就先吃完蛋黄，母亲便随即用筷头挖敲出她手中的大半颗蛋黄，搁到我碗里——在日常生活的细微末节，她总是用自己的方式宠溺着我。

偶尔我盛好粥、剥好咸鸭蛋，喊手头在忙的母亲吃夜饭。这样微薄的细节，也会让母亲觉得是她的福气。

剥咸鸭蛋时，要找到有空隙薄膜那端的壳，在桌角轻轻磕破，就容易剥了。当我们吃完剩下两只空壳时，我会顽皮地将它们“嫁接”在一起，模样看起来又像一只大颗的咸鸭蛋，总逗得母亲眼角眉梢都笑成一朵花。

夏天又到了。我像往年一样熬粥、剥咸鸭蛋。剥毕一只，无须再剥第二只了。

31

“单亲母子闯天下”的那些年，她带我去过几次游乐园。

那时小城的游乐园其实是游乐园、公园加动物园三合一，也算人头攒攒。母亲牵着我去看孔雀、丹顶鹤、熊猫，去看圆环形的地下猴园，看到满园的假山与猴子。我们在套圈游戏摊前驻足，母亲花了十元钱买了十个橡胶圈，我却连一个奖品也没套着。母亲鼓励我去玩旋转飞车，我胆战心惊地爬上去，又胆战心惊地爬下来。母亲想让我玩碰碰车，我硬着头皮坐进去，很快被其他小朋友撞得七零八落败下阵来，更别提摩天轮或其他大型游乐项目了。我像个安静乖巧的小丫头，只玩旋转木马、荡秋千，心里想着：哎呀妈妈，还是赶紧让我回家唱歌写字画画吧。

最开心的游乐园体验，已是我念初中时，母亲带我去了市民广场临时搭建的一处游乐园。我那天很想玩蹦蹦床——那种下面堆着环形弹簧床，被充气垫和网格墙围起来的蹦蹦床。我钻进去，酣畅淋漓地跳跃了好久，母亲就在场外一路跟着我走，跟着开心。那天在蹦蹦床里玩的大多是小学生，我大概是里面个头最高的，却肆无忌惮地不管别的家长讶异的目光，只顾玩得尽兴。

我纵情蹦跳，像是把小时候空白缺失的游乐园体验都补回来了。母亲任由我疯玩，像是把很少带孩子去游乐园的遗憾也都补回来了。

32

经营小商店的那些日子，在没有顾客的间隙，母亲和我喜欢听流行歌。那时候，墙上贴着大张的港台明星挂历，我的书包里藏着封面印有港台明星的娱乐杂志，而一盒盒从南方沿海城市贩卖过来的港台歌手磁带也“流”进千家万户。

还记得我学会的第一首粤语歌，是《世界第一等》。妈，这也是你功不可没。

当时还是各种磁带热销的天下，你放任我买了好多盒流行歌曲磁带。家里有一台笨重的长方体黑色收录机，那是你离婚后带出来的一样物件，至今还搁在储物柜里，堆满灰尘；还有一只巴掌大小的深蓝色随身听，是我以“学英语”为名央求你给我买的，其实我用它听了不少港台流行歌手的卡带。

用收录机播放磁带时，偶尔卡带，发出嘈杂尖锐的噪音，我们手忙脚乱拔掉电线，小心翼翼取出磁带，极其珍爱地将拉扯出的长长的黑线重新粘贴、卷好。

这首《世界第一等》，收录在一张遗失了歌词本的港台歌手磁带里。初回听到，就觉得很有气势。想要学唱，但不会粤语。后来，我们围坐桌旁，磁带每播放完一句，你就赶紧摁下暂停键，我在本子上匆匆写下与这句歌词每个发音相近的谐音字，你再摁下播放键放下一句——如此反复，我就是这样慢慢学会了唱这首歌。后来我在同学面前唱起这首他们听不懂词意的歌，总显得特别拉风。

长大以后，我才知道原来《世界第一等》不是粤语，是闽南语。有一天当我重新找来刘德华的原唱播放一遍，依然还能跟着完整地唱出来。即使许多小时候唱的谐音字其实跟标准发音出入很大，我想还是会依旧照着蹩脚而漏洞百出的发音继续唱下去，是留恋那些母子往日一同学歌的美丽时光。

那时我与母亲还写过一本绿叶封面的歌词抄录本，后来不知放哪里去了。

33

家人是什么？家人是你不会跟他或者她说“再见”的那个人。

家人是彼此之间只会说“我上学去了”“我上班去了”“路上小心”“早点回来”这类话的人。家人是不说再见的。

我与母亲从前就是像这样，从不说再见。从前她上班、我在家时，她说“我去上班了”,我说“路上慢点”。后来我开始工作,她待在家里,出门之前我说“我去上班了”,她说“路上慢点”。

这就是最亲密的家人。可是从今往后,我要狠心地跟你说起“再见”。

这一次你走了,我不再说“路上慢点”,我不再说“路上小心”,我不再说“早点回来”,我却说,妈,再见了。

34

继续换洗春天的衣物鞋子,才发现一双原本破损的棉拖鞋被补好了。

是与母亲一起买的两双棉拖鞋。母亲穿得细致,我穿得粗暴,脚后跟越磨越薄,破了小洞,走在有积水的地方很快就会湿透袜子。

若不是要清洗,不会发觉它的鞋底用粗针与棉线缝补上了一块深色塑胶皮。是母亲什么时候帮我缝补的?我怎么一点也不知道?是在年前,还是年后?还是在母亲走前一周,我还去上班的时候?母亲是怎样撑着起身找出针线盒,又一只手握着鞋一只手吃力地穿针引线帮我缝上的?家里还有多少像这样的生活细节,被母亲缝补得妥妥帖帖而我尚未发觉?

你把一切都给了我,给了我丰厚的回忆财富。而我除了活着,什么也没给过你。

35

做了一场梦,重现往日生活的梦。

梦里,我与母亲刚从外面回来,回到小屋,都饿得饥肠辘辘。母亲让我先吃点饼干充饥,她去小屋后巷搭建的小厨房里做饭。煤气灶摆放在她用锤头和铁钉打造出的一张高脚支架上。母亲拧开煤气灶开关，伴随着“嗞嗞”的声响，温暖的红绿色火苗在破旧斑驳的煤气灶台上跳起了欢快的舞蹈。我知道，我跟母亲马上就有食物填腹了，我这样想着，特别安心。

母亲走后第七十多天，又在一场梦里，我终于与母亲对话。

我们对面坐着，执手而谈。我终于可以说出一直觉得遗憾没有跟母亲讲过的话，母亲也有回应。我觉得欣慰。但话没有说完、说得透彻，好像又醒了。

于是，总是像这样虽有补遗，却不能完全补缺地怅然若失。

36

每天清晨迷迷糊糊地睁开眼睛，会在脑海里先用几秒告诉自己：哦，母亲已经不在了。然后平静地起床，穿衣洗漱。

某一天，我在卫生间刷着牙，然后突然开始哭泣。没有声音，只有肩膀因为恸哭而一直颤抖着。又很快擦干眼泪，坐着喘一口气，迅速缓过来。想起母亲在的最后这几年，常用手轻拍我的头，从头顶捋顺到后脑勺，一边抚摸一边顽皮地笑着说：乖乖儿啊。母亲那时的语气音色、眼角眉梢都装满了怜爱。

我低着头，一遍遍地对自己做着母亲做过很多次的这个动作，仿佛母亲还在我身边。

37

母亲的手很神奇，像是柔软的体温计。

小时候每当我身体不舒服，母亲只要一只手摸过来，用温软的大手掌覆盖住我的额头，就能感觉出烫不烫，就能知道我是否发烧发热。又或是母亲蹲下身来，一手捋起她前额的头发，一手抱着我，用她的脑门子紧贴我的额头，也能很快断定我是否发热。额头紧贴的时候，我能闻到母亲身上的香气与柔和的鼻息。

这样的习惯延续到我成年后，母亲依然能靠手和额头就可以试量出我生病与否。而当她每次化疗后涌现各种毒副反应时，我效仿母亲的做法试查她是否发热，却总是感知不出来。

妈妈走了，再也没有一个人用手抚摸我的额头、用额头亲吻我的额头了。

38

有一年初夏，某天我在家中复习备考，母亲下班回来，带回来两株栀子花。忘了母亲说是怎么得来的了，也许是在路边采摘的，也许是向街边小贩买的。

母亲告诉我，这就是栀子花。白色的花朵尚未完全绽开，蜷缩在葱绿色的花枝顶端，柔弱寂寞却又充满希望。闻起来有浓郁的香气，隐约还有药草的味道。母亲找来洁净空瓶注入清水，插入这两株栀子花。

那时我们还住在小屋，母亲把瓶子搁在屋内唯一的桌上，有一种简洁的美，又有不动声色的力量。后来我才知道栀子花是在母亲节应景的花，是很美的寄托，寓意永恒的爱与约定。

回想那天母亲带回栀子花，我才发觉母亲对美好事物怀有喜爱的天性。

又想起念大学时暑假回家，我带回一只固体芳香剂。母亲也是惊奇喜悦：没见过这么神奇的东西。我教她将芳香剂的盒盖旋转着拧开，气味四散，芬香了整个小屋好多年。母亲沉浸在小小的清幽的香气里，满心欢喜。

现在想来，这不单单是插在一瓶清水里的两株栀子花，也不仅只是芬香了整个小屋的一只固体芳香剂，还是她珍藏在橱柜里的一台老式唱片机，是她在夏夜很少穿的一件紫色真丝无袖旗袍睡衣，是她一直系在衣柜深处的一条橘黄色丝巾，是她一滴一滴用得极其爱惜和享受的花露水……对于这些"美好之物"，她从来都没有舍得割弃掉对它们的欢喜。

在她几十年来恪守勤俭节约、操劳务实的生活习惯的岁月里，我逐渐以为母亲是一个不理会生活情趣、漠视世间的美的普通妇人。然而在那年初夏，她亲手带回栀子花，我才知道无论生活的艰辛多少次磨伤磨痛母亲的人生，她始终都是一个爱美的女子。

39

母亲走后第八十天。

原来一个人失去亲爱的人，还可以继续独活这么久，甚至更久。

我只是变成一个笨拙的人：晒完被子抱回来，分不清哪端是头哪端是脚；煮鱼时记不得该放葱还是放蒜；下班回来的路上买菜，将小贩摊架上的生菜当成是莴苣叶子；去年夏天用过的凉席凉枕想不起来收搁在哪一间壁橱里了。

这几年，每当我让母亲不高兴或不满意的时候，母亲好像曾有几次这样担心又怨责地说：你啊，总有一天我不在了，这些事情你怎么弄法哦。

母亲真的不在了。很多事，我努力回忆着母亲在时是怎么做的，我依稀分辨地学着；还有很多事，以前我以为自己会做，现在才发觉，有太多的生活技能我都没来得及问母亲。无论百度、百科，还是说明书、工具书，也都远远不及一个曾经陪坐在旁、那么鲜活生动的母亲。

我像一只木偶，模仿着母亲在的时候怎么做这些事。只是再没有一根线牵在母亲的手里，我成了无人指引的孤单木偶，笨拙行走。

又或许，仍有一根无形的线牵在云上的母亲手中，教我学着像她一样活下去。

40

在小城生活这么多年，母亲白天上班，晚上也在家做衣服到深夜。

清晨我还在熟睡，她就趁黑起身，匆忙洗漱出门。待我中午放学或下班回到家，餐桌上摆着母亲做好的饭菜，用纱罩盖着，搁着一张她匆匆写好又出门去上班的留言条："饭菜先热一热，把肉都吃光"。

原本是想写"吃掉"的"掉"字的，觉得笔画太多，她又把写好的"扌"划掉，重新写了个"吃光"的"光"字。那时候的母亲，恨不得长出三头六臂，每天二十四个小时恨不得拆成七十二个小时才够，总在争分夺秒地上班、打工、赚钱。

她下了班从服装厂成批接下订单，裁剪、缝合、拷边、熨烫妥帖，完成全套流程往往需要耗费好几天，一并送回去之后再搬回下一批服装订单，那样的日子仿佛没有尽头。当时做一件上衣才赚七块，做一条裤子更少，只有五块钱。无论是从少女时起就与母亲形影不离的一架缝纫机、一架拷边机、一张临时摆放在饭桌上用来裁剪布料的木板，还是从最初的一只电熨斗换到后来的一柄蒸汽熨烫机，都陪伴了母亲很多年。

有时订单催得急，我会在写完作业后帮母亲穿针引线，给几条裤子的裆口或几件衬衫的袖口缝上纽扣。母亲将缝口的位置用画粉笔准确无误地做好标记，她教我说，缝扣子时，四个眼的扣子要交叉缝线，这样线脚才结实。

母亲消耗着年轻时学得的精巧的缝纫手艺，也消耗着化疗后初愈的病体。常常在我入睡后，她还在灯下赶工到凌晨。我半夜躺在床上迷迷糊糊醒来，睡眼惺忪地依稀望见母亲弓背操劳的身影。我轻声喊：妈，去睡吧。母亲柔声安慰我：嗯呐，我晓得，你赶紧睡啊，我还有一点就好了，好了也就去睡了。

母亲说“还有一点就好了”，其实还是要忙活好久才会去睡。她是那样一个无法用文辞形容的，总是在操劳、忙碌、奔波的辛苦的妈妈。

41

从前的盛夏，母亲常常给我做凉拌西红柿。

将洗净的西红柿切成小小的薄片，拌入白糖，做出大半碗酸酸甜甜、汁水丰盈的凉拌西红柿，等我回来吃。我念书时，母亲上午在家拌好，我睡完午觉去上学前吃一碗解暑。我工作以后，中午若是不回来，母亲就在下午拌好，待我傍晚下班回到家吃。那样一碗又一碗，是母亲留给我的凉津津甜滋滋酸溜溜的夜晚。

最后几天，母亲口干舌燥、持续低热，我也做凉拌西红柿给她吃。那是冬天的西红柿，肉质坚硬，哪怕切得再细再小，母亲也吞咽不下。我用榨汁机做西红柿汁，扶起母亲给她用吸管费力地吸食。

曾经那么勇敢干练、奔跑着呼喊着、给我抢回存单供我上学的妈妈，在我怀里成了瘦小、虚弱、疼痛、柔软的小孩。

42

六月是高考的时节，也是学校一拨一拨孩子散场的季节。

十年前我也参加高考。母亲为我高考前的饮食起居用心布置，简朴却周全。

高考那三天，我没让母亲送我，也没让她像电视里演的那些做作的家长一样等候在考场大门外。那几天，学校组织我们排着队伍，绕着校园围墙外面蜿蜒的水泥路走去另外校区的考场。我知道母亲会备好一日三餐，在家中等着她的孩子归来。

十年就这样过去了。十年从来不是短暂的时光，但那样的时刻仿佛仍在肩旁耳后，我才刚与它打了个照面，伸手去碰触却已是遥不可及。

那天考场的桌椅，那时夏天闷热的风，那件被汗渍浸湿的白衬衣，那碗凉拌的西红柿，那个静静等在家中又牵挂着放心不下的恬静妇人，都已是十年之前了。

43

总听人说“人生能有几个十年”，那年夏天距离现在正好是十年整。我不知道下一个十年会是什么样子，或许不会更好也不会更坏。

因为最好的时光，原来是有母亲在时与她晨昏相伴的岁月。往后的山河岁月，无论在功名上还是物质上有了更好的蔓延生长，母亲都不在了，她都无法陪望、无从分享，所以，不会更好。

也因为最坏的时光，原来就是母亲生命的烛火熄灭前后的那一段岁月。往后的山河岁月，都不会再有什么疼痛，什么伤口，什么失去，什么变故，比那段人生更坏了，所以，不会更坏。

我不知道我往后的人生会是什么样子，不会更好，也不会更坏了。

44

从前到了周末与假期，若是清晨下雨，我与母亲都会各自“赖床”。

母亲跟我说：外头落这么大的雨，起来这么早做什么，再在铺上睡会儿吧。于是习惯早起的母亲会“奢侈”地再困在床上眯一会儿，我也会解个手继续爬回我的床上假寐，其实是开始刷手机。或者我们都睡不着了，也懒得起床，就躺着聊天，互相讲述昨夜的梦境，直到肚子咕咕叫了才起身。

今年的梅雨季节又到了，半夜经常听到雷在云层里翻滚轰鸣，一直绵延到黎明。我孤零零地躺在床上醒着，想念母亲。我再也睡不了清晨的懒觉了。

正如这些人世间的风雨雷电，母亲再也听不到了。

45

我每天上下班都骑一辆电动车。从前总载着母亲的黑色后座，永远空了。

母亲病况复发骨转移后，盆骨与后腰难以支撑。我载着母亲的时候，要留神一路避开那些颠簸的坑坑洼洼，和马路上一个接着一个与地面有凹陷落差的圆形井盖。每当车轮颠簸一下，都会给母亲带来剧烈疼痛。我慌张地说：哎呀，弄疼妈了，我怎么又没注意。母亲疼得咧开嘴，却还是安慰我说：没事儿，没事儿，你安心骑车吧。那些颠簸的时刻，疼在母亲的肉身上，也好像疼在我的心上。

从前每次带母亲逛街，我骑在电动车上，一只脚撑在地上，总要在门外等磨蹭的母亲好一阵子。母亲坐上来之前，总不忘用手拍掸掉后座上的灰尘。很多时候，即使后座干净，这样的拍掸也成了固定习惯。我不耐烦地说：妈，快点，我都等你好久了。而往后，这样的电动车后座，再也载不了母亲了。

每隔几天，我也会用毛巾擦一擦后座，擦掉这几天的风吹雨淋、灰土尘埃。然后我出门，独自上路，迎着风或碎雨，就像母亲还坐在我身后一样。

46

有些太遥远的童年小事，会在某些似梦非梦的时刻，从原本封锁的记忆仓库喷涌出来，清晰地浮出水面，然后重新灌满我的脑海。它们像猝不及防的潮水，敲击在往后每一个难测的晨昏时刻，日升月落、朝涨夕去。

我完全记不得念幼儿园时的情景了，后来听母亲间断地聊起说，那时班上的老师会奖励小红花，我每每胸前佩戴着红花在放学路上，都会走得骄傲满满，一回家就给那时还在一起的父母看，贪恋他们的表扬。

我那时学的儿歌，很多年后母亲还能哼出一两句。有时在电视里看到有小朋友唱起“小呀嘛小儿郎，背着那书包上学堂，不怕太阳晒，也不怕那风雨狂”，“左手锣，右手鼓，手拿着锣鼓来唱歌，别的歌儿我也不会唱，倒会唱个凤阳歌”之类的歌谣，母亲会无限怀念地说：你小时候也唱过这个歌哎。我忙不迭地否认说：怎么可能啦，妈，我怎么会唱这么幼稚的歌！母亲只顾微笑，她记得比谁都清楚。

我却反而像个失忆的老人，什么也记不起来了。

47

母亲在的时候，有一天，她说要从我背后抱抱我。

不是拥抱，而是像抱小孩一样把我抱起身来。母亲满怀成就感地说，她把我从小抱在怀里，怎么现在长得这么高大了。她笑着说：看看现在还能不能抱动。

然后我站定，让母亲试一试。母亲用力，嘴里喊着“嘿哟”，真的把我抱起身了。虽然很快又放下，虽然她很吃力，但让她确信了：她依然抱得动我，我依然是她从小抱到大的孩子。

成年后我拥抱过母亲，却没像这样把她抱起身过。这样想着，觉得很不公平。

48

念小学五年级时，夏天的中午睡醒后，我从家中小商店货架上抓起一瓶易拉罐装的可乐，搁在书包里一路小跑去学校。

进了教室，我坐在座位上拉开拉环，瞬间一股液体笔直地喷上天——只见一道汹涌的可乐喷泉，把雪白的教室天花板染出一片灰褐色。我完全蒙了，那时完全不知道碳酸饮料经过一路颠簸、剧烈摇晃后会有这样的效果。

挨老师训话回来后，我告诉了母亲。母亲趁周六学校无人时，握着一把刷子拎着一桶白涂料去了教室，叠起几层桌椅扮起了粉刷工，帮我妥帖地摆平了。

在我成长的岁月里，她是上天入地无所不能的超人妈妈。

49

小时候的六一儿童节，学校都会大张旗鼓地排练节目，组织全校师生呼啦啦地排队走去镇上唯一的一家影剧院看表演。

在那天，我通常是小演员，脸上会被各种红白脂粉打扮得浓妆艳抹。

我羞涩，坚决不让母亲来观看我表演短剧或歌唱。但母亲还是瞅准时机来了影剧院，远远盯着舞台上自己的儿子。我在舞台上压根儿不会注意到黑压压的观众席中有母亲进了场，这都是当天回家后，她得意地告诉我的。

50

念初中时，我与同班的一个女生走得很近——如果有初恋，那就是初恋吧。

虽然我们同班，却不知道从哪天开始偷偷传递信件。我们在精美的花花绿绿的信纸上记录着各自每天发生的事情和自以为有趣的见闻，折成只有彼此才能拆开的层层叠叠的形状，再由共同的好友辗转交到对方的手上。

母亲后来有一天终于发现了我们的“情书”，她偷偷看了那些被我藏起来的拆开的信纸，但当看到我们写的不是情情爱爱，而是讨论好看的电视剧、精美的娱乐杂志、喜欢的歌曲与迷恋的明星后，没有粗暴制止，而是假装不知道地“睁一只眼闭一只眼”了。也许那时候的母亲内心杂陈着忐忑与欣喜吧。

再后来，我与那个女孩在彼此过生日时也会互送礼物。我收到的礼品盒放不进书包，只好遮遮掩掩地把它抱回家，仍然逃不过母亲的“法眼”。现在想来，也许母亲心里是高兴的：“哎哟，我是不用担心小伙将来的恋爱婚娶了。”但她依然对我旁敲侧击地正色道：“现在这个年龄，学习一定要放在第一位呀。”

可是很多年后，我依然没有让母亲等到儿子的婚礼。

51

那时，学校有了晚自习。初夏傍晚，我放学后懒得回家，随便吃了些零食就留在人头寥寥的教室做试卷，想等晚自习结束了再回家吃晚饭。

某天，一个在晚自习前回了趟家的同学给我捎来一瓶娃哈哈AD钙奶，上面还粘着一根吸管。他说，是经过我家门外时，我母亲让他带给我的。初中时的我们已经算是“小大人”了，我握着这瓶小孩子才喝的饮料奶，在同学们善意的哄笑声中涨红了脸。很多年以后，我才怀念起这瓶钙奶。

还有一天，母亲突然来到了教室的窗外，给我端来一只搪瓷茶缸——白色的杯身上印着“某某工厂制造”的大红字的那种老式茶缸，里面装着满满的浓稠的西红柿鸡蛋汤，凉凉的，给我解渴，也能止饿。

我趴在阳台上喝完，母亲并肩站在一旁。傍晚的天空有熟透了的夕阳，像茶缸中一片片红润的西红柿。班上有女生从身旁经过，面带微笑看着我和母亲。我有点难为情，但心中也升腾出被疼爱的幸福。

工作以后，偶尔早上也会睡过头不吃早饭。有一天闹钟失灵，醒来已是日光大亮，我跳下床赶紧洗漱并狂奔去上班，顾不得母亲在身后手脚麻利地帮我整理褶皱的衣领。在办公室里，还没到十点就饿得头晕。这时手机响，门卫打来电话，说门口有人找。果然，去到门口，远远就看到母亲，她端着保温杯里的热牛奶、捧着面包等着我。她自己也顾不上吃早饭，倒先把我的早饭送来了。

今后，母亲不再给我送饭送汤了。我要按时吃一日三餐。我会让她放心。

52

两三年前，我去少年时代与母亲生活过九年的小镇办理一些户籍手续。

我路过旧时小学同学的家门，路过曾奔跑过的学校操场铁栏杆外面的小道。从前觉得悠长的街道、石桥、长廊，很快就一下子走到尽头。

顺道去寻访母亲以前的老友，问询半天，才知道竟已过世三四年，她女儿也去了新疆。人世离散，杳无音信，竟是这样寻常的事。路边有陌生小孩在奔跑，他的母亲在身后呼唤“慢点，小心”，像很多年前的我与母亲。

初中毕业后，我与母亲搬离这个小镇，至今都已过去十几年，想起来有些怅惘。

她们那一代的姐妹与朋友大多健在，尚未故去，只是已各奔东西，疏于联络。而我的母亲在人生的长河里，就这么提前离席退场了。

53

六月十七日，是母亲走后百日。

我按照习俗，在纸钱上一笔一画端正写下母亲的名字，依然觉得恍如隔世，心中一惊一凉，有种无法置信的不真实感在心头盘旋许久。仿佛灵神出窍，内心讶异：这个名字怎么会出现在纸钱上、墓碑上？然后像是醒悟过来一般，一遍遍自我提醒与告知：哦，母亲不在了。

仿佛昨夜我们还彻夜促膝长谈，仿佛我还在沙发上依偎着她刚看完两集电视剧，仿佛我们才并肩从小巷子里买完菜散步回家，仿佛母亲刚刚还在我耳边唠叨说要多吃点多穿些，怎么这些都成了故旧的事呢？

好像大梦初醒，才明白母亲成了念想里的人，照片里的人，故事里的人，回忆里的人，云上的人。而我成了烧纸的人，献花的人，被遗弃的人，突然会悲伤起来的人，再也无须急着赶路回家的风雪夜归人。

54

每年端午，母亲会早早买回成捆的粽叶、整盆的糯米，洗好红枣、赤豆、香肠片、咸肉，备好捆绑的棉线与舀米的小杯子，包出几十颗粽子。

即使家中只有母子两人，她也从不倦怠，两个人也要过出一个家的模样。母亲包的粽子总是比别人包的个头大，包好后也会给亲戚们送去一些。母亲用高压锅将粽子分批煮熟，等掀开锅盖，小屋里满是粽叶与糯米潮湿的清香。

每年春节的前两天，母亲生好煤炭炉子放上铁锅，倒入半锅油，端出拌匀的肉馅，能炸两大盆圆滚滚的肉圆。刚炸好几颗，她会喊我拿碗筷去品尝，还叮嘱我夹几颗留在碗里，等凉一点再吃，别烫着。我咬一口，又油又脆，满是肉香。

有时我与母亲一起包饺子。饺子馅、饺子皮、一碗清水，将它们陆续端上桌。我捏出的饺子不是太瘦就是太肥，母亲捏得刚刚好。煮好水饺后，母亲把整齐的饺子舀给我，把破肚露馅的留给她自己，她说：馅儿汤也挺好喝。

许多个早晨，我早起上班，母亲比我起得更早。她问我：今天想不想吃鸡蛋，吃煎蛋还是蛋茶？得到肯定回应之后，母亲就会高兴地转身走到煤气灶前，给我做几颗又香又甜的煎鸡蛋或一碗又鲜又嫩的蛋茶。

往后，母亲包的粽子、饺子，做的煎蛋、蛋茶，炸的肉圆，我再也吃不到了。这些人间烟火、尘世饭菜，母亲再也吃不了一口了。

55

母亲有一袋旧时的铜钱和银币。她常幻想说：这些古钱币好好收在家里，以后能值不少钱呢。有时我们逛街，母亲会向路边收购钱币的摊贩索要一本薄薄的画册，回来后眯着眼睛细细查看她那一袋古钱币里有没有“中头彩”的。

几年前，我与母亲还买过一次彩票。那是第一次买彩票，也是唯一一次。我们抱着试试玩的心态，去体彩站买了两张两元的彩票，投注的号码也毫无谋算，是我俩的出生年月日——当然没有中任何奖，但我们还是觉得很开心，仿佛体验的过程比最终的结果更具有意义。

一生勤劳务实的母亲当然不会希冀天上突然掉下馅饼，我也觉得这是大海捞针的事情。但在捉襟见肘的清贫日子里，古钱币与彩票也会给人以希望。

歌手万芳唱过一首歌，有一句“相爱啊，是需要运气的”，那像古钱币暴涨、买彩票捡到狗屎运这样概率微乎其微的事情更需要运气吧。

而我这一生，能有这样一个伟大的母亲，也一定是前世积累的好运气。

56

梦见与母亲一起逛一家光怪陆离的大超市。

忽然发生大地震，我拉着母亲的手，挡住身后的石板，后来又像是逃出来了。

我踏过糖果堆满地面的琳琅满目的货架，走出超市，想要回家，想着母亲在家里等我。梦里却又告诉自己：不，你已经不在了。但又对自己说：你回来了，重新给了我这最后一次机会。走着走着，又想：不对啊，你走了，再也不会回来了。可是隔一会儿又想：你仍然还在家里呢，我还来得及。

我重新沉睡过去，但大脑皮层有一部分意识开始清醒，开始陆续向我发出通知，开始劝慰和告诉我：不对，母亲已经去世了。我仿佛才断断续续地再次回忆起来，再次接受了这样的现实，再次清楚地获知：哦，刚刚只是梦的片刻而已。

一整夜匪夷所思的梦境，思绪全都困在“你还在家等着我”“你已经不在了”两种念头交织反复的挣扎里。

57

每天下班回家，已是天色将晚或夜幕低垂，自己开门开灯，做些吃的。有时将就，随便吃点冰箱里现成的食物应付肚子。有时会煮粥，跟母亲在时一样。

母亲与我都喜欢晚餐喝粥，喝粥让人心里舒坦。母亲还说，熬粥要用新鲜的生米现淘现煮，已煮熟的米饭再用来熬粥的话不会浓稠。冬天喝热粥，暖心肠；夏天喝凉粥，透心爽。配上咸菜萝卜干、黄油咸鸭蛋，整个夜晚都会滋润起来。

母亲在时，我下班到家，她总是早早煮好了粥。夏天盛出两碗，放在通风的窗口晾着；冬天我若是迟迟未归，母亲会端着滚烫的锅胆，放进她用废布料、棉布头、绒布块等等做成的“暖窝”里，塞得严严实实，捂着保温。还有时，母亲会走去小巷子买回两颗麻球、两个烧饼、两根油条、两张虾池，或者三五块钱千层饼，摆在桌上，等我到家一起吃晚餐。

我们边吃晚餐边胡聊。“西瓜和红烧肉能一起吃吗？”“当然不能啦，吃完肉，再吃西瓜；或者吃完西瓜，再吃肉。”“可是，吃到肚子里去，西瓜和肉不还是混合在一起了嘛！难道肚子里也有一层隔膜挡板，把吃下去的西瓜和肉分隔开来吗？”“还是的呢。唔，那以后，你就把西瓜和红烧肉都搁在一个碗里拌匀了一起吃好了。”“……”

那样的时光真幸福啊。那样的时光都消失了。

58

冰箱里冷冻着四份熟菜。

母亲做的黄豆炖猪蹄，姨妈送的炸肉圆，超市买回的熟鸡腿，我买的那份东坡肉。都是母亲很喜欢吃的食物，最后没吃完，或没吃得上。

我想过将它们永远都冷冻在冰箱里，好像在奢望母亲哪天还能回来。

也一遍遍告诉自己，这些留给她的食物，她不会回来陪我一起吃了。冷冻在冰箱里，食物会渐渐失去水分、味道、色泽，会越来越不新鲜。母亲是那么勤俭节约的人，她一定不希望这些食物过期、变质、被搁坏。我想留着这些食物，留些念想，但我知道，母亲一定也不希望她有一个浪费食物的孩子。

最后我想：等下次去墓地看母亲时，将这四份食物拿出来，各分成两半。一半作祭品，一半由她的孩子替母亲继续吃掉这些，她再也吃不到的食物。

59

连续三天的梦境，都与母亲有关。

第一夜的梦，是母亲回来了。她好好儿的，刚从医院回来，精神焕发、容色安好。她陪我收晾晒的衣服，整理床垫，我们面对面站着，一边拌匀一盆青菜肉馅，一边讲母子的悄悄话。我正要告诉母亲在她走后发生的一些事情时，亲戚们来了，我没说成。梦境里母亲看起来很健康，一点也不像我在梦里也会看到的虚弱不堪、形容枯槁。我说：妈，我很担心你这一次，怕你会熬不过去离开我，可是看到你面容发肤无损，我特别高兴。可即使在梦里，这样的高兴与心安也含有隐忧，我记着第二天还要带母亲去医院继续治疗，又不知会发生什么新状况。

第二夜的梦，家里有一众亲戚在看电视。常看的几个频道总有雪花，为了看一部老剧，我一直在调节频道搜索信号。母亲准备去扔垃圾，我在梦里想：不知道还能陪母亲多久，而且母亲腿脚不好。于是我跟出门陪母亲一起去。我们走了好久的路，路形却是我们还在小镇生活的样子。我接过母亲手里的垃圾袋，她健步如飞，很快超越我。走到一个向左拐的十字路口，我将垃圾袋丢在垃圾堆里，母亲却还在往前赶。我追上去，与母亲一路返回，母亲骑着自行车，踩得轻快，我在后面一路快跑，渐渐地怎么也追不上了。

第三夜的梦，在梦里也知道母亲已经不在了。一个人中午下班时走路回家，走的是从前住在小屋时的那条路。我一个人经过小屋的巷子口，停驻下来朝房门张望。我心里也是知道的，那里不是我的家了，再也回不去了。母亲回不来了，我也回不了头了。

60

从前，我与母亲一起度过很多又漫长又短暂的夏天。今年这个夏天的暑假，是第一个没有了母亲的暑假，会比以往任何一次都更加空旷，更加漫长。

每天的衣物都要换洗。独自洗衣服，独自涤清，独自挤干，独自用衣架撑开，再独自晾晒，做每一步时都在心里想着母亲。

从前母亲爱干净，吃过夜饭洗过澡后，总是及时将当天的衣物洗掉，除非不舒服或实在太累，否则很少留到第二天才洗。母亲总是手洗，我埋怨她劳累，她说这样手洗既省电又省水，还能将领口袖口边边角角搓干净。

她有一双神奇的手，我穿得再脏的鞋袜，她也能洗得洁净如新。每次洗衣服的水，母亲会用来洗抹布、拖把，浇走门前堆积的灰尘。最后一遍清水，也会留着泡第二天换下的脏衣服。现在我也秉承了这样的习惯，多好啊。

从前那么多年，每个夏天的傍晚或清晨，我会与母亲一起分工协作洗衣服：母亲站在红色面盆前，面盆里架起那只暗绿色的搓衣板，她用手指沾一撮洗衣粉抹在衣领、袖口和前襟，一遍遍地搓揉洗干净，然后我与她握紧衣物两头用力拧干，再在空气中甩一甩，最后晃晃悠悠地晾到衣架上。

哪像现在，留我一个活在漫长空旷的下着暴雨的闷热蒸人的盛夏。

61

几年以前，某个还住在小屋的夜晚，听到母亲半夜呻吟。

原来是母亲在睡梦中突然轻声呼喊，她迷迷糊糊，并不能清醒自知。我只听到母亲似是将一只手握着拳头不停地捶打床单，不知梦见了怎样痛苦的往事。我急忙将母亲唤醒。母亲醒来，却不知发生了何事。

当下再无对话，片刻之后，各自再次入睡。我心中有疼惜，也是悄然无言。

又有一晚，跟母亲睡在小屋，躺在各自床上聊到深夜还不睡。她讲出日常不大用的一些措辞，比如时光、光阴——这样文艺又虚幻的词，又美好又忧伤。

我们聊人世感情。我说，我相信“有情饮水饱”。

母亲比我见过更多大山大河、世间沧桑，她说日子久了，再深厚的感情，也抵不过清贫日子的寡淡消磨，哪有什么光靠喝水还能恩爱如初、白头到老的男女？不过都是因为“柴米油盐酱醋茶”而“贫贱夫妻百事哀”罢了。那时我年岁还小，尚不能明白这是母亲迁徙漂泊、流离失所多年后亲身体历出的切肤感悟。

我们还讨论老去。她说：等我七老八十的时候，你也快到退休年龄了吧。

一个老儿子与一个更老的母亲，或许她还有了孙子或孙女，那个时候我们会过着什么样的生活呢？我想象着母亲活到白发苍苍的情景。

母亲还俏皮地说:这一辈子太累了,等老了之后什么活儿也不干,要尽兴地嗑瓜子。这样一个愿望,既有趣,又务实,既卑微,又廉价,还很接地气。

是啊,母亲年轻时喜欢嗑瓜子,这是她们那一代妇女忙碌的闲暇中唯一的消遣。生下我之后,她更操劳,就算有嗑瓜子的工夫,还要顾着我。

难得几次我们边看电视边嗑瓜子,母亲手指和口舌飞快翻动,很快叠起一堆瓜子壳。我惊叹于母亲嗑瓜子的高超“技艺”,自己却磕得很慢,时不时还把瓜子壳含到嘴里去,低头吞吐,甘拜下风。那时我不知从哪里学来的习惯,喜欢手剥瓜子,将瓜子仁堆成一排,再统统塞到嘴里,大快朵颐。母亲见状也笑着效仿,她剥出一小撮乳白芬香的瓜子仁,全都塞到了我的掌心里。

瓜子有许多口味,奶油瓜子、五香瓜子、咸味瓜子统统不是母亲的最爱。她最喜欢嗑的,是那种不加调味、黑白条纹外壳的原味瓜子。倒不是出于健康考虑,而是母亲说:“这种本味瓜子,吃起来才香呢。”

还没来得及给母亲买瓜子,她就走了。我只能怅然若失地想起那天,母亲顽皮地追问我舍不舍得以后给她“大量供应”瓜子。我也曾应允,笑着说:每天买十斤够不够啊?她笑着说:好啊好啊,好啊好啊。

62

夏天的夜晚,我与母亲偶尔在吃过晚饭后去散步。

出门前她会给房间统统喷一遍灭蚊气雾剂,或者点燃一盘蚊香。

等把满屋的蚊子熏死，我们也刚好散步回来，可以开窗透气，安然躺下。

那些夏夜，我们沿着夜晚的街道走，有时可以跟晚归的蹬着三轮车的菜贩们买到一些便宜的蔬菜瓜果，还有时走过一群群花枝招展的广场舞大妈身边。我能依稀记起与母亲的最后一次散步，可那时，谁知道就是最后一次了呢。

有一年夏天，小城连续好几晚举办美食节，走过去有些偏远，我用电动车载着母亲去逛。人头簇拥、喧嚣吵闹，都在中心广场看着表演盼着抽奖，我们没去凑热闹，锁好电动车去看那些美食摊：臭豆腐、炸鱿鱼、煎火腿肠、烤山芋、酸辣粉……也都是常见的小吃。最后我们做了两个鸡蛋煎饼握在手里边走边吃，在远离了人声鼎沸的宁静夜幕下，有种寻常生活的朴素、清淡与安逸。

那一晚的鸡蛋煎饼，曾是天底下最好吃的煎饼。

63

与母亲租房居住的那些年，屋内没有空调。

闷热的盛夏午后，一台旧式的落地电扇耷拉着脑袋呼呼摇晃，母亲也曾擦着汗珠无限遐想：要是有一口大水缸，能整天泡在里面，哪怕不吃不喝也好啊。

夏夜依旧炎热，我们吃过饭、洗完澡，穿着单薄的夏衣出门，并肩走在尘嚣飞扬的闪烁着霓虹灯的街道与路口，一圈一圈地散步乘凉。我和母亲一边走一边聊天，有并不凉爽的闷热的晚风偶尔拂过，灌满我们身上舒张的毛孔。

走累了就回家，搬两张躺椅到门外。水泥铺就地面的广场上并无花草，却蚊虫汹涌。母亲的血质好像比我更易招引蚊子，握着一只断了手柄的红扇不停拍打。我睡在躺椅上摇啊晃啊，天真地以为这样蚊子就在我的胳膊和腿上站不住脚。

我们在屋外被叮咬得满身是包，也没心思欣赏满天闪烁的星辰，搔抓着痒包收起躺椅悻悻然回到屋里，抹些风油精，打开总是吹着热风的小电扇，各自上床睡觉。我买过一只驱蚊手环给母亲戴在手腕上，母亲舍不得使用。有时蚊帐里会钻进来几只嗡嗡宣战的蚊子，我起身开了灯捉，在床上团团转，却事倍功半。母亲来帮忙，仿若武林高手，火眼金睛，“啪啪”几掌，蚊子全被消灭光。

但即使捉光了蚊子，我们躺在夏夜的小屋里依然燥热得根本睡不着。母亲将那台落地电扇朝向我的床吹，只将小吊扇留给她自己用。但我们闷出的汗渍还是很快洇湿汗衫和凉席，常常在半夜醒来，索性就继续有一茬没一茬地聊天。母亲柔声问：太热了，热得睡不着吧。我嘟囔一句：嗯啊。母亲又说：夜还长呢。她劝我再试着闭紧双眼，教我什么也不想，静静躺着，就睡着了。心静自然凉。

后来，我们去超市买了一只橙红色的电蚊拍。夏天的夜晚，家里再也不用点麻烦的蚊香、喷呛鼻的蚊虫气雾剂了。一到傍晚，母亲就抓着这柄电蚊拍在手，惬意悠闲、蹦蹦跳跳地穿梭在各个房间，仿佛挥舞着一只网球拍或羽毛球拍，“遇蚊杀蚊，遇虫灭虫”。蚊虫在电蚊拍里逃不出去，伴随轻微的炙烤声发出一阵焦煳味。母亲恶趣味地开玩笑说，啊哈，好香啊。也许那时，我们都对搬进大房子后，缓慢转变得安逸周全的生活充满了期待。

今年的伏天到了，风中包裹着热浪。母亲不再陪我散步，不再陪我乘凉，不再给我捉蚊子，不再拧开电扇劝我入睡，不再挥舞着电蚊拍了。

母亲不在了。就像去年这个时候，我并不知道，那竟会是我与母亲一起度过的，最后一个消逝的夏天。

64

母亲有些好面子。

我念书时，她严厉督促我的学习，倘若有了好成绩，是她的面子。

生活中，她不大肯接受别人的帮助。他人给了母亲任何衣食物件，即使接受了，母亲也必定要在往后的日子以其他东西加倍馈赠——不欠人情，不做被施舍的可怜人，这是她的硬净与骨气，也是她的面子。

母亲第一次手术化疗后的四年里，在医院做保洁员，第五年被查出全身骨转移，需要在同一家医院住院治疗。事事抢快争先的母亲不想这么快从医院的员工变成病人，她迟迟拖着没有告诉我们。而为了拿到年底的满勤奖，她硬是撑着将那一整年的活儿做完才辞职。这些都是她的面子。

我们一起寄人篱下那么多年，母亲将省吃俭用操劳和舍不得拿来看病的一生积蓄全部捧出，买下现在这套大房。从前住在小屋时，离舅舅家住的套房不远，多少总会看亲友们的嫌隙脸色。现在住的这处大房屋的面积，是从前寄住十多年的小屋面积的三四倍。搬迁之后，母亲会热情地邀请新老邻居、远亲近朋到家里走走看看，领着他们数房间，也是母亲的面子。

终于有了属于我们自己的家，母亲心里舒坦、安逸、自豪、喜悦、放心，虽然她并未多么强烈地喜形于色直白流露，但我懂她的满意，她也懂我的满意。追求生活安稳的世间你我，谁不渴望有一个遮风挡雨的家？母亲用一位妇人的窄瘦肩膀与一己之力，终于给了她与她的儿子一个家。那些日子，母亲白天独自在家忙碌地收拾整理，并不觉辛苦，是真的乐在其中；晚上我下班后，我们常常在餐厅吃过晚饭，再一起坐到客厅看电视，是那样幸福却短暂的时光。

这些都是她的面子，也是她的伟大。

65

母亲爱惜一切物件的使用。

家具物件，很少坏掉；坏了修补，极少丢弃。一台“燕舞”电视机，是彩电收录组合机，八十年代初曾是稀有品，母亲一直坚持用到前几年买了新的平板电视，才将它卖了废品。一台婚嫁时买的“威力”洗衣机，有不生锈的绿皮外壳和旧时信得过的质量，这么多年里，母亲和我仅仅送去修过两次，至今还放在卫生间的角落。还有好几张油漆斑驳的四方桌、八仙桌、木椅、板凳，都是母亲年轻时候的老家具。母亲带着它们，就像带着我从小镇到另一个小镇再到这个小城，哪怕中间我们搬家十几次，它们都还在。

我婴孩时期穿过的棉布褂子、裤子和纳层鞋垫，母亲也洗净收藏着，用干净塑料袋封存好，搁在衣柜底层的最深处。或许是她活得洁净而有节制，想留个念想，又或许是她常对我说笑的：以后啊，再翻出来留给你的孩子穿。

即使有些物件破损了，在母亲的巧手之下也能缝补生花、枯木逢春。在保证使用功能的前提下，母亲修补时尽可能不影响它们的美观。就像她的人生，这么苦难破碎，可是只要辛勤地不歇地尽力地去缝缝补补，日子也就过下去了。

这些物件比母亲的光阴还要长久。母亲不在了，它们竟然都还存活着杵在那儿。既深情，又薄情。

66

搬了新家后，在每个中午或傍晚、周六或周日，我与母亲一起去选购家具。

我们去小城的各个家具城，东奔西走，货比三家，用心打量质地，细致比较价格，总想买到物美价廉的家具。我们买回崭新的木质餐桌、沙发、茶几与六张配套的木椅。母亲亲手给沙发做了沙发套、坐垫、靠垫与垂挂到腿脚的下摆，还询问了我喜欢的花色，去挑选了几款软玻璃桌垫，回来细致地铺好。现在走进客厅、餐厅，会一眼看到透明的桌垫上有金色的花与叶子的纹理图案。

又买了崭新的木床。我主张与母亲各买一张，母亲执意继续用从旧屋搬来的拼板床，只想给我买张新床。我拗不过母亲，最终定了一款让她满意的红木床。

母亲还陪我去买了一顶新蚊帐，是时兴的长方形蒙古包，用十二根不锈钢管立柱支架支撑起蚊帐纱。安装这种蚊帐颇为费劲，我们没有找到窍门，手忙脚乱捣鼓了好久。这个边角好不容易装好，那个边角又掉落了，或者想将支架连接在一起时又发现够不着……我们满头大汗地捯饬了一个上午，才勉强算大功告成。

那几天，我们忘了疲倦地布置家里的每一个细节。这个家，就像是母亲留下的最后一件精美的人生艺术品。

67

又到玉米成熟的季节。母亲生前最爱吃的，便是刚煮熟的玉米。

母亲舍不得买价格贵的新鲜嫩玉米，尽管也知道那样的玉米才最好吃，她总要等晚几天过了旺季，再去跟菜场的小贩杀价，同样的价格总能买到两三倍分量，虽然那都已是一些被挑拣剩下来的“次品”。

但母亲会满心欢喜地满载而归，满意地剥去最后一层青皮，扯净毛须，清洗后整齐地搁进高压锅里煮熟，待那只小小的高压锅帽疯狂地旋转吐气，厨房里便满满都是热腾腾的玉米香气。掀开盖子出锅，母亲这才酣畅淋漓连啃三两根，还一再叫我也要多吃这类粗粮。在那样的时刻，我会撇撇嘴故意对母亲说，“我不喜欢吃玉米”。把玉米都留给母亲吃，我仿佛也觉得满足。

但无论母亲吃过多少根玉米，此时此刻想起来，仍然觉得太稀薄，仍然觉得母亲在世时没有吃够——而她，再也吃不上玉米了。

舅舅的女儿女婿去年来我家做客，母亲让我提前用电动车载她去巷子路口买回一些水煮甜玉米。是那种小贩在家中煮熟后用铁皮罐子装来贩卖的、价格较贵的、卖相与口感都很好的甜玉米。母亲给我留了一根，其他的都拉扯着给他们带走。母亲说：你们带着，路上吃。他们客气推让。母亲跟着他们走出家门好一段路，热情地硬塞了过去，没给自己留下哪怕半根。

又到了玉米成熟的季节。我再也看不到那个拎着一大袋玉米，笑盈盈地走进家门的母亲了。

68

听母亲讲过一件她少女时代的趣事。

那天是五月初五，端午。清晨，她像每一个乡下小姑娘一样，给家里的水缸倒满清水，挑完猪草，再赶去学堂。她走进教室，刚准备放下书包，目光瞥到课桌里的一角突然被放了一包墨绿色的“怪东西”。

“哎呀，这是什么东西唷——”性格像男孩子一样大大咧咧的她心中先是一惊，又本能地跳起来。她以为是哪个同学的恶作剧，一边大叫着，一边伸出手拎起那包“怪东西”的一角，赶紧把它用力甩向地面。

在拎起它的那一刹那，她其实已经看清楚了：那不是怪东西，那竟是一颗粽子。墨绿色的棕叶散发出潮湿的清香，仿佛包裹着一场原本可以保密的暗恋——但已经来不及了，那颗粽子被重重砸到地上，摔得变形。她才回过神来，有些怔怔地望着粽子，又看了看自己的手，仿佛做错了什么似的，慌了。

后来她才知道，这颗粽子是班上某个平日相处要好的男同学送的。那是在沉默的年代里，那些羞于言诉的孩子表达亲密与友好的方式。又可能，那其实就是一个少年对一个少女表达爱意的方式。他早早赶到学堂，在被同伴看到之前，将这一颗刚出锅的熟粽子悄悄而郑重地放进她的课桌。只是，他不好意思开口，她也不好意思抬头，他与她的思慕如同湿漉漉的露珠，在初夏的阳光升腾起之后，很快滚落在地，蒸发消失，隐没在那座乡村的岁月里。

那天，她后来坐在座位上偷瞄那个男同学，看到他整张脸都涨得通红。她心里微微有些疼痛，懊恼于辜负了朋友的好意。她低着头，他也低着头。直到那天下课，直到放学，直到很多年过去，她也不曾有勇气走过去说一句抱歉。

又过去了很多年，我也长成了少年的模样。有一天，与老去的母亲闲聊，她坐在黄昏里淡淡地说起那个晨光中羞涩的男同学，那桩少女时代的细碎的往事，那场美丽的误会。那一年端午，曾经有一颗被辜负了的粽子。

母亲一边聊起，一边微微笑着，好像在追述一件江南烟雨里雾蒙蒙的尘封故事。那样的时刻，仿佛朝霞一般的动人神色又轻轻飘回了母亲的脸颊上。

69

从前，越是在物资匮乏、艰苦清贫的岁月，越有简单的快乐。

用电饭煲煮熟一锅米饭，母亲会觉得垫在饭底的那一层金黄锅巴咬起来既有嚼劲又香脆；熬粥时，我喜欢把锅盖四周涨起的一层白色的粥汤凝固成的薄膜剥下来吃，母亲迷信，说“吃这个会被狗子咬脚后跟”；菜场买菜时，不知从哪儿听来的传言，说“鸡丁是老鼠肉做的”，要少吃，可见我嘴馋，母亲又偶尔买些回来做成好吃的宫保鸡丁；烧青菜汤，母亲放几块用肥肉熬猪油后剩下的猪油渣进去，金黄的油渣芬香了整锅碧绿的青菜叶，既能当菜又能做汤；炒花菜吃，我喜欢嚼起来青脆鲜嫩，母亲喜欢吃起来软而烂，总迁就我炒得生一些；做蛋炒饭，母亲盛一碗堆满细碎鸡蛋的炒饭给我，只给自己留一碗没有鸡蛋的“蛋炒饭”，再冲开一碗用菜油与葱花调味的酱油做汤；买新鲜的生鸭蛋回来腌制，也会放几颗洗净的生鸡蛋进去，毕竟鸡蛋比鸭蛋便宜，母亲想能不能腌成“咸鸡蛋”；买回一沓新鲜卜页，我们打成卜页卷蘸酱油吃，也觉得鲜美；炒一盆香辣螺蛳，母亲知道我爱吃，也晓得我吸不出田螺肉来，她会早早备好两根干净的缝衣针给我“挑”着吃，她自己明明可以用筷子夹着螺蛳把肉吸出来，却只是用筷头蘸几滴汤料尝鲜，顶多吃几颗炒螺蛳就佯装不吃了，全留给我；做一锅白萝卜烧淡菜，母亲总说淡菜属海鲜，是“发物”，她不吃淡菜，只喝汤吃萝卜；烧一锅冬瓜虾米汤，母亲净挑漂浮在上面的冬瓜片吃，把沉淀在盆底的虾米统统用汤勺舀到我碗里；小租屋的墙上挂着一袋肉松，母亲用木头夹子封紧保鲜，每当我眼巴巴地望着，她就取下来夹一筷子给我止馋……

高三备考那一年，我们租住在一间小水泥屋。母亲为了让我有营养，承诺我每个星期都能吃上一回红烧肉。我很盼望吃肉的那天到来。那天母亲并不怎么动筷子，她自己夹一两块肉搁到碗里，总是细嚼慢咽吃得很慢。即使她将筷子伸到盛肉的碗碟里，也是夹起好几块肉放到我碗里，一个劲儿催我吃，还坚决不肯让我再夹出来。我若给母亲夹肉，母亲总拉下脸来，态度强硬地夹回给我。就这样推让好几个来回，直到彼此都莫名地生气，直到那块肉掉落在地。

也有欢趣的时刻。吃饭到中途，母亲丢下碗起身去接电话、去给煤炭炉子换煤球、去给邻居开门……我趁她不注意，夹两三块红烧肉埋到她的碗底，用一层一层米饭盖得严严实实。待母亲回到桌前，我不动声色，低头静静等候着母亲用筷子不经意地“挖宝”似的从碗底吃出肉来。母亲又惊又嚷，笑闹着要将肉都夹回来，我端着碗筷左右躲闪，也笑着喊：“沾到你口水啦，我才不吃嘞。”

母亲抚养我的那么多年，我们过的并不都是好日子。但只要有一点好吃的，她都尽数留给我。有母亲在的时候，因为最爱的彼此在身旁，全部都是好日子。

往后啊，即使有更多衣食无忧的日子，都不再是那样回不去的好日子了。

70

母亲带着我离开故乡，在陌生小镇独自生活的那几年，在一针一线一粒米一滴油都需要用钱买的那些艰苦度日的岁月，也有捉襟见肘举步维艰的时刻。

我十岁之前很长一段时间，每个夜晚母亲一手拉着我，一手拎着大水壶，走路去小镇上一家纱厂厂房外排水的铁管道下等待着。当那些无人看管的、被准时排放出来的蒸馏水咕咕装满水壶，她再牵着我走回租屋。这些看似洁净的热水并不用作煮饭烧菜的食用水，但可以拿来洗脸刷牙泡脚，多少也节约了一点水电费。那是母亲与我走过的一段无声夜路，在那样卑微而又可贵的夏夜。

煮饭烧菜喝水时，这只水壶也派上了用场。当母亲赶着上班、我急着上学，或者她下了班、我放学后，来不及等水烧开，她就提着水壶去路口的茶水摊打开水。那是一家私人澡堂子，门口立着一个巨大的茶水炉子，汩汩冒着烧沸的白色雾气。只要一毛五，就能灌满一整瓶热水回家。别人都是提两个热水瓶去打开水，只有母亲是提着一只水壶，还说“回家倒热水瓶里正好是两瓶”，其实远远不止。所以每次母亲都在那老板娘嫌弃的眼神中，面不红、耳不赤地递上三毛钱，打了满满一整壶沸水，走回租屋灌满两个热水瓶后，还能多出小半瓶呢。

后来我们搬到小城，每逢年节前，母亲带我去那种临时搭建的年货大卖场。“狡猾”的母亲在各个人群簇拥、人声鼎沸的帐篷摊上“偷拿”一点各类干果。她一边询问价格，一边杀价砍价，一边顺手抄起一把以示品尝口味，最后才称一两斤——而等到那时，母亲的掌心、前兜、口袋里其实早已装满了各种瓜子、核桃、糖炒栗子、大枣、柿饼……回家后，母亲将她额外斩获的“战利品”呼啦啦全掏出来堆在桌上，面容闪烁喜悦，颇有一种“赚翻了”的满足与得意，却又正色叮嘱我绝不可以有这些“偷鸡摸狗”的小劣习，真是可爱得紧。

母亲还会偷菜。不是后来大家坐在电脑前或握着手机玩的那种“偷菜”，是真的偷菜。幼时有过几次，母亲带着我走街串巷，在月色黯淡的深夜去较远的田地，偷偷采摘一点别人田地里的青菜、胡萝卜或者豆角，我则站在路边负责放哨。看到远处有人影经过，或者有不愿睡去的恶犬慌张吠叫，我就赶紧轻唤母亲，提醒她跑回田陇边的小路上来。那样的月夜提心吊胆又充满辛酸。

那是在生活艰难时刻，母亲唯一的一点小恶吧。而我想，岁月终究会原谅我们的。

71

母亲的细致，是面对破碎残损的人生时的永不言弃。她不怕苦楚、不遗余力，一针一线缝缝补补。如果有叹息，就拿起剪刀把这叹息“剪断”。

从前我们住在朝北的小屋，冬天完全晒不到太阳，母亲经常满手冻疮，脚后跟也冻得粗糙皲裂，母亲会看着自己的双脚笑道，“真像两个坏山芋呀”；夏天烈日暴晒，屋内像火炉一样蒸人，我们的后背总被闷出细微的痱子。

我离家去念大学的第一个学期，母亲借来梯架，一个人抱着像一具巨兽般臃肿、瘫散而笨重的遮阳网爬上屋顶，再一块块地搬上去几十块砖头，在屋顶搭建起一片隔热层。为了给孩子一个哪怕能稍微凉快那么一点点的家，她曾经那么生猛、那么用心地奋力打造过。

夏天蚊虫肆虐，母亲又买来一扇废弃的木门框，套牢两面墨绿色纱网，用铁钉、锤子、榔头敲敲打打，做成一扇质朴、笨拙又精美的“纱门”，还不忘用针线将它的边边角角缝补结实。安装了纱门，仿佛给小屋多添了一道烟火气息的“屏障”：蚊虫少了，住在屋内的这对母子的清贫生活也舒适多了。

还有时，母亲会细心将那些没有用完的断裂的蚊香圈、残余的蚊香头都收集起来，用线绳扎紧后悬挂在每处桌椅的边角点燃，又能烧上小半个时辰。

从前那么多漫长的夏天，我们没有卫生间，没有浴缸，没有淋浴设施，只有一只放在椅子上的圆面盆。母亲每晚将一瓶热水倒进去，在小屋后面那条狭小封闭的巷道里站着洗澡。母亲那么爱干净，却这样将就地站着洗了一辈子澡。妈妈，现在淋浴房终于装好了，热水器、花洒、喷头都齐全，你却用不上了。

72

又一场梦。

梦里我在自己的房间，开着电脑做些无关紧要的事，母亲过来喊我，说饭做好了，叫我过去吃。我说知道了，马上就好，马上过去。母亲就出去了。

我磨磨蹭蹭又过了很久才过去吃饭。一边走一边推开母亲那边的房门时，我心里有些忐忑，也有些自责，觉得自己拖延的时间太久了，担忧母亲会生气。母亲却没怪我，看到我过来了，起身掀开锅，拿出碗筷给我盛饭。母亲也许早就饿了，却还是一直等我手头的事忙完，等着我过去一起吃。

妈妈，如果你现在做好了饭轻声唤我，我会立刻丢下手头在做的任何事，飞奔过去陪你盛饭，端菜，舀汤，谈心，洗碗，收拾。你走以后，纵使我浪迹天涯，吃遍美食，都再也比不上你做的饭好吃了。

妈妈，我多想再与你围坐一桌，吃一顿母子团圆的饭。

73

念小学时，家里买了一台二手 VCD 影碟机。

我跟班上同学借过好多部港产武侠片的影碟回来看。母亲也就陪我看完了《天龙八部之天山童姥》《倚天屠龙记之魔教教主》《东方不败之风云再起》等各种怪力乱神的港片。

后来，学校开始教英语。初一之前那个暑假，母亲找来一张英语入门自学的碟片，让我跟着学。我认真学了几个下午，唱熟那首字母歌后就犯起了懒。母亲当时忙于经营小商店，我自以为聪明地手握遥控器在影碟和电视之间偷偷切换。母亲在身旁走动，我就切换到英语碟，佯装用心跟读；母亲一旦走开，我就指法灵活地飞快切换到电视频道，天衣无缝。

一直记得那年夏天，下午的电视剧场放的是八七版《红楼梦》。那时我大抵怨念过：怎么今年不放白娘子、孙悟空和金庸武侠剧了呢？但即便如此，也好过学习无聊的英语吧。于是在十岁出头的年纪，我偷瞒着母亲，披着学习英语的“外衣”看了好多集那时似懂非懂的、觉得文绉绉又拧巴巴的宝玉与黛玉。

74

夏天洗澡时，母亲喜欢用六神花露水。

她教过我说，洒几滴在洗澡水里、在毛巾上，既不浪费，又洗得清凉。

小时候，母亲帮我擦背，一边搓一边逗我说：哎哟，好多泥团呢。或者有时她转过身去，露出光滑的瘦削单薄的背部，我也给母亲擦背。她还不忘教我，“饿洗头，饱洗澡”，肚子饿的时候适宜洗头，饱的时候适宜洗澡。也许是她从哪里听来的说法，其实真的是有科学依据的。

当我洗完头发后，会低下头凑到母亲鼻下让她闻一闻洗发水的芬香，还拨开头发让母亲查看哪一块仍有未洗干净的头皮屑，需要重新用清水冲一冲。

当母亲洗完澡，坐在门口等风吹干双脚再穿上袜子时，我若在一旁，她也会玩心大起，拉过我的手让我摸一摸她脚底又厚又糙的一层老茧皮。那时我总是“啊呀”大叫一声，慌忙弹跳开，留下母亲得逞后的调皮、开心的笑声。

擦背、查看头皮屑、摸脚底的老茧，回头想起来，都是温柔的童年时光。

75

暑假过半，已到八月，母亲也已走了近五个月。

去年今日，母亲又在做一个疗程的化疗。她出院前两天，我需要离家去南京做自己第一本书的分享会。因为活动场地与时间早就安排好了，我硬是丢下母亲在小城的医院，坐火车走了——实在是舍近求远、本末倒置的事。

那几天是盛夏的雷雨天气，母亲还忍受着化疗的毒副反应侵蚀，我难以想象母亲后来是怎样一个人办理出院并捱着回到家的。虽然从医院住院部回家只有两公里的路程，但生性节俭的母亲断然是舍不得打车，甚至舍不得花几块钱去坐三轮车的。她是怎样拖着病恹恹的虚体、拎着大包小包的物件，一步一步地撑到了家？我又为何那样“狠心”地抛下了她？是我总是心存侥幸，还是我对母亲的关心、善待与担忧在这几年里越来越寡淡，越来越稀薄了呢？

去年夏天，我是舍弃了一生中最应承受之“重”，却拾起了最虚妄的“轻”。而人生在往后的时光里一次次催我自责、愧疚与后悔。原来时光最残忍的并不是催人老，而是告诫我：无论怎样，都永远再无岁月可回头。

76

在小城考上教师资格的那年暮夏，报到的那天，母亲陪我一起去。

那一晚，我们住在学校里飞满蚊虫的宿舍。橘黄的老式电灯泡下，母亲陪我一起打扫，给我垫被、铺床、支起蚊帐、布置宿舍，第二天清早才回去。而那时候，母亲已经胯骨疼痛了两个月，她忍着瞒着，对谁也没讲，自己之前偷偷地去医院拍了CT片，诊断结果是癌细胞骨转移。

直到那年十二月，有一天接到舅舅电话，说母亲在家里不行了。我坐汽车往家赶，望着车窗外疾驰而过的绿油油的田地和一排排灰色的砖瓦矮屋，心里满是紧张难过悲伤。回家后，看到母亲躺在床上。舅舅与外婆在床边，说是母亲半夜开始头晕呕吐，扶着墙壁走路都会瘫倒，他们以为母亲到了最后时刻。

那天晚上我守在母亲身边，她开始渐渐恢复了精气神，仿佛渐渐好起来。也许是看到最牵挂的孩子回家了，母亲的灵魂里才又照见了光。

77

后来的这二三十年里，母亲常年有神经性偏头痛，时不时就会间歇性发作。

可能是年轻时劳力劳神，后来又为母子俩的生计奔波，忧苦多于欢趣而造成；可能是不顺遂的婚姻感情经历，让她在人到中年时每每感怀伤逝，忧思过重；可能是我未曾早些婚娶成家，让她心事落地，不再整日整夜守着一个愁字。

每当头痛发作，母亲就必须得躺下歇息。她有一条粉色手绢，用来勒紧前额、太阳穴和后脑勺，在脑袋上这么绷绕一圈，似乎真能缓解几分头痛。这条手绢不用的时候，就搁在她的衣箱里，和她的贴身衣物摆在一起；一旦头痛，就迅速取出，是她难受时候的镇定灵药。其实这条手绢不是什么好材质，只不过是某次在酒店吃宴席，从玻璃杯中取下的餐巾布而已，被她用了一辈子。

在我幼时，我也有过一条小手帕，是柔软的棕色棉布质地，被母亲叠得方方正正的，妥帖地放进我的口袋里。一到冬天，小孩子总容易感冒，鼻子下时不时就挂着两串鼻涕泡泡。母亲自我小时候就养成我爱干净的性子，备这一条小手帕，可以掏出来擦手、抹汗、拭泪、擤鼻涕，虽然看似有些洁癖，但也是同龄男孩子都少见的好习惯。在我的成长岁月里，更是见证了母亲的细致与用心。

她的粉色手绢，我的棕色小手帕，都被光阴封存在了记忆匣子最深处。

78

没给母亲好好地正式过一次生日。

母亲的生日是阴历六月十五，她以前常说：这是个伏天里最闷热的生日，不好。几年前我想着，将来要给母亲办个六十大寿，可我没等到。

母亲总是看轻自己，觉得自己不值得被隆重对待。过五十岁生日那年，她不希望我们当作是多大的事，为省钱省事，一大早就从超市买回大袋的速冻饺子，给亲戚们各煮了一碗算是过寿。后来拗不过，才在家附近的一家小饭店简单吃了顿团圆饭。娘家的亲戚们正好一桌人。那是夏天，他们几天前就买好蛋糕送来，那时家里还没有冰箱，蛋糕搁了两三天，等带到饭店一打开，早馊了。我傻傻的，怎么就不知道赶紧跑出去再买一只蛋糕回来呢——哪怕母亲不答应。总想着还有下次，还有下次呢。还以为来日方长，还以为尽孝可等。

母亲今年的生祭到了，这是母亲第一个不在人世的生日。

一早去买了贡品，按照风俗备置了豆腐、米粉、鱼、肉，端上煮熟的第一碗新鲜米饭，点上香、烛、纸、箔，设立在母亲遗像前。还买了一只蛋糕，去母亲墓前清洗擦拭了碑身，给她过五十八岁生日。

又黯然神伤地想：母亲在世时，都没看到我这样大张旗鼓地为她操办生日；现在她走了，在她身后做这些，又有什么意义呢？

今时今日，只能这样虔诚地做些仪式补遗，却是无从碰触与回应的生死两茫茫。我希冀真能有通往彼岸的一条阡陌，得到一丝冥冥之中微渺的感应。

79

原本想着暑假出去走一走，临行前又万念俱灰。

母亲不在了，往后的夏天，我能去哪儿呢？可是留下来，我又能做些什么？

这几年，每到暑假，我们几乎都是在医院里度过。那时我还在心里暗暗地想：我无法像同龄人那样在夏天出去游玩，而要陪伴母亲住院经历一期又一期化疗。我劝慰自己：父母在，不远游；有人需要你伺候，也是一种福气。

而现在我明白，我的确是应该庆幸的，我能留在最疼爱我的人身旁，哪怕是守候和陪伴在病床前——是的，我留在最疼爱我的人的身旁，却没有底气换个句式说：我留在我最疼爱的人的身旁。

母亲曾半开玩笑地对我说："等我老了，你也成家有了妻儿，你们若是不孝，就送我去养老院，既清净也不受气，我还乐意呢。"又说："说不定到时，我得了老年痴呆症，你们理我也好，不理我也好，我都去养老院。"

可母亲没有等到"老了"或者"得了老年痴呆症"就离开了这个世界，她没有给我这样一个"不孝"的机会，我也没有给她这样一个"既清净也不受气"的晚年。

我只能于事无补地想：假如母亲还在，哪怕现在真的老年痴呆、真的在养老院，那也好啊，那毕竟还是活生生地存在于这个世界上。

还假想过如果母亲成了植物人躺在床上，我照料她到终老也好，我会比从前更加认真细致，因为她在，我也算有个依靠，也算有个家。也假想过如果母亲走失了，哪怕人海茫茫千山万水，我满世界张贴寻人启事去寻找也好，至少知道她还活着，在人世间的某个地方，我们呼吸着同样的空气，望着同样的月亮。

80

失去了母亲，不单单只是失去了母亲。

她是我的母亲，她不单单只是我的母亲。

她还是我的父亲，我的爱人，我的兄弟姐妹，我的孩子，我的整个家园，我与人世的牵绊与维系。失去了母亲，我也便永生失去了父亲、爱人、兄弟姐妹、孩子、家园、与人世的牵绊与维系。

从前我像一个外星人落在这地球上，在人群当中行走、坐卧、讲话、微笑时，总是跟所有人都不一样，行为举止怪异得不合群，连自己都嗅出一些不自然的尴尬味道。只有母亲一点一点揉捏着改造我，只有在母亲面前我才毫不拧巴地亲昵，渐渐有了近乎人类的模样。

母亲离去后，我又像一个外星人落在这地球上，孤零无依，学着像人类一样站立，行走，说话，高兴，伤心，伪装，柔软，残忍，慈悲，善忘。却因为用力而喘息，因为效颦而困惑。这样笨拙地模仿着，孤独地存活着。母亲走后，这样的境遇与况味愈发积聚，只有抬头望向夜空，仿佛触角探寻到别的星球上的月色，那是源自母体的故园的遥远的仰望，才能感到某种消逝的久违的亲近。

81

有家可归，大抵是这世上最美的四个字。

老舍写过：人，即使活到七八十岁，有母亲在，多少还可以有点孩子气。失去了慈母就像花插在瓶子里，虽然还有色有香，但却失去了根。有母亲，是幸福的。

他笔下的“幸福”，正是来源于“有家可归”。

在这人世间，从此更加收敛自己的情绪，坐立行走小心翼翼，暗自是默默明白了，再也没有一人，可像孩童一般对她撒娇、任性、顽劣、淘气、诉苦了。

读到另一段话：从前母亲在的时候，我回家了，屋子是热的；她没了，我回来，屋里总是冷的。这一冷一热，如今于我更有深切感受。“有家可归”，我曾有过这样的此生最美的风景，但我没有留住它，我已没有这样的机会了。

世间的人类，如果你还“有家可归”，还拥有这样的福祉，请你珍惜一些，珍惜一些，再多珍惜一些。

82

妈妈，这个夏天还是很快就过去了。这是人生里第一个你不在场的夏天。

妈妈，这个夏天还是很快就过去了。有时独自坐在家中，坐在飞扬的尘埃里，坐在光阴里，仿佛你仍然在我身边。天气好像会一下子转凉。夜晚的风像一只受惊的兔子，寂寞地跳开。睡过的床，挤出来的牙膏，脸盆中倒好的热水，地上匆匆赶路的蚂蚁，远处传来的来路不明去向不定的河船长笛，大街上自行车的刹车声，天空中稀薄泛红的日光，两三只叽叽喳喳的飞在楼前的鸟，粥的味道，晾在衣架上的短袖衬衫洗过后潮湿的香气，鼻子吸进来的厚重清燥的味道，全都打扮成了秋天的样子。漫长的两个月暑假，你不在我身边，这是人生中第一个你不在场的夏天，我不知道我是怎么过来的。可我终究还是过来了，并且活下去了。

妈妈，这个夏天还是很快就过去了。秋天深了，空气都变得越发干燥起来。一层秋雨一层凉，早晚出门或归家时，迎着风都觉到凉意。当我想起你的时候，深吸一口气，仰头看朵朵飘荡的云。有时白天也会像深夜一样万籁俱寂，我听着耳畔有风吹动树叶簌簌地响，天地就好像又变得潮湿了。

秋

带着未完成的
爱与道别
不是走出来
而是走下去

1

念高三时，语文老师在课堂上声嘶力竭地讲一篇文言文，《项脊轩志》。

他好像讲得很煽情、很催泪，但我们这些正值青春葱绿的中学生哪会感同身受于作者归有光的悲伤？那时我是语文课代表，全文也能够表率地背得熟透，可当时提到这篇古文也只会无关痛痒地说，喏，一篇悼文。

不知怎的，这几天想起这篇文言文。人去物在、尘世变迁后，方才明白那些怅惘。

纵使三五之夜，明月半墙，桂影斑驳，风移影动，珊珊可爱，又再有何用？

只能望着庭有枇杷树，今已亭亭如盖矣。人面与桃花，生死再无相逢。

2

母亲走后，很多人对我说，“你也要走出来”。一些鼓励或者慰藉的话，我都收到了，并感谢他们与她们。

但我想，这并不需要走出来，这并不是什么阴影或者魔障。这是每个人都会经历的失去。只不过是别人在五六十岁的时候才会遇到的变故，我比他们提早了三十年。只不过是我比他们少了三十年的母子缘分。

又及，我想也许是上天想要我多思念母亲一些年月。他人活到五六十岁丧母，可再思念母亲三十年；我年近三十岁丧母，可思念母亲六十年。我比之他人，少了三十年的母子缘分，多了三十年对母亲的思念。

所以，其实并不是要“走出来”，而是要“走下去”。带着未完成的，对母亲的道爱、道谢、道歉与道别，走下去。

3

秋深了。往年中秋前夕，都是和母亲去超市购买月饼。

我爱吃蛋黄莲蓉馅的，但也会挑一些老式的椒盐或五仁口味的月饼。五仁月饼虽然如今备受冷落，但内里富足、丰盈、炫目好看、点缀欢喜，满满的都是旧式的家的味道。母亲说，从前生产的那些五仁月饼，那才叫正统又有诚意呢。而且口味一致地，我们都对各种果胶馅的月饼深恶痛绝。

去年八月十五，母亲整个人看起来都还好好儿的，照例跟我一起去超市买月饼。好像还是昨天刚发生的事，怎么都成了空。往后仿佛有千千万个中秋节，妈妈，我该如何独自去买月饼？

4

外婆跟我说起我不知道的、我在外念书时母亲一个人过的日子。

有一年八月中秋，我已在南京的校园。舅舅喊母亲一起去吃晚餐，硬气的母亲当然不会去。外婆吃完饭过来，看到母亲在吃一个人的中秋晚餐：小桌子上摆着一碗开水泡饭，一碟凉拌萝卜丝，一罐咸菜。母亲就这样甘心地嚼着无味的晚餐，无论窗外是否升起团圆的夜色。

外婆还心疼地回忆说，有一回，母亲好久没吃肉了，想炸肉圆吃，就买了碎豆腐回来捣成渣，打几个鸡蛋进去，兑匀面粉再加点葱花拌糊了，一颗一颗在油锅里炸成没有肉的“肉圆”，给自己解馋。

母亲以为她只要将所有的苦果咽下，便可以盼来一个更长稳、更甘甜的将来。就像所有的否极泰来、苦尽甘来、好日子总会等来——却没有了将来。

我所记得的，是母亲送童年的我去幼儿园的路上，在路边的小吃摊买了一碗热腾腾的饺子。一张四方桌，两张长长的条凳，热情招待的老板。那是最艰苦的时代，也是我最贪婪成长的年代。而母亲坐在我身边，一只饺子也没肯吃，

很多年以后，我看到日剧《深夜食堂》里的一集。讲一名中年男子回忆年幼时，单亲母亲带他去海边。孩子说饿了，母亲带他去快餐店吃了一碗酒蒸蛤蜊。望着孩子吃得那么香，母亲放弃了投海轻生的念头。是人世间的这一份食物，留住了他的母亲，也成为他最美味的记忆。

那天我也想到了我的母亲。在路边小吃摊给我买那碗水饺的时候，是不是望着我吃得那么香，母亲才觉得埋伏在人生路上的所有苦难都不算什么了呢。

我仿佛看到从前的母亲，就坐在那天风尘仆仆的路边长凳上，欣慰地看我吃完。

5

中秋节又到了。

早晨六点多醒，洗漱、穿戴整齐，拎着纸钱、月饼和水果去墓地。

旷阔空寂、石碑林立的墓地一个人也没有。我将母亲的墓碑擦洗干净，焚烧祭品后起身，看到远处有一只羊盯着我看，是一只皮毛洁白的羊。

我好奇这陵园中怎会有羊，循迹而去。羊很快躲跳开。待我走近，望见地上两只可爱的小羊崽偎依在一起，而那只母羊站在不远处的一处石阶上，依然定定地望着我——原来是一只羊妈妈。

不知道这陵园中为何会有这三只母子羊，当下却觉出某种虔诚的旨意，只是朝母羊微微作揖，不再打扰，轻步离去。

6

搬家后，母亲也只在新房里过了一年中秋。

从前住在老房子，中秋夜会“敬月光”。清亮的灰黄的满圆的月亮升上来时，母亲唤我帮她把一张四方的小木椅搬到室外，迎着圆润的月亮，在月色下端上一碗清水，摆上整只“冷锅饼”、几枚月饼，放好几份水果，点燃一炷香。那只大若脸盆、色泽金黄的冷锅饼，犹如一轮金色的月亮，与水碗里圆月的倒影相映成趣，也许是寓意着平安、幸福、团圆。待香火燃尽，我们端回木椅、收去碗碟，母子俩这才返回屋内吃月饼，闲适、静谧、安宁。

今年我没有再敬月光，我只是一个人对着母亲的遗像点了一炷香。然后我走到室外，夜空中挂着一轮又大又圆又亮的月亮。而我心中升起无星无月的夜，像寂灭的海。我抬头冷清地看了看同样冷清的月光，四周鞭炮声声。

再然后，今年的中秋节就这么过完了。

我生辰是月半，母亲生辰亦是月半，或许因此亲近圆月，觉得圆月比弯月更具一种静谧无声、浑然无边的凉悲。今晚是世间的团圆。其实也是我的。隔开我与母亲的，只是时间。从此，我们是两粒不同介质的微尘，抬眼望去的依旧是同一轮圆月。终有一日，我们会以某种方式和幽径得以重逢。

7

母亲已走了九个多月。时间真是稀释剂，稀释掉所有巨恸的悲伤。

仍然会在看到一些母亲生前没用完的物件时愣住，怔怔地失神好一阵。

母亲用了小半瓶的润肤霜，还装有大半瓶的沐浴乳，用掉三分之一的大包装洗衣粉，没来得及垫上的棉鞋垫，买回来才用过一次的蓝白色的粘毛器，没用完的半瓶花露水，才划去一半的浴室洗澡月卡，冰箱里刚拆封的一袋红豆沙，没来得及煲汤的两块汤底，没饮完的半罐蛋白粉，洗碗时戴的绿色皮手套，刷马桶时戴的粉色皮手套，衣柜里那只买回来后才用过两季冬夜的插电式热水袋……诸如此类的“昔日”的物件，都安安静静躺在它们摆放的地方。

它们都被母亲遗弃在这个鲜活的世间，它们见证着母亲曾经的抚摸与温度。

而母亲再也不会拿起它们，打开它们，使用它们，与它们重逢了。

永远都不会了。

8

我的母亲，是那种把自己放低到尘埃里，低到连花朵都舍不得开的淳朴女性。

我带她出去吃饭，装潢漂亮的餐饮店里，她微微有些唯诺和不安，悄悄跟我说：哪有老太太来吃的呀。带她去看电影，在挤满年轻人的检票候场区内，她也显得很不好意思，在我耳畔跟我说：哪有老太太来看电影的呀。带她去商场，对她说要是看上什么衣服就买下来，她索性跟我脸孔一板，瞪我一眼，佯装愠怒说：哪有老太太还要好，还买什么衣裳的呀。

这一生，她从不肯对自己好一点。不是她忘了人生有时也可以享受享受，可以躺下来看看风景，而是这人生没有给她任何喘息的机会。

甚至很多时候，连我也忘了待她更好一点。

9

小城的风俗是过阴历生日的。去年我过生日时，带母亲去涮火锅。

从没听说过有别人过生日不吃蛋糕而跑去吃火锅，我却突然很想带母亲去一回她从未去过的火锅店。那天，母亲一贯节俭的优良传统作风又跑出来了，觉得这是花不必要的钱，说可以去菜场买好多食材回来烧一大桌好菜。后来拗不过我，她笑着说：好吧，不晓得明年还得不得陪你吃火锅了，我们那就去吧。

是用紫色窗纱装点着的一家火锅店，顾客不多，静谧安宁。我点了鸳鸯锅，但与母亲都不喜欢吃麻辣，就嘱咐店家将两半的锅底都换成大骨汤。我教母亲将牛丸、肥牛和蔬菜一一放进去，它们很快连同两根筒子骨一起在锅里沸腾。母亲将骨头上的瘦肉片片剥到我碗中。我听话吃掉，她就觉得满意。吃完火锅，我一路载着母亲回到家。母亲觉得有些累，躺在沙发上很快就浅浅睡去。

那是母亲一生中第一次由孩子带着去火锅店。也是最后一次了。

10

前两年有一晚，我出门前打开电脑，播放电影《霸王别姬》给母亲看。上个世纪的梨园戏子在时代洪荒中的爱恨情仇、聚散飘零。待我回到家，母亲刚好已聚精会神地看完了影片，我不禁为母亲讲究的观影口味暗暗骄傲。我问母亲好看么，母亲说她对程蝶衣烧戏服那段戏最有共鸣。

以前，母亲也会跟我讲述她童年时的经历：生产大队、工分、布票、粮票、油票、按计划分配食物……这些特殊时代的词汇，是属于她们那代人的特殊记忆。

那时候，学校停课，运动不断。母亲能歌善舞，敲锣鼓、编彩带、画板报、喊口号、排舞蹈，全都样样儿精，就被选派做女生队长，站在整齐的队伍最前头走上大街，舞动着红绸带，一路敲打一路跳唱，慷慨激昂，满面红光。我听来，觉得神奇、疯癫、可惧又迷人，像是从深远隧道传来被拉长的火车的呜咽轰鸣。

而她独有的年代记忆，也随着她的往生永远消逝了。人，总会有些永远没来得及言诉的事情被带进坟墓。能说出来的，只是微小的部分。我们的记忆就是这样一代一代飘散在风中，断层着，也被更新着。

11

母亲在的时候，家里的水果都是她买。这几年她牙齿不好，喜欢吃那种搁久了以后连果皮都发黄的松软熟透的苹果，吃在嘴里又甜又粉又酥。而我喜欢吃果肉结实的青脆的苹果，哪怕酸掉牙都不怕。

最后那个月，家里来了客人探望，我端出苹果招待她们。母亲躺靠在小床上望着她们咬着汁水丰盈的大红苹果，发出咔嚓咔嚓的果肉被牙齿撕拉的声音，好像很好吃。母亲心里也馋了。客人走后我切苹果片给母亲吃，是新鲜脆嫩的苹果，母亲完全咬不动。她用小刀柄将碗碟里的苹果磨成丝状，说待会儿撒一点白糖拌匀了吃。我心思一动，去厨房将苹果削皮后切成小块的丁状，兑入浓稠的酸奶，拌成苹果沙拉端到母亲床前。母亲说，好吃，还一个劲儿叫我也吃。

从前那么多年岁，我怎么没早一些多做几次苹果沙拉给母亲吃呢？

12

九十年代的一个在记忆里早已暗黄的九月，我到了该念小学的年纪。

那时候你刚把我带出来在身边，在陌生的小镇开始生活。我的户口仍在乡村，上不了镇区的小学。没有任何门路可走，只有一条路：买户口。在那样物资匮乏、食物短缺的年代，你却凑出了一万块钱，给我买了入籍小镇的户口。

这样的一万块钱在那个年代是天文数字。其中的七千块，是你拼尽全力跟他——我的父亲——争抢过来的。那是你们短暂婚姻的共同积蓄，他只想留给自己。哪怕你被他连同头顶一块头皮撕扯掉了头发，摔到墙角，额头鼓起肿包，鼻中口中都是血，依然抢回了这张存单。

后来你坐在椅子上，云淡风轻地聊到当天的惨烈。旁人甚至是我并不能对你发肤经受的痛感同身受。是啊，“都是上个世纪的事了”。我只能在心里感伤一会儿，什么也做不了。就好像一切都过去了，包括那一年、那一天。

你紧紧抱着这张存单，连同你从少女时就积攒下来的私房钱，凑成一万块，终于让我顺利入了学。

13

不记得从哪一年开始，母亲每次去医院放化疗，或者去药房买止疼药时，都会让医生开足一周的安眠药，比如安定片、艾司唑仑片，用于缓解旷日持久的骨转移疼痛。可她买回来并不定期吃，而是用小瓶子封装起来。

我知道母亲在悄悄囤积安眠药。家里渐渐地囤积了过量的安眠药。

这些安眠药越聚越多，它们像汇聚成了一颗定时炸弹摆在那里，在母亲的计划里，在我的心里。她是听人家说，骨转移进展到最后就是疼，疼得要命。母亲是暗暗有了念头，哪天疼得熬不下去的时候，就索性吞下这一大把安眠药。她没有说破，我也没有过问。我们各自隐瞒着，猜测着，犹豫着，又担忧着。

最后的离去，却不是因为骨转移的疼痛，而是更凶猛的胸腹水。那些装在瓶罐中的小小的白色安定片，至今还搁在橱柜的不知哪个角落里。

14

过去八年，与母亲一起住在狭小平房。母亲总将屋内规划布置得井然有序，每块空间都得到最大限度的有效利用，是一个丰满而紧凑的“家”。

我与母亲的木床相隔不到三米，中间用两架大衣柜隔开；顺着床沿转个身就是餐桌，同时也是我读书写稿的书桌；电视机稳稳摆放在一只四只脚都被母亲用木条钉牢增高的条桌上；床头的木板上挤满我们的牙刷牙膏和梳妆镜。

在这一隅小天地里，每晚我们入睡后，我发出酣睡的鼾声、母亲发出均匀的鼻息，或者我翻身、母亲咳嗽，因为空间狭小有限，彼此都能听到。我们常常在每晚入睡前躺着聊天，直到夜深，聊着聊着，母亲发现我已经睡着了。

从几年前起，几乎每个天色还没亮的凌晨，母亲就早早醒了。她猫在床上不动弹，怕吵醒仍在睡梦中的我。半夜我有时辗转反侧发出声响，母亲会轻声唤我，关切地问：是不是睡不着，心里有什么事？我迷迷糊糊地嫌烦，没好气地说：妈，我明明都已经睡着了。我侧过身继续睡去，再也不管母亲是否失眠。

搬到大房子各自分睡后，我更听不见母亲整夜的声息。只有当我深夜起身小解，经过母亲房门口，才听见她憋着嗓子咳嗽不止。其实她当时癌细胞已转移至肝肺，久咳不愈。她既难受，又怕吵醒我。我推门进去问询一两句，给她倒杯热水润润嗓子，不等她跟我多说一些话，又睡眼惺忪地转身，爬回自己的温床。

后来我想，无论是在小平房还是大屋，每当这样的时刻，母亲都是在担心我——我若睡不着，她也睡不着。又或者，母亲是觉得害怕、孤单、疼痛、委屈，想有个人陪她聊聊天。还或许，是母亲知道时间的流逝与消亡，她才唤我的名字，是那样地留恋不舍。

而现在我独自在大屋的卧室入睡，即使半夜失眠魇醒，四周也已万籁俱寂、鸦雀无声。母亲卧房的木门紧锁着。我再也听不到母亲的咳嗽声了。

15

有天晚上，很想去小平房门外转一转。

这两间老房子在去年已被转卖出去，住进了新的人。屋内有灯有人，我不进去，只在门口轻声走了两个来回。老房子就是两间平房，母亲以前在门口一块砖一层水泥一点一点堆砌起来的杂物间早已被拆掉，母亲用梯架爬上房顶铺好的遮阳网大概还在上面经受着风吹雨淋日晒。搬了那么多次家，与老房子的感情最深，因为与母亲这么多年共同生活过的绵厚记忆，都在这里了。

但这里已经不属于我，也不属于母亲了。我站了一会儿，觉得失落，转身离去。

16

以前每到换季清洗，晾晒棉胎之后再套上崭新的被套——类似这样笨重的活儿，只要与母亲两人协力，总会变得容易很多。

我们各站两头，用力拉直被子的四个角，抖一抖晃一晃，棉胎就会在被套里自然地被摆放平整。母亲再细致地将手臂横挡到被子中央，让棉胎的四个边角匀称地挤满空隙。她还会拿出针线，将棉胎缝补固定在被套里面，这样当我在床上辗转翻身的时候，棉胎也不会滑动错位。

现在，我一个人将棉胎装进大大的被套，在四个边角顾此失彼，无比笨拙。

17

母亲这一生，儿子未能如她心愿及时婚娶成家，让她看到媳孙绕膝，让她如俗世万千妇人那样，因对儿女的期许圆满实现而欢喜。或许是她最大的遗憾。

倘若母亲没有带我在身边，她也不必肩负这些心事，要步步为我的成人成家、工作婚娶而盘算。倘若我早已婚娶，最后这些日子照料母亲衣食起居的，也不会只是笨手笨脚的我了，她本应得到更体贴的照料。

而我有诸多不可言诉的因由，不能像她对我掏心掏肺一般掏心掏肺地对她坦承，即使心中翻江倒海，却有无法坦承的隐秘，像暗夜下的一条忧伤的河流，不能告诉这世上唯一的至亲。

直至母亲走前第七夜，她又为此事与我置气。我终究道出一点原委。

我以为母亲会难过，会生气，会暴躁，会伤心，会不接受。母亲却比以往平静。她只是怪我怎么不早点告诉她。母亲还替我着想我以后的人生应该怎么走。我望着母亲哭泣，我说没有尽到婚娶孝道，对不起，妈妈。

母亲对我说："你五岁的时候我能把你带出来，那时谁能晓得你以后会变成什么样子呢？既然带你在身边了，当时我就决定不管将来你怎么样，我都会接受。"

妈妈，你是这个世界上最伟大的妈妈。

18

所以母亲一生就只是母亲，没能成为婆婆和奶奶。

而她的母亲、我的外婆，却可以活着看到她的孙儿甚至是与重孙女四代同堂，那是外婆的福分，也是我的母亲奢望未及的福分。

也许一个女人最岁月静好、现世安稳的愿望与憧憬，不过就是有这样含饴弄孙、儿孙绕膝的晚年。母亲曾忧心地，却又是含着笑对我说，你要早点养个孙子给我看看抱抱呀，现在我还能帮你带带孩子呢，再晚的话我怕看不到喽。她有满腹手法娴熟、经验丰富的民间育儿经等着想要传授给我。母亲也曾认真地与我设想过我将来是想生个男娃，还是女娃，甚至是讨论想取个什么名字。

而我没有给她原本可待的这份福分，也扼杀了自己有一天能有母亲陪同着我拥有儿女的福分。

人世间最让人绝望、让人心死的三个字，或许是：不等了。

母亲等着盼着儿子能结婚成家，等到那天，她亲手抚养大的儿子这一生，这母子一场，也便算圆满了。

我并非没有在心里设想过一场婚礼的场景。就像我知道，这在她心里设想的次数比我还要多千万倍、万万倍。从前有时闲聊，我们开玩笑，母亲会笑着说，等你结婚，我穿什么衣服好呢。

然而，我还是没能让她看到我的婚礼。我让她从期望、盼望逐渐失望、绝望。

最后，她知道自己等不到了。她放弃了，她心空了。她走了，她不等了。

19

在写回忆日记的过程中，叙述的语境、称谓的措辞，对你从“妈妈”，更多地变成了“母亲”。当我说着“妈妈”，那是亲昵的，耳畔的，膝下的，昨天的，在身边的，触手可摸的，能听得到回音的。

而我已不能像这样喊一声“妈妈”了，那已是我此生最奢侈的故梦。我只能唤你“母亲”，在笔端下，在心口，在网路，在纸张，在冰冷的文档里，将你的名姓，从“妈妈”改换成“母亲”。

你成了遥远的清梦，你是记忆里一身柔软的绛红色棉衣，你是躺在墓地的一座不言不语的丰碑，你是只能遥望而伸手不可触及的明月，你是故事里的“母亲”。

妈妈，我再也无法在这人世间用力地呼唤你一声。我只能静默无声地，节制隐忍地，在文章里叫你“母亲”。我再也没有机会喊你“妈妈”了，我只能这样坐在时光的尘埃里，想着母亲。

20

母亲确诊癌症的那一年，她瞒着我，仍每天上班去做保洁员，一再劳累。待次年做手术，已有了淋巴结转移。手术那一年，是二〇〇四年，她四十六岁，我十八岁。

那是我高三前的长假，那时我竟对“癌症”二字全无概念，以往只在他人口中听过，却毫无感知，以为癌症如同感冒发烧一样，只要打针吃药，病就会好的。

那一整个月母亲不在家，我总见不到她，其实是在住院手术。亲戚们也被她叮嘱不向我透露丝毫她的病况，只说过几天就出院，我只被吩咐要好好学习。从母亲入院到出院，从头到尾我都没去过医院，没有在母亲身边陪伴过。

等我再看到母亲，是出院那天，亲戚们用平板车将伤痕累累的母亲推回了家。

母亲是不想我担心，更不想影响我的学习。而我想，当她被推进手术室的那一刻，唯一至亲的孩子却不在身边，她心里一定会觉得害怕与孤独。那样生死攸关的时刻，要是我能握握她的手，要是我能守在手术室外，要是我能在麻醉药效过了之后让她第一眼就看见我，一定会给母亲更多力量与慰藉吧。

21

念大学某一日，有无偿献血车停在食堂门前，号召献血，应征者寥寥。

我想到小城家中的母亲。那时已是她初次手术与化疗两三年后，她的身体从虚弱中复原又终日虚耗劳作着，谁也不知道病灶将来还会发生些什么。

不知是在报纸新闻还是电视剧里看到的说法：只要本人无偿献血达到八百毫升，将来自己的直系亲属若有输血医治需求，便可无偿用血。我便想到母亲的病体，笃定决意去献血，倘若以后母亲有恙，需要输血，也能以防万一。

就是怀着这份“功利心”，而并非什么无偿献血的无私大爱，我踏上了献血车。第一次献血，粗硬的针管扎进手臂，缓缓地、久久地，有些疼痛，不知过了多久才抽出三百毫升褐红色的血液，顺着针管与软管淌进鼓起来的血袋里。

走出献血车，微微有些晕厥，心中却安宁欣然，仿佛给母亲做了什么伟大的善举似的。几周后收到寄来的献血证，打开小小的红色的硬质封面，写着自己的名字和已献血多少毫升。回到宿舍妥帖存放好，想着早早“集齐”八百毫升。

但直到很多年后，直到母亲离去，她也没有过一次需要“输血”。

22

这几年，母亲不是在家，就是在医院，或者是在去往医院的路上。

母亲接二连三住院化疗、放疗、复查，但住院期间晚上多数会跟我回家。病房里太吵闹，她完全睡不好，我们回家睡，第二天早晨再去病房。除非当天毒副反应比较大，母亲才不得不在病房过夜，那样的时候，她也不肯我留下来陪护。

母亲早早便催我回家睡觉，我若是拖拖拉拉想再待会儿，母亲就佯装生气。别的病床也有家人陪夜，他们挤在病床上睡或者打地铺。母亲却觉得那样会让我睡不舒服，不能让我身体有恙，就一遍遍催赶我回家。这几年里，我整夜在医院陪护的次数，其实屈指可数。

从小城的医院到家，骑电动车不过十分钟。母亲不放心我骑夜路，一再叮咛嘱咐我：路上慢点。母亲总要等我到家后，给她打了电话报平安，她才关了病房里的床头灯安心睡去。有好几次我到家后打电话晚了，或忙着洗漱给忘了，母亲就会忧心忡忡地拨电话过来。

无论病况有多么严重，无论身体有多么虚弱，她最记挂的，却永远是孩子。

23

母亲癌龄十年，是时日漫漫，也是转瞬即逝。

十年前，母亲自己得知病况，拖了大半年才做手术与化疗。十年间，前五年未得到安逸休养，第六年复发转移后，母亲不舍得去大城市花钱，也不想耽误我工作，执意要在小城治疗。

听说有一种进口药效果很好，只要每个月口服一次，也没化疗、放疗那么痛苦。母亲从一些家境宽裕的病友那里打听到价钱之后，却再也没提过吃进口药的事，也不准许我再跟她商议，死心塌地接受了在小城住院治疗。甚至临终前几个月，仅靠蛋白粉给虚弱的病体补充一点营养，她也要问清楚了价格才肯喝。

十年间的每次化疗，掉发、厌食、恶心、呕吐、头晕、发热、骨髓抑制……各种毒副反应如洪水猛兽接踵而来，最后是每日每夜每时每刻周身的骨痛让母亲夜不能寐，唯有靠吃止痛药挨过。

病魔摧枯岁月给予一个女人最后的美丽，比年华老去更加残忍。后来这几年，我阅读大量医学书籍杂志、药品使用说明和各种治疗方案，希冀能以自己的一点微薄力量照见黑暗之光，然而却无法“感同身受”。

感同身受，这是最虚妄如夜空的一个词。哪怕我们是一对相依为命近三十年的母子，我也不可能对她的疼痛与痛苦“感同身受”。是的，心灵也许可以共鸣，肉体却很难同感。我无法感同身受，亦无法分担哪怕是一点点母亲的软弱、恐惧、委屈、挣扎和难受。

24

十年前，母亲手术加第一次化疗，我们挺过来了；四年前，母亲多处骨转移要做放疗，我们挺过来了；两年前，母亲肝肺有结节灶再度做化疗，我们挺过来了；去年上半年，母亲胸腔积液要做穿刺引流，我们挺过来了。医生口中的“时日无多”，在我心里成了掺杂着些许危言耸听成分的说辞。

母亲总表现出格外异于病友们的坚强，不喊疼不喊痛。她对“活着”有执着的毅力和顽强的意志，无论大小事都尽量自理而不麻烦别人，哪怕对方是自己的儿子。她用韧劲支撑着自己，强烈地憧憬和盼望着要继续陪伴儿子很多年。

有些时候，母亲已经疼痛到难以忍受的极限了，却自始至终独自承担。偶尔有亲戚探望，她反倒要顾忌亲戚的感受而挤出微笑去关心、叮嘱他们的衣食起居——“你坐下来歇一会儿”，“桌上有水果你吃”，“你多添件衣服别冻着了”，“小军，帮我拿牛奶给他们喝”……即使那时候，她已自顾不暇自身难保，整个身心千刀万剐般疼痛，根本没有额外和多余的气力赠予身边人，却也不舍得给我、给亲戚多添一丝麻烦。

这是她自幼年起，经年累月得不到父母、丈夫、亲人的爱、重视与关怀之后，将自己始终摆放在一个“不重要”“不值得”“很轻很轻”的卑微渺小的位置。她从来没有理直气壮地为自己提出过什么诉求，别人对她只要好那么一丁点，她就惶恐，就不安，就觉得自己不配享有，就一心想着滴水之恩要如何涌泉相报。要是我、亲戚和这人世间曾经给她的一生多一些善意与爱意，那该多好。

去年年底母亲腹水，我也盲目地不相信那已是病入膏肓的末期。我怀着不知从哪儿来的侥幸与乐观，以为母亲会是永远打不倒的小强。我幻想着母亲可以长长久久地“带瘤生存”，我俩会像过往那么多年一样长长久久地一起生活下去。我不信医生的暗示，不信类似病例的悲剧，也不信亲戚的担忧，我只信母亲强忍硬撑起来的幻象——我还以为仍有幸运眷顾，我还以为母亲的离去会是一桩遥不可及的事情。其实啊，油尽灯枯、回天乏术了。

终究，我们没能再挺过去。

她在耗尽全部身心血肉之后，瘫倒了下来，像蚕，像烛火，像破损的画，像斑驳的墙，像飘散的青烟，再也无法忧心忡忡地替我操心了。她最终消失不见。

25

我有一个全能妈妈。只要我安心上学，只要我安心上班，她就满意，她就放心。她觉得只要有她在一天，就要操持家务一天。

她会做缝纫，会修电灯，会忙出一桌菜，会搭砌花坛与屋顶，会细致娴静地缝制衣物，也会嘴里喊着“唉呀地嘿”地搬重物。就像《麦兜故事》里的麦太一样，我的母亲也是一位勤劳能干、上天入地的家居万能侠。她打点着人生，经营着她与我相依为命的这个家，守护着她最疼爱的孩子。

她疼我，却不肯对自己好一点，不及时行乐享受人生，从未有过现世安稳。风风火火的母亲，做什么都手脚麻利，都雷厉风行，都想着把家务事做在享乐前面，即使不吃不喝不睡觉也要把活干完才去歇着。正因如此，她很多次都抱怨过我的拖拉与散漫，她苦口婆心地说：“你呀，以后做事一定要有章程。”

26

我买过一只陶瓷的插电式药罐，专门用来给母亲熬中药。

刚开始，母亲还按部就班地坚持每天喝，后来实在是中药太苦也太溃人了，觉得很伤肠胃，母亲就不肯再喝中药——其实很大一部分原因是母亲不知道中药到底有无疗效，不愿意花冤枉钱。在“给她治病”和“给我省钱”这样的天平两端上，母亲永远侧重于后者。

前年初夏，母亲听了病友介绍，想去寻访那些我一听就觉得是唬人的江湖术士、骗子神医。我不能对母亲揭穿，这是让她双眼发亮的治愈疾病的期望。即使这份期望就像气球，一直在被病痛泄气、蚕食、吞噬。但也正因为母亲怀着这份期待，怀着想再多陪我几年的憧憬，她没有失去治疗与生存的勇气。

妈妈，你是那么想活着，可是啊，我却没有将你留住。

27

几年住院期间，母亲在病房里结交了不少病友。有的在几年前已离世，有的仍在与病魔抗争着。

病房像一个比外面的世界更团结的小家庭。无论患者还是家属，大多亲切温和，彼此帮忙打开水、拿账单，能搭把手的都互相帮助。谁家里带了好吃的，有时也会分食一些；谁听到了什么医保报销新政策或治癌偏方，也及时交流讨论。大家都是在拼命活命的人，所以才齐心。也正因为谁也不知道哪个病床上的“战友”会在哪一天先走，大家才苦中作乐。

母亲比我“看开”得多，或许其实是为了安慰我，她才假装“看开”而已。母亲总是说，不用担心，不用担心，大不了一死，这世上谁不会死呢。她既是在自言自语安慰自己，也更多地是在安慰我。母亲的话很有力量，让我觉得她好像早已看破生死，让我真的不那么担忧，也让我不那么害怕她的离去。后来我才知道，原来当时，她比任何一个人都要害怕。

她总是时常与病房里的其他阿姨叔伯们说笑聊天，也会唤我留心帮助隔壁床家属不在的病友们：倒些开水，递拿物件，看着药水袋里的分量还剩下多少，滴速是否正好，及时跑出去喊来护士换药水，等等。

几位病友阿姨在母亲生前常来家里玩。母亲走后那两天，有两位也曾路过探望。更多的病友们杳无音讯。是啊，谁愿意接受这样的负能量呢？大家都是需要相互鼓励、相互打气才能走下去的。大家都像死神列车上的乘客，陆陆续续上来了，下车了，消失了，散场了。

28

住在病房里那些年，母亲不肯让别人睡她的病床。

虽然她热心帮人，待人接物一点也不吝啬，但越是生了病，越是爱干净。

那张窄窄小小的病床，所有住院的躯体在它的包裹里都是过客，也是短暂的靠岸。我们每次办理入院、找到床位后，会向护士要来一侧的挡板支起来，母亲总要把护士铺好的床单再细致地抹平整、掸干净，才放心躺下。

如果她的床被病房其他家属睡过，总觉得心里毛毛的。好几次母亲跟我回家睡，第二天早晨回病房看到床上一片褶皱，有翻身碾压过的痕迹，甚至还能看见好几根别人的头发，便晓得昨夜被别的家属当成陪床睡过了。母亲心里就会很不高兴，拍拍掸掸好一阵子。

后来我们想出了个办法。头天傍晚返家前，母亲将被子整齐叠好，连同枕头一起包裹在掀起来的床单里面，上面再打个扎口，像一只大花卷似的——这样一来，床就“安全”了，别人不大好意思私自铺开来“蹭床”。

什么忙都愿意帮，就是床不情愿给人家睡——母亲真是一个既可爱又任性的有洁癖的孩子啊。

29

大学毕业回到小城后，我还是想出去闯荡。为我的去留，母子俩没少置气。

有些迷信的母亲甚至拉着我去寺庙烧香拜佛，问询我的姻缘与命运、前程与去留，却避而不问她的康健与寿辰。那时候，她早已是一名癌症患者。

后来在那个夏天，我终究留了下来。但在留下的那些年月里，仿佛也是带着满心的不甘、沮丧、赌气、不情不愿、自我牺牲感。我怀揣着对往日生活的思念、对往后重新出发的暗涌念头、对母亲的微微怨念，从此留在了故乡。

在我留在小城的半年后，母亲肿瘤复发了。原来她早有不适，却一直隐瞒。从那之后至今，我留在小城过了五年。原来，母亲只是渴求我能陪在她身边，过完这最后五年。那个时候我若能知道母子缘分只剩这五年光景，我或许会更用心地守护着她，给她更好的陪伴。因为母亲是故乡。失去了母亲，也就失去了故乡。

那一年的母亲别无所求，只想要最后与儿子相吵相伴的五年光阴——这一点点短暂的微小的奢侈的愿望而已。

30

成年后我很多次想往外跑，一个人去远方。也许男孩子心里总想着要独自闯荡。所以我并未打算带母亲一起走，像我小时候她带着我那样一起走。

母亲这一生，无论道路多么难行，日子多么难挨，前途多么渺茫，她都没想丢弃过我。为何我却在日后想这样丢弃她？带她一起走也好啊。

“以后我们一起去别的地方过日子吧”，很久以后我回忆她说过的话，好像是有这么一句构想。从前母亲好几次跟我说过，想让我以后能带她出去，她不会成为我的负担，哪怕去外面大城市捡废卖废也好啊。

在小城孤独地生活那么多年，无论是亲戚邻居的脸色还是周遭并不顺遂的环境，其实都让她备受怨气。要是我能带她出去，换个环境生活下去，也许对她的身心都会有益，也许她会有不一样的晚年，也许到现在她还活着。

可惜最终，我没有去努力。我没有带她出去走走、看看，“去别的地方过日子”。我没有把母亲带去别的什么大城市住院、治病、康复、生活。就算我留在故乡，也没有很对得起她，我就这样让她在小县城走到尽头，走到人生的终结。

最终，她满怀着儿子有一天能带她去外面的世界生活的念头，躺在小城的幽暗里永远告别了人世。

31

童年时候，有过一次离家出走。

是的，孩子气的、赌气似的、想要吓唬母亲一下的“离家出走”。

那时母亲带着我租住在陌生小镇上的一条老街。忘了那天发生了什么事情，又是什么缘由觉得委屈了，我大概是模仿看过的电视剧情节，给母亲留了一张字条，幼稚地写着：“我要上上海去了，再也没有你这个妈妈。”

然后我走出家门，独自沿着老街青石板铺成的狭小巷道走啊走，一边走一边用手指刮着满是斑驳破落的壁画的建筑物围墙，心里还暗暗期待着母亲能尽快看到我“绝情”的字条，然后哭天喊地后悔不已，最后她伤心地飞奔出来找我，重新认识到我的重要性并珍视我。

那天我以为自己下了很大一番决心，可才一走上大街，就泄了气。很多年过去，我已经不记得后来母亲有没有出来找我，也不记得后来我是怎样垂头丧气地又走回家去，结束了这一场自导自演的未遂的“离家出走”。

后来的十几年里，我童年时失败的“离家出走”事件一直是一个开心话柄，是母亲揶揄我逗趣我的典型例子。每当她用念信的语气说出“我要上上海去了，再也没有你这个妈妈”时，我总无比羞愧地跟着她一起嘿嘿笑起来。

再后来，我没有去上海，而是母亲去了天上。她“离家出走”了。

32

世间的恋人皆会争吵，何况是一对相依为命的母子呢。从前二十多年的光阴里，少不了埋怨、置气、戳伤与磕碰。

与母亲闹了矛盾之后争吵最激烈的一次，我喊出了这样的话：“我晓得，我是你一生最大的败笔！”

当时是在怎样过激的状况下，对母亲喊出这样绝情的话？似要抹杀她这么多年的奔波、漂泊与牺牲，也似亮出了一把双刃剑，刺痛她，也刺痛自己。

我们彼此深爱又彼此折磨，彼此关怀又彼此疼痛。

后来偶尔想起，我才明白，无论孩子多么失败或失意，都是母亲心中的骄傲。无论母亲在人间还是在天堂，也都是孩子此生最大的福荫。

就像我从前写过：在生活的艰辛不易面前，在母亲从未言及心中苦涩只为让我日后能过得好一点而饮笑肩担的一生面前，在年代断层的冰冷幽深与庞盛的生死未卜面前，我那些虚妄的文艺不值一文。不过是斑驳瓦，苍瘠灰，小儿女的脂粉把戏，戏台上终将要枯萎凋零的脸孔。

33

幼年那段寄居在乡下外婆家的日子，母亲每天蹬踩很久的自行车，往返接送我去镇上的幼儿园。马路两边，是寒来暑往都望着我们的树木、瓦房与农田。空旷旷的天空中偶尔会掠过几阵布谷鸟洪亮的叫声，打破萧瑟与寂寞，“布谷布谷，咕咕咕咕，布谷布谷，咕咕咕咕”。

为了打发时间，不让坐在自行车后座的我觉得闷，母亲一边蹬着踏脚一边给我讲故事。每蹬踩一下，母亲的后颈和脑袋就跟着身子用力前倾再抬起一下。那些时候，母亲的辫子耷拉在后脑勺，后背能看到衣衫被汗水浸湿而凸出来的脊椎骨。

我记得最深的一个故事，是讲一对兄弟，一个叫大癞头，一个叫大屁果儿。他们在路上走着，捡到了一块钱。大癞头说，我们把钱还给人家。大屁果儿说，我们用钱去买糖吃。讲到这儿，母亲会停下来，不动声色地问：你说大癞头和大屁果儿谁对谁不对呀？我说：大癞头对，大屁果儿不对。母亲得逞了，说：是啊，让我来打一下大屁果儿。然后一只手轻轻拍打我的小屁股，我吱吱笑着想要逃开，却坐在后座无法躲避。第二天母亲又讲这个故事，我说：大屁果儿对，大癞头不对。母亲又得逞了，说：让我来打一下大癞头。说罢将手伸到后座，轻轻拍一下我躲避不及的圆滚滚的脑袋。

母亲百讲不厌，我百听不厌。在童年记忆里，在那条两边都是树木、瓦房与农田的马路上，撒满这一对孤独而渺小的母子开心的笑声。那些时刻，仿佛天上原本凝固的块状的云也被我们的笑声剪成欢快的一缕一缕。

风一吹，黄昏一来，雪一落，夜幕一升腾，那样的笑声就散了，却又聚拢，好像长久地种在那里了。

34

我念初中时，有一天母亲扶着自行车下班回来，竟然从前面铁丝篮子里抱出一只橙黄色的毛绒玩具熊给我。装进去两节七号电池，轻轻一拍，小熊就会唱歌。

明明是熊，母亲却习惯说它是“狮狗儿”。母亲说路边有小贩在叫卖，模样可爱，就想着也给我买一个。其实在我童年时，母亲也买过不少玩具，大多是电子琴、手风琴、擦写板，似乎我天性就对同龄男孩子喜欢玩的小汽车、小火车、刀枪棍棒丝毫不感兴趣，反而对琴棋书画类的物件更多一些亲近。

记忆中这是母亲第一次也是唯一一次给我买毛绒玩具，这大概也是一种圆梦式的补偿。虽然我那时已念初中，虽然它已不适合一个已长成骨骼清瘦的少年的男孩子玩耍，但我还是很喜欢这样一个迟到的礼物。

之后十几年里，每次搬家，我们都带着这只玩具熊。后来它唱不了歌，成了不再开口的小熊。加上被清洗过几次，褪去了色泽与毛绒，又成了发白发灰、干瘪枯瘦的小熊。直到今天，我还留着这只玩具熊，舍不得扔掉。

35

偶尔好像突然大梦初醒一般，发觉你已不在这人间。

你走以后，我去了一趟别的城市。出口处有大堆的接机的人群，急切地盼望着在出站的旅客之中寻找他们熟识的亲友的身影，我知道你已经不在了，我终究还是要一个人走着。直到返程时，坐在火车车厢内伏案大颗垂泪，不让邻座看见。

从前当我这样归家，你会在火车的尽头，在拥挤的站台，在家中的长椅，在深夜的灯下，在所有你所在的地方等我。从今往后，我再像这样归家的时候，你已不再在任何你曾经所在的地方了。

你仿佛站定原地，远远地、遥遥地挥了挥手，不再陪我走下去了。

36

去年深秋，母亲有一天家务活做到一半，突然觉得元气大伤。

是一件经常做的寻常小事，大抵是将晾晒在外面支架上的被子拍打完毕收回来。可那天进门后，母亲觉得气喘吁吁，浑身没劲，像是干了特别吃重的力气活。母亲赶紧靠着客厅沙发坐下来，歇了一会儿才能起身继续将被子折好，然后再收进储物柜里。母亲坐下来歇息的时候，有些纳闷地半垂着头，黯然神伤又忧心忡忡地喃喃自语道：我怎么没有力气了，我怎么没有力气了呢。

也许那个时候，母亲已略微察觉自己的气力在衰减，像摧枯拉朽，突然大势将去，而我却疏忽大意地丝毫未曾理会。

37

母亲走后，我会深夜困坐在客厅沙发上看电视剧。

当看到妙趣横生的情节，或者令人气愤不平的桥段，会自言自语，对着空气讨论一两句，并无回应。有一种假想的谈笑风生，仿佛她还在身旁。

又或者开着电视机并不想看，只是任由它传送着喋喋不休的嘈杂与喧嚣。我什么也不做，就只是静静地躺着，等时间流过。

还有时，当我独坐着看电视，或者坐在卧室电脑前，或者坐在餐厅吃饭，会抬起头想再看一看房间的门前门后，想着再看见母亲微笑着推门进来，想着从前母亲在那些时刻的面容、语气、姿态与身形。她走到沙发边，缓缓让自己骨痛的腰腿坐下来，摁开遥控器准备看电视剧。她总是后仰靠着沙发，双腿交叉而坐，双手也交叉而握，妥帖而安稳地放在小腹上，神情安然、柔和、恬静。

那样一位暖暖的、软软的、总是穿着有桃形纽扣的绛红色薄棉袄的母亲，回来了。

38

我从没看到过母亲哭泣，无论面临什么样的困苦、艰辛、磨难，无论在多么难挨的时刻，母亲都没有哭。

她这么说过：哭是最没有用的。除了表示软弱和求援，眼泪并不能改变困境。

只有一次，大概是我惹她生气了。她那一刻正躺在长椅上，什么话也不说，也没有哭声，可是眼泪止不住地往外涌。我知道母亲的伤心。我走过去用手为母亲擦泪，母亲也用手拭泪。

除此以外，再也没看到过母亲哭泣。也许只是当着我的面，她从来没有哭过。

39

妈妈，柿子红了。

你最喜欢吃的水果，便是柿子了吧。圆滚滚、软塌塌、浑润丰满的柿子，从金黄变成橙红。你喜欢吃柿子，撕开薄皮儿，包裹着的全部是果肉。咬在嘴里，甜津津，湿嗒嗒，即使偶尔有一点涩，也很快被湿甜沙糯的厚实果肉覆盖。你喜欢吃柿子，晓得它是凉物，不宜多吃，便有节制地每天只吃一两只，将剩余的摊开在纸板上等待熟透。你喜欢吃柿子，却每年秋天都舍不得买那种个头大、色泽好、卖相佳的好柿子，你嫌贵，只买农民工从乡下树上摘来的不那么好看的柿子，你说：吃口都一样，价格还便宜，有时候比那些大柿子还更甜呢。

妈妈，你喜欢吃柿子。如今，无论是熟透的鲜柿子，还是甜腻的柿饼，你再也不吃了。中秋节去墓地的时候，我给你带了几个个头大、色泽好、卖相佳的柿子摆在墓碑前。可还是心想：我再也没有办法，把它们亲手塞到你手里了。

40

门外的花坛里结出了一只香瓜，也许是我们没留意，曾将瓜子撒落在里面。

这只香瓜熟透了，个头饱满，形态可爱。我摘下来，洗净切开，挺可口，比以前我们从小贩手里买回来的都香甜。你喜欢吃香瓜远胜过西瓜。你连香瓜囊都喜欢吃，你说：囊子特别甜呢。妈，从前我们去巷子口买香瓜吃，今年我们家门口的花坛竟然自己结出了一只香瓜，你若还在，也会感到意外之喜吧。

屋顶天台的围栏上，沿着外墙爬出一根粗壮的葡萄藤，葡萄叶和枝蔓郁郁葱葱，还结出了密密麻麻的葡萄穗，好似孕育着将来沉甸甸的丰收。

香瓜熟透了，葡萄也繁盛地生长着，可是你不在了。

41

在这样秋熟的季节，还有母亲喜欢吃的柚子与南瓜。

年轻时候，母亲没怎么吃过柚子，那个时代柚子总是稀有水果。这几年，我们有时买柚子回来，酸甜清苦，生津又解渴，一个够吃好几天。你总省着吃，剥完一大片柚子肉之后，就不肯再吃了。我再剥一片给你，你又要掰下大半给我，盯迫我吃掉。

妈，你真的很爱吃南瓜。小城的方言里，它叫番瓜。你将南瓜切成块，煮饭、熬粥，或者摆在塑料碗里用微波炉加热五分钟就熟透了。我不那么喜欢吃南瓜，你就苦口婆心地劝着我吃，微微嘟起嘴，佯装失望地说：弄些番瓜吃一下，不然我可不高兴了，番瓜吃了好，粗肠子，助消化呢。

尘世的五谷杂粮，你还没吃够，却吃不上了。我慢慢地变成你，继续替你吃。

42

家中有一支老杆秤，这么多年，搬过那么多次家，它都跟随着母亲。

长长的秤杆上，银灰色的刻度已显得斑驳，用两圈深绿色麻绳垂吊着的铁钩与秤砣也已经生锈。它是经年累月使用过后的见证，见证着母亲的手掌与手指曾摩挲过它千万遍。

母亲不大信电子秤，她觉得这样的老杆秤才可靠。从前去菜市场买了果蔬鱼肉虾回来，她总要用它复秤。偶有缺斤少两，也逃不过这支神奇的老杆秤的检验。她气汹汹地去找无良小贩理论，将吃的亏补偿回来。

母亲还教我如何使用这支杆秤：哪只手拎起杆秤，哪只手捋动悬挂秤砣的麻绳。这种老杆秤有两种刻度，有时需要侧过身来看。每次我都记不住什么时候该用哪一只铁钩，看哪边的刻度。我一边心算着公斤与斤的转换公式，一边无声嘀咕：以后都用电子秤了，早就淘汰这种老式杆秤了吧。母亲不厌其烦地教我，我一次次地抛到脑后。

现在，这一支纹路斑驳的老杆秤成了时光的印记。它印记着母亲走过的需要精打细算每一步艰难岁月的人生路，也照见我来时的路。它也是一件母亲凭此养活我的遗留证物。

43

傍晚开始天降暴雨，没带雨具，下班后在单位待了会儿，没等到雨停，冒雨回家。夜色渐渐黑下来，路上雨势更大，身上、裤腿、双脚，连同电动车都被暴雨打得湿透。

从前无数次像这样迎着暴雨归家，家中总有母亲焦急地守候着。她坐在客厅的沙发上，时不时不安地朝门外张望，听到我临近家门的声音，会踉踉跄跄地爬起身来，抓起两块干燥柔软的毛巾，不停地麻利地帮我擦拭脸上、头发上、身上的雨水，还心疼地抱怨：唉，这雨真大呀。

而现在，暴雨再大再猛再汹涌，当我湿漉漉地狼狈归家，客厅里却连一盏灯火都没有。我只能遁入黑暗，咽下不知道是脸上的雨水还是泪水，学着母亲的口吻一遍遍安慰自己：

“从今往后，自求多福，自求多福啊。”

44

又一场梦。是一家三口去吃东西，在繁华的商业街上一家不知名的餐饮店。

第一次梦见有父亲在场，但浑然面目模糊。只有母亲的嗔怒音笑清晰可辨。

是一家我好像曾吃过的甜品店，需要排队等候。母亲惯例地担心价钱是否太昂贵，是否不物美价廉，是否浪费不必要花的钱。我劝慰说，不贵的，我们就吃这个。但心里也隐隐担忧是否小店已涨出天价。母亲不信，去问清了价格才同意。

我们吃了三份甜品，我正喝着饮料，突然小餐桌前又只变成母子两个人。父亲的角色不知什么时候消失了。母亲这时说，要一起出去逛逛，去一家新开的商场给我买双鞋，她也去选一双白鞋，要白色，不要米色的。我说，那家商场我知道，就跟某某商场以前一样，里面没有货架，都是一块块的地摊摊位。

然后我们取了钱返身关上门准备出门，我就醒了。莫名其妙的，没有结局的梦。

45

我刚念大一那半年，母亲在小城换了新的工作：推着早餐车去卖早餐。

每天清晨四五点，她就被枕边尖叫起来的闹钟叫醒。匆匆忙忙梳洗完毕，胡乱吃两口粥，吃力地推着笨重的早餐车去流动摊点。夏天倒还好，可冬天的凌晨又黑又冷，母亲也都硬撑了下来。

母亲每天离家前，总轻声叮嘱我再多睡会儿，然后蹑手蹑脚掩上家门。我为什么让母亲一个人在冬夜漆黑的凌晨孤零零地推着车在路上徒步而行呢？要是我也能在她身旁加些力气，能一路陪母亲聊聊天说说话，该有多好。

送货工送来当天的新鲜早餐后，母亲就站在寒风呼啸的路口，等着赶早班车的行人或路过的上班族来买。早餐摊上那些热腾腾、香喷喷的面包糕点包子豆浆杂粮粥，母亲看着摸着闻着，却舍不得吃。只有一次，母亲又冷又饿、体力不支，伪造过一瓶破损的豆浆：人为地破开一道裂口，用吸管伸进去吸食几口——这样，这一瓶豆浆可以作为生产运输过程中的客观破损而被仓库回收，无须母亲赔偿。

这是在很久以后，母亲淡淡地跟我说起那些苦难的日子里，一点狡黠的恶、一桩微小的原罪。当母亲说起这样的苦难与贫困，脸上总带着微微的笑容，好像在说一件年代久远的晦涩而寻常的往事，一点也不辛酸了。

46

搬到新家后，因为门外是一条行人很多的小街道，所以母亲想着能在门口做一点小生意，甚至幻想过可以在院墙上打开一扇通向路口的门，摆摆小摊、推推冷饮柜、卖卖小食品。

她从不愿太闲着，只要能走能动，她都一直在劳作，永远没有片刻歇息。她说，“这可怎么好，我现在成为一个废物了呢”，还说，“你现在上了班，要是我也能工作赚钱那该多好，我们往后的日子肯定越来越兴旺”。所以即使拖着病体，她仍想着尽她所能发挥余热，给我赚钱攒钱，为我累积所有福荫。

可是那些财物、那些福荫，甚至是我，最终都把她扔弃了。

47

以前与母亲一起住了很多年的小屋，一到雨天总是漏水。

雨声滴滴答答，积水湿湿漉漉，不是在这处墙角，便是在那处顶缝。家里的床头、电视机、桌椅书本，全被漏雨打湿过很多次。

于是我们像电影电视里演的那样，手忙脚乱地拿脸盆脚盆接引在漏水处。渐渐摸熟了“灾区点”之后，我们也能听着不间歇的水滴声相互安慰着、将就着入眠……

小屋的后巷一到夏日的暴雨天气也会成为重灾区——地面排水不畅，厚厚一层积水像阻塞不通的河流一样沿着门板下面的缝隙淌进房间，拖鞋、塑料盆、水桶都会摇摇晃晃地漂荡在这样的“河面”上。有时我们半夜起身解手，发现家里被淹，又是手忙脚乱地垫报纸、毛巾、废弃衣物……

从前的日子啊，我们一起住了那么久漏雨破旧的小屋，然后母亲给我留下这么一个安安稳稳的安乐窝，再然后她走了。

母亲走前这半年，以我并未觉察的方式将我的衣食住行都安排得妥妥当当。她给我往后的每一种生活方式都留了宽敞的后路，却没给自己盘算哪怕一点点。

48

妈妈，我又梦到了你。在梦中你坐在院门口的阳光房晒太阳。你舒舒服服地坐在椅子上，偏着头趴靠在椅背上。我跟你闲聊，你微笑着，脸孔皱成一朵花。

后来连续两夜都梦见你了。每次你都是躺在家中，身体并不康健，但很有精神。

我其实在梦里也知道，你已经走了。我甚至知道自己是在梦境中。可我还是想：真好，妈妈回家了。我心中有某种微小的安稳感，又深深隐忧着，担心梦会醒。

还有一次更清晰的梦境。梦里好像是你出门去洗澡，好久都未回家，我有些担忧。我在家里给几个孩子补习功课，时不时望向窗外的雨，想着要不要去接你。这时手机响，我想也许是你打回来的，或者是家长们。

急忙抓起手机，是闹铃。然后我醒了，窗外正是阴天。

49

几年前小城的大润发开业，我与母亲总是一起去采购。我们轮流推着购物车，买完活鱼后，路过杀鱼区旁边的洗手池。

我洗手，母亲忐忑又好奇，问：这个哪能随便给你洗哦？我一副“见过世面”的姿态告诉母亲这是专门给顾客洗手的配备设施，教会她大胆地拧开水龙头，挤压洗手液，把手冲洗干净，最后大大咧咧地放在烘干机下面吹干。

母亲乐呵呵、美滋滋地学会了。以后每逢去大润发采购完毕准备去结账之前，她铁定会主动溜达到洗手池那儿完成这一套洗手烘干的“组合动作”。我心里高兴地想：呵，我妈挺可爱的嘛。

有一次，在超市里看到一位老阿姨在洗手池边犹豫踟蹰，母亲不动声色地走过去，以一副“见过世面”的姿态耐心教会了那位阿姨如何使用洗手池。末了，母亲抬头挺胸，面不改色，一副“见过世面”的模样，很是拉风。

呵，母亲真是一个满满孩童心的逗趣的半老太太啊。

50

母亲走后半年多，我大抵是忧思过度，一段时间头痛欲裂。

去医院检查，抽血化验，做头颅多普勒，后来诊断出是脑血管痉挛。检查中心就在小城人民医院的肿瘤病区的斜对面。拿着检查单，想再去肿瘤病区走走看看。

这是一栋低廉的三层住院楼，被孤单地僻置在医院主楼的旁侧。从前母亲总是态度坚决地说，“重症监护室太贵，一天好几千，以后我坚决不住”。这几年，她就是在这栋破落的肿瘤病区楼里做完一期又一期带来非人折磨的化疗。肿瘤科常常床位紧张，连病房走廊过道里都摆满了铁架子床位，像一排排廉价破落的联排屋。母亲倒宁愿不去住病房而睡外面的床位，“床位费便宜，能省一半钱呢”。

从楼区的南门入口进去，是从前与母亲走过很多遍的台阶。母亲骨转移后这几年，不让我背，也不让我抱，就是这样一级一级地拾步而上。她缓慢艰难地抬起一条腿放上去，另一条腿再挪上去，歇会儿，再继续。

从楼区的北门入口下去，有一条长廊通往医院主大楼。大楼地下室是放疗科室，需要放疗的肿瘤病人按排表分批来做放射治疗。有时我下班赶到医院，在病房内不见母亲，便猜到母亲一个人去做了放疗，也穿过走廊去地下室等她出来。窄窄的银色金属推门不知过了多久才打开，母亲虚弱而踉跄地迈出来，我从长椅起身，迎了上去挽住她的手臂，她也在一群守候在外的家属中一眼望到我来了。我柔声询问她感觉怎样，她只是微笑着，脸上又有了光泽与生气。

思绪被清晨的光线拉了回来，取了缓解脑血管痉挛的药，我也该回去了。这是早晨七点多,医生还没有上班,只有前夜值班的护士，只有昨夜睡在病房和过道床位的患者与家属，又从一个不知怎么挨过去的长夜里醒来，洗漱，活着。

我穿过从前与母亲好像走过无数次的长长的台阶与走廊，穿过那些药水气味熟悉的病房，穿过那些因为癌症而灰暗、蜡黄的陌生的脸庞，穿过心中疼痛的忧伤的饱满的空荡荡的记忆，孤独地从肿瘤病区的楼梯口下了楼。

51

从前每次到这个病区住院，临出门前，母亲总在家里先收拾两大包随行物品。

水杯、碗具、毛巾、热水瓶、卫生纸、脸盆、洗衣粉……统统整齐划一地摆放到行囊包箱中。母亲讲究做事洁净有序，她还不忘在行囊里塞上几份报纸——带到病房，用来垫在床头柜抽屉和储物柜里面。她总说，这样才干净。垫好报纸，母亲才放心地把那些生活用品一一摆进去。

装点“行李”去住院，如同是去“旅行”。或许我们就是怀着“旅行”的心态去住院的吧，只不过这种“旅行”，每一次都是一场血肉发肤的疼痛苦旅。而病房就像是我与母亲经历过无数次的战场，每次我们或彷徨或忐忑或假装豁朗地上阵杀敌，却不知道这一遭又会面临怎样的战果与惨况。

每次临到出院，母亲都会跟隔床的病友们依依惜别。她将那些生活用品收拾整理好，跟病友们笑着打趣，亲切热烈地告别。她说：“不再见了，下次谁也不要到医院来了。”她与他们是病友也是战友，彼此相互鼓励打气，脸上挤出苦中作乐、积极乐观的笑容。

母亲与她的病友们从不说“再见”，而说“好走”“慢走”，说“越来越好”，说“不再见了”。我知道这其实是最美好的祝愿——谁都不愿意拖着伤痕累累的病体再次在医院里相见。他们宁愿各自安好，哪怕永远不会再见。而母亲与她的病友们，在人类生命的长河里，真的就这样一一陆续告别，各自到站下车，先后陨落成灰，消失再也不见。

52

母亲做了大半生裁缝，后来患上老花眼，视力变差，才告别缝纫生计，也卖掉了缝纫机，四处打听哪里有雇用四五十岁妇女的零工活儿。但手艺始终未丢，家中总是常备针线盒，时常缝缝补补。

好像从很早开始，母亲眼神就不大好使了，每次穿针线都要耗时许久。捻一捻线头，或者先放在口中润湿后再捻一捻，然后迎着光线充足的地方一手握着细针，皱着眉眯起眼，一手颤颤巍巍将线穿过针眼，看似即将大功告成，一拉，却没穿进。

母亲这个时候会喊我帮忙。她将针线递给我，却不忘“揶揄”我这个深度近视患者：你恐怕也穿不进吧。我故作镇定地不言不语，无论是单股线还是双股线都能轻松穿进，母亲笑眼盈盈地满意地接过去，缝补我们的棉被衣物。

这样一只长方形的针线盒，还安安稳稳地摆在客厅电视下的木柜上。里面装着母亲用过的各式各样的线团和粗细针，有的针孔还穿留着母亲当时没用完的一截短线。

我好想再帮母亲穿一次针线。她皱着眉眯起眼，或者笑盈盈地揶揄起我。

53

母亲躺在小平房的那段日子，总觉得身下棉垫硌人，还觉得盖在身上的棉被沉重，常常让她觉得喘不过气，需要掀开。可那是深冬，掀开又会让母亲着凉。

其实不是棉被重，是那时母亲胸腹水严重，加上脏器都在衰竭，整个胸腔被肿瘤挤压，胀痛难忍，坐卧不安，呼吸十分困难。我一遍遍替她轻轻捋顺和拍拭后背，效果甚微。母亲当时以为是全身受棉被重压而影响呼吸，后来我找出一床轻软的太空棉被盖在她身上，虽然轻了，却不那么保暖。

母亲想要我帮她缝一块单薄的小棉被在太空被上面，这样既不会太重，也能保暖一些。我找出长针与棉线，缝得歪歪扭扭。母亲看不下去，唤我扶她坐起，她眯着眼睛一针一线重新将小棉被细致齐整地缝在太空被上。恍惚有那么一刻，我觉得母亲好了。那天下午的冬日阳光很温暖，从天窗一直照到我们身上。

母亲一边缝补，一边与我偶尔唠叨几句，教我应该怎么穿针引线，从哪里穿过去又穿回来，缝在被套上的线路才会妥帖好看。那是母亲走前，显得最有气力的一个下午。那也是母亲最后做的针线缝补活儿。

如果人走之前真有回光返照，那天下午就是母亲的回光返照。

54

四年前，母亲被诊断出全身多发性骨转移，在小城入院。那时距离她第一次手术化疗已有五年。我没有对母亲隐瞒病情，也瞒不住。每次抽血化验、B 超、CT、核磁共振的检查结果，她也会想方设法打听清楚。

主治医生让我们去医院档案室调出几年前的病例资料，复印一份带来。档案室里一个四十多岁模样的女人，不知道站在眼前充满生机的中年妇女——我的母亲——就是患者本人。她在听说患者已经骨转移后，大惊小怪地喊道："哎呦，都骨转移这么严重了，不要再治疗了，赶紧回家多吃喝些好的。"

母亲听了心里一沉，我也没有好发作。待复印完病历资料，我们默默离开。母亲一路上反复想那个女人的话，心情很不好。我反复安慰母亲："她不过是管理档案的，又不是临床医生，她那是瞎说，哪里懂现代医学的进展？没事的，妈妈，我们好好治疗，很多人都过来了。"

不知是否是我的安慰起了作用，母亲真的继续陪伴了我延长的四年；也不知是否我太乐观太盲目，母亲只陪伴了我短暂的四年，以致到最后，我都疏忽了本应更好地陪伴她。

55

中午在食堂用餐，有同事吃噎着了，一阵咳嗽。旁边另一个同事赶紧夹菜给她，还说："快吃些菜，不然今天会与人发生争吵。"我听了，想到母亲。

在小城地方的迷信说法里，如果谁吃饭噎着了，咳嗽不停，就预兆着他今天会与别人发生争吵。旁边的人夹一筷子菜给他吃，就能化解口角纷争。

从前与母亲两人在家里吃饭，我不小心噎着了，母亲就会用温厚的手一遍遍捋顺我的后背，并嘱咐我赶紧喝汤。待我平复，母亲也总记得往我碗里夹菜。若是她噎着了，我也如此效仿。仿佛这样就能化险为夷，否极泰来。

我要是给母亲夹了一大块肉，母亲会一边咳嗽着涨红了脸，一边笑道：故意捉弄我呢，快换一块小点的，这么大块肉还不更把我吃噎着呀。我嘻嘻哈哈笑着，赶紧重新夹了一块。

同事们还在聊天，我回过神来，继续在食堂的餐桌上扒着饭。忽然想起以后若是噎着了，再没有人与我互相夹菜了。

56

亲戚们谈论起母亲，都说她性格太要强。“要强”两个字，多少也间接酿造成她后来的疾病与命运。

但一生顺遂、生活宽裕的他们不会懂：一个离异的女人带着一个“拖油瓶”男孩相依为命讨生活，不要强怎么行？倘若弱不经风的，被生活击垮了怎么行？所以母亲从来就不是手无缚鸡之力、不食人间烟火的文艺女青年，而是精明务实、能干要强的世俗女人。

这么多年来，正因为她的要强，她哭过之后再也不轻易示弱，无论是对男人，对婚姻，对命运，对疾病，还是对我，她都咬紧牙关，不再轻易示弱。正因如此，她才能把家操持得井井有条，我才能拥有现在的生活。

他们归责母亲太要强，我却庆幸与感激有这样一个要强的母亲。

57

从前，母亲偶尔得意地说起，在抚养我的岁月里，给我喝过一种营养品：麦乳精。

她们那一代人，出生在五十年代末，一生下来就遇上了国家三年困难时期，挨饿是她们共同的深刻记忆。在她们的身体骨骼正蓬勃疯长、本该青葱美好的少女时代，却长期没有足够口粮，导致她们群体性地营养不良，待到刚生下孩子那一阵子，那一代年龄相仿的年轻妈妈哪有丰盈的奶水？

那时候也没有奶粉，妈妈们稀薄的奶水无法喂饱嗷嗷待哺的婴儿。每个刚当上妈妈的小姐妹都要费尽精力去救活和养大从自己身体里孕育出来的这只鲜活的小生灵。母亲说，别的妈妈们都是将大米熬成稀米粥给婴儿喝，只有她，想尽了各种办法给我喝到当时最好的麦乳精。

麦乳精，在那个时候被普遍认为是最有营养的营养品，少见、昂贵、有讲究、有身份。在普通百姓家中，它是奢侈的饮品，大人们寻常时候往往舍不得喝，只有来了尊贵的客人才会抱出罐子舀出一两勺冲开待客。“那个时候，给你喝了好多好多罐呢。”母亲总是骄傲地说。

这是一种母爱的优越感——别人家的孩子都是喝米粥，只有自家的孩子，喝的是麦乳精。不单单是麦乳精，这种优越感还具体地“物化”成了发烧发热时给我吃的一罐橘子罐头，上学前在我的口袋里搁的两块大白兔奶糖，当我考试成绩进步时奖赏给我的一整袋美味肉松……

很多年后我也能体会母亲这种内心的满足与快乐，她把最好的都给了我，这是她理所应当值得骄傲与自豪的爱。

58

想起很多年前，家里有一罐别人送的中老年奶粉。

母亲不舍得喝，想去换成牛奶给我喝，无果。这罐奶粉被搁置了很久，直到快要过期，母亲才不得不打开铁罐，却喃喃地说：“我喝这个不是浪费嘛。”

每每冲开一小杯奶粉，母亲就怂恿着我也喝一杯。她说：“什么中老年不中老年的，反正都是奶粉嘛，你喝也没事，你不陪我喝的话我也不喝。”我危言耸听地答道：“这可不能，中老年奶粉针对中老年人体质添加了特别成分，像我这样的少年儿童喝了，不仅无益，反而有害，更会促进衰老呢。”母亲被唬住，只得悻悻然作罢，没过两天，她就去小卖部买回了一箱给我喝的青少年牛奶。

其实从小到大，家里很多食物，母亲都是秉承着这样“我不吃她也不吃”的强硬态度，仿佛给我吃喝就是天经地义，给她吃喝就是暴殄天物。念高三那年，当我每晚复习功课时，母亲会“逼”我喝一杯冲好的麦片、豆奶或奶粉，这些乳制品大多是她生病住院时亲友探望送来的，或赶上超市打折促销买回来的。一杯杯乳白色或淡黄色的乳制冲剂，被她泡在保温杯里，小心翼翼地捧到伏案解题的我身边，冒着热气与香气。“趁热喝了，补充营养。”她自己不喝，哪怕她的身体极其需要这些乳制品来帮助复原。可不知为什么，只有我喝了，她才欣慰。

那些读书的岁月已经遥远得模糊难辨了，但还是记得她倔强的嗔怪的执拗的可爱的神色与语气，也记得每天晚上临睡前只有给我热一杯牛奶，她才舍得给自己也泡一杯奶粉，还记得那些依然萦绕在鼻息和胸腔里的热气与香气。

那一罐中老年奶粉，母亲一直喝了好久好久。

59

我长大到好几岁，偶尔还会尿床。在家乡话里，叫“来嘘宝”。

那时我与母亲迁徙租房生活，小屋内摆不下两张床，都跟母亲挤在一起睡。半夜做梦时，我明明找到了厕所，放心地开始尿尿，结果其实纹丝不动地沉睡在床上，把床单棉垫都尿湿了。

我还在嗜睡，母亲已被热气腾腾的尿湿醒。很多次她睡眼惺忪地把我抱起，在深更半夜手忙脚乱地替我擦洗、换上干净的衣裤。然后母亲挪开身子让我睡到干燥的地方，而她睡潮湿的那一半。漆黑的夜色还很深，她抚慰我说：赶紧睡吧，离天亮还早着呢。

我睡在干燥柔软的地方，又进入香甜的梦乡。而潮湿的床单很快冷却，即使垫上衣物，也把母亲的衣裤全都浸湿了。

60

为什么有一千次在离别的时候，我都不知道那就是永不会再碰面的离别？

为什么有那些跟母亲发过的脾气呢？当时怎么都未曾料到与母亲此番的离别，近乎三十年母子关系的瓦解，这不是一朝一夕，而是人生巨大的变故。

在母亲生命最后的时光里，在她对我“苛刻”时，我还曾哭喊着问母亲：你怎么这样了，你以前对我不会是这样的——我在那个时候还在苛求母亲的温柔，而她已经被人生折磨得无处不是伤痕。听了我的问话，母亲只是愣了一下，也许她也不知道怎么会变成这个样子。她只是说：我不能再像你小时候那样对你了，如果还那样的话，以后你怎么过法啊。

我们都未曾想到将要经历人生的巨变。

这巨变就是她永远地走了，而我独活下来了。

61

深秋的气息越来越浓。有天早晨，我买了早点去看外婆。

又聊到母亲。外婆偶尔会梦到我的母亲，她还说：每天早晨，都听到你们以前住的南边小屋开门“吱呀”的声音。这样的声音勾起外婆想念她的女儿。从前我与母亲住在南边小屋，外婆离开乡村后便住在舅舅家的车库房，我们与外婆家相距不过十来米。每当我们的小屋铁门开合时，都会随着门轴的转动发出一声沉重粗钝的嘶响。外婆说：现在每每听到这样的声响，仿佛又是你母亲走过来看我了。

那个时候，我的母亲奔波劳碌，既要照顾我，还要时不时看望外婆，忙得顾不上好好坐在桌边吃饭，常常围着围裙，一手端着粥锅，一手抓着勺子胡乱地往嘴里舀着稀粥，大步流星走来问外婆：今天要不要给你送些饭菜？

我在外婆的追忆中也想起那些日子，那样一个风尘仆仆、不言疲累的母亲的身影。仿佛言犹在耳，仿佛身影还在屋前屋后，仿佛我伸手就能抱到母亲，仿佛那样的“吱呀吱呀”声又传入耳朵里。

62

母亲开始在一家公司做保洁员那一年，我也开始念高中。

每天，母亲在一间间办公室打扫、倒茶时，偶尔会接受那些主任领导们一点微小的善意。他们吃剩的尚未剥开的开心果、糖炒栗子，一两只香蕉或猕猴桃，或者其他各式各样的零食、小玩意儿，在母亲将他们的狼藉收拾干净后，他们会顺便客气地叫母亲拿些去吃。

母亲将它们包好带回家来。带得最多的是开心果，她总是习惯叫它“开口笑”。几次母亲下班回来，细致地拿出一小包开心果，唤我去剥开吃掉。在我们困顿的生活中，我们喜欢吃开心果，也知道它是并不便宜的坚果零食，于是一桌对坐，母子相让，那样的时日也有渺茫的安宁的快乐。洁白的坚硬外壳张开口，轻轻剥开，发出清脆的声响，露出翠绿的清香果实。

后来大学毕业，买过两次开心果给母亲吃，母亲觉得奢侈。有时一起躺坐在沙发上看电视剧，一起剥开心果吃。我塞一把到母亲手里，她都尽数塞回给我；她自己却数着颗数，省着舍不得吃太多颗。

而我仿佛这一生，再也吃不到那天母亲带回家的美味的开心果了。

63

某天在家里翻到高中的杂物，二〇〇五年的日记本。原来那时我竟已在日记里写了好多关于母亲的文字，有对她的爱、怜惜、依赖，也有埋怨、伤心、不解。

更多的是诸如“以后要让妈妈过上好日子”，“将来要给妈妈幸福快乐长久的晚年”这样的句子——是十年前暗自期许的承诺，像恍如隔世的鞭挞，使我心里一沉，觉得难受起来。

在逐渐长大的过程中，我也许慢慢丢失了当初的赤诚。我很早就能体恤母亲的艰辛牺牲，却迟迟没有回报给她一个花好月圆的未来。

这本十年前的日记本，像一轮当时的月亮，醍醐灌顶地照亮我，提醒我，催悔我：从此往后，永远都没有机会了。

64

前年秋天我们买下的这套大房是二手房，但室内构造、装置铺就都很干净。

那几年间，母亲一直和我到处看房源。母亲抱怨：要是早几年买房，房价也没这么高呀，可惜那时候没有钱，亲戚们也不算富足，都自顾自，哪肯借钱呀。就这样，我们在两间逼仄小屋里住了近十年，如今我有了工作，母亲也处在再次住院化疗的间歇期，我们值得有更好一点的生活。

母亲想买房，是为了我将来成家；我是为了母亲能住进来。

我们在周六日和寒暑假骑着两辆自行车，奔走于数不清的房产中介，看过很多小区房、单位房、私人住宅，回来后细细商榷。最终看中了这样一处坐落在一楼的套房，原本居住的主人也是正经人，家里端庄整齐。

母亲很喜欢它有两扇朝南的不锈钢铁门，封起一个小庭院。半个庭院有玻璃天窗做顶，成了一个冬暖夏凉的阳光房；半个庭院露天，有养着花草的长方形花坛和通往阳光房屋顶的扶梯。走过庭院，到外客厅，里客厅，大小三间卧室，餐厅，厨房，储物间，卫生间。后门连接楼梯过道，前门通向道口宽敞的大路，有行人车辆穿过。这样朝南的房子，能享受到从前朝北两间小屋不曾有过的阳光，也有了一些安稳丰足的意味。母亲非常满意这样的设计。

买下后重新刷白，进行大清洁，连日通风透气。母亲特意问卜挑选吉日，亲戚们帮我们搬了家。东房卧室采光好、阳光充足，她执意留给我；西房卧室有些阴暗背光，她执拗地留给自己住。搬家后，从厅堂到角落，母亲细心打理每一处家居摆放与房间布置，憧憬着往后的新生活。

母亲在她生命的最后两年，耗尽身心买下这样的大房子。一个女人，一生带着孩子，留下这样的房子给我，她走了。就像很多年以前，她在那个小镇挺着大肚子盖好三层楼房，然后伤心地走了一样。即使这次的离开，她也许不那么伤心，她心里多了一丝安慰，安慰于她给孩子留下这样一个遮风挡雨的家，安慰于她倾其所有把一生给了孩子，安慰于她知道孩子不会居无定所，无论在外面怎样狼狈，都可以逃回这样一个装满回忆的城堡。

母亲曾在常年没有阳光照耀的阴冷的南屋住了将近十年，可是，却只在阳光普照的安逸的新房子住了十来个月就走了。这短暂的十来个月，是她用五十七年漫长的颠沛流离、无家可归、迁徙奔波换来的。

而我心里，在买房那天之前就这样想过：这不是我一个人的房子，这也是母亲的房子。这是我与母亲，我们的房子。无论母亲在哪里，这都是我与她永远在一起的家。

65

童年时，母亲带着我租住在小镇上。

有几年夏天，街坊邻居们口口相传，说可能会发生地震，家家户户提心吊胆，做各种防范准备，母亲也不例外。每晚临睡前，她在我俩床前的水泥地上倒置摆放两个深褐色的啤酒瓶。母亲叮嘱我说，如果睡梦中听到瓶子倒了，屋子摇摇晃晃起来，就要赶忙跃起身，她会拉紧我的手、带上家里仅有的积蓄逃出屋外。

后来小镇并没有发生地震，大家也都渐渐淡忘了这桩事，投入正常的生活中，我和母亲继续过着平淡无奇的日子。

那些现在回想起来觉得漫长却又很快消逝了的童年的夜晚，租屋偶尔会停电。家中备着几支白烛，我们在烛光中吃晚饭、洗漱，然后母亲哄我入睡。要是睡不着，母亲会用双手在墙上做出各种动物的光影：蝴蝶、大雁、兔子、金鱼。等母亲的手做出狼狗的黑影，嘴巴还一张一合的时候，我就害怕地闭上眼，不一会儿就睡着了。这是母亲的双手在黑暗的光影里跳起的温柔的舞蹈。

妈妈，等将来我有了孩子，也会给我的孩子“跳”这样的光影之舞吧。

66

翻找出几年前给母亲听的一只 MP3 播放器。

是一只小小的劣质的白色狭长 MP3，但母亲用得爱惜，一直没坏。里面存放了几十首她们那个年代爱听爱唱的流行歌曲，邓丽君、毛阿敏、田震、那英，都是她喜欢听的女歌手。听得高兴之余，母亲也会用夹杂方言的普通话跟着唱上一小段。音乐让她露出轻快的表情，苦难的人生中仿佛也唯有此刻，可以存留一丝慰藉风尘、擦拭风霜的安逸、甘饴、甜美。

想起第一次把 MP3 递给母亲，教她插上耳机线，摁下播放键，调节音量，自由翻选曲目。整套流程教了两三遍后，我说，妈，快，开始唱了，可以听了。母亲一时慌张，忘了音乐是从耳塞里传出来的，她歪着头，两只手抓握着 MP3 赶紧贴凑到一侧的耳朵旁。长长的耳机线被遗忘，无辜地耷拉在地上。后来，每次跟母亲聊起这件事，我都乐不可支地笑出泪来。

这只 MP3 里有几十首歌，至今还保留在里面。从前的岁月啊，无论日子多么苦涩，生活多么难挨，路多么难走，偶尔我也会听到母亲唱起这些歌的开头，都是在少女时代听来学来的电视连续剧的片头片尾曲，仿佛是一些永夜里的微亮时刻。当她在晨昏里身影忙碌或者伏案躬坐，双手不停操劳，起早贪黑做着针线活或家务琐事时，即使不唱词儿，也会哼上一小段。不经意哼出的曲子让她的脸色照耀出柔光，她入神、忘我、闲适、陶醉，甚至自己也没觉察到自己怎么就哼出来了。人生太难了，但她还是没有忘掉这些歌曲，不是吗。

最让母亲印象深刻的一首歌曲，或许是一部热播电视剧《渴望》

的片尾曲，《好人一生平安》。刘慧芳式的大善大美女性形象，曾影响了她们那一辈人。歌里唱的“有过多少往事，仿佛就在昨天；有过多少朋友，仿佛还在身边”，依稀记得母亲抱着还是婴孩的我唱过，即使那已是二十多年前的夏天了。

母亲在时，我从不听这类看似年代久远的老歌。母亲走后，我才想起这首歌来。翻出留在 MP3 里的原曲安静地完整听了一遍。歌曲后段这样唱着：“如今举杯祝愿，好人一生平安；咫尺天涯皆有缘，此情温暖人间。”

我不知道，这样只能劝慰人生的谎言是否在那些疼痛的岁月里，也曾慰藉过母亲几分，让她曾真的以为，好人一生平安。

67

我有一个小孩。她是我妈，她也是我的任性的小孩。

她会跟我闹脾气，会跟我置气，会说出语气很重、很伤人的埋怨话。她会怨责我，会跟我冷战，会要我像从前她哄我那样哄她好久才肯复原。

她也会害怕，会疼痛，会软弱，会跌倒，会害怕走夜路而要我并肩陪同着她，会不想给我多添一丁点麻烦而假装坚强，其实她心里在害怕。

她还在中年之后对我多了依赖。去医院、去结账、去各种办事大厅处理事务、去行政窗口问询各类政策时，她都比年轻时候的风风火火多了一丝怯意，而是跟在我身旁，还嘱咐我说“别忘了带包烟，带包烟啊，出门见人递根烟，才好办事”。那时我不怎么抽烟，偶尔出门忘了把烟带上，母亲也会唠叨说：“你是男孩子，你长大了，递烟给人家的事，以后就要靠你啦。”

母亲把我这样一个小孩带大，让我拥有了完整的人生。可我却没有把她这样一个小孩带好、带得更长久一些。

68

母亲爱吃街边小店刚出笼的热腾腾的馒头，尤其是那种色质白里泛黄，咬在嘴里微微发甜又很有嚼劲的正宗老酵馒头。在小城的方言里，惯常叫馒头为“饼”，逢年过节家家户户屯了好多“饼”，晾晒风干，可以蒸着吃，可以喝粥吃，可以泡着肉汤吃，可以用油锅煎炸后再吃，还可以切成一片片的“饼壳儿”。这样的“饼壳儿”用干净袋子装好，束口扎紧，能搁放一年慢慢吃。母亲笑着回忆说，小时候没什么吃的，早晨只喝清汤寡水的米粥，很容易饿，她去上学前常从家里墙角的蛇皮袋里偷拿一小把硬邦邦、松脆脆的饼壳儿，揣进书包里，饿了就嚼上一两块，也觉得满嘴香。

还有馓子，也是母亲很爱的廉价美食。一根根纤细的馓子弯曲盘绕，油炸得金黄香脆，每隔一阵，母亲就要称上一两斤买回来。别的人家喜欢用馓子烧青菜汤，喜欢将馓子切碎混入饺子馅用来包饺子，或者喜欢干吃。但母亲最喜欢掰一把馓子放进碗里，撒两勺红糖，沸水泡开，又香又甜，飘着油花的汤水看着就让人很有食欲，半酥半软的馓子也在筷子的搅拌下格外诱人，简直是美味。

等到腊月春节，小城时兴做一种小方糕。有糯米糕、玉米糕等不同的原料，母亲喜欢把方糕蒸熟之后蘸上白糖，喜欢放入油锅中煎炸得金黄，也喜欢放入米粥中煮熟了吃。每到春节前，母亲细致地将它们一块块整齐地摆进面盆中，倒入淹没方糕顶端的清水，每两三天换水保持新鲜，比冰箱冷冻储存还管用。

母亲也不羞于表达对肉食的喜爱。母亲的孩童时代吃够了粗面粗粮，她说，还在娘家的时候，外公外婆要养活四个小孩子，一年到头就只有过年才能吃得上一顿肉。正因为很少才能吃得上肉，母亲后来很喜欢吃红烧肉。

我要很久之后回想起来才明白，为什么去年年底给母亲买回的馒头她不怎么吃了，说吃在嘴里觉得粗糙，一点也不滑嫩；为什么过年时亲戚们送的年糕她不怎么吃了，说总是很难下咽，即使切成块，也会感觉堵在喉咙里；为什么除夕夜的红烧肉她不怎么吃了，煮得再烂的肉咬在嘴里，也会觉得坚硬而难以消化。

喜欢吃的食物，最终渐渐地都不再喜欢吃了。我只是懊悔，在她好好儿能吃的时候，没能让她吃够这些最后的美食。那时候我不知道，这是母亲与食物永远的告别。

69

最后两个月的寒冬，母亲总是忽然很想吃某样食物，而且是迫切地想要吃到。但她不会催我立即去买或者去做，她任何时候都不想给我增添任何麻烦。她只是委婉地说，路上顺便的时候，给她带回来些什么之类。

那段时间母亲迫切想要吃的，也不是什么山珍海味，都是寻常的零食：撒上葱花的豆腐脑，金灿灿的藕饼和春卷，香喷喷的油炸虾池，盐水煮得沁香的带壳花生、菱角和毛豆，香而脆的馓子，糯甜的蒸番瓜，有嚼劲的东坡肉，黏稠的八珍糕，清凉入心的薄荷糖，清香甜腻的玉米软糖，汁水丰盈的小香梨……

母亲在描述这些食物的色香味时，微微泛起笑容，眼神里浮现一种皎洁的光，充满期待与渴望。但母亲又会羞涩地补上一句：我不是要吃好吃的或者嘴馋，就是觉得心里胃里嘴里都没味儿，想尝尝。

有些食物因为季节反差，我没买到；有些我买了回来，母亲只吃了一小口就再也没有兴趣了。这些，原来也是母亲在与食物一一告别。

70

在我幼时，言行举止方面，会有一些母亲因忌讳而不可说的言辞。

记得最深的，是当我吃着某一样食物而无法吃另一样时，如果说“吃不到了”，母亲就会立刻纠正我：“瞎说，人死了才说‘吃不到’呢。”然后母亲会告诫我：“可以说‘不要吃’‘不想吃’或‘吃不下’，可千万别说‘吃不到了’。”我熟记于心，像母亲一样避讳着，不再说不吉利的话。

如今，天底下的食物，母亲真是统统都“吃不到了”；而一些我们从前一起吃过的食物、母亲亲手做的饭菜，我也真是再也“吃不到了”。有些是随着她的离去而我再也吃不到的食物，更多的是随着她的离去而她再也吃不到的食物。

71

母亲年轻时，曾梦寐以求能穿上一双高跟鞋。哪个女人不爱美呢。

母亲在少女时代当然不可能穿高跟鞋，那时正连滚带爬地充当家庭劳力；青年时代也失去机会，成为女裁缝经营缝纫店，整天忙碌不休；人到中年是一心扑在我身上的单亲母亲，省吃俭用愈加艰涩，更不能给自己买一双高跟鞋。我给她买过几次棉鞋、皮鞋，但都不是高跟鞋。

其实中年后的母亲也不再迷恋高跟鞋了，她渐渐羡慕上了女靴，那种鞋帮呈筒状一直延伸到小腿以上的高筒靴。母亲有那么两次幻想着说，要是穿上这种高筒靴，肯定显得特别高挑，特别有气质。

后来有一次与母亲一起逛商场，经过女鞋区，我怂恿母亲买下一双她看上眼的高筒靴。我一再劝说，母亲倒有些生气。一是依然舍不得花钱，二是那时候她已诊断出骨转移，走路略微蹒跚踉跄，哪里还能穿上这样讲究的鞋子走路？我当时提出要买给她，早已不合时宜。

她觉得自己生了病，就不再需要好看了。那天我却没告诉她：无论她变成什么样子，她在孩子心里都是最美的。

72

大学毕业后的一年找工作不顺，我回故乡当了一段时间“啃老族”。母亲那会儿在做保洁员，每天我等她下班到家吃饭，有时是傍晚，更多时候是夜幕深垂。

很多次在回家的路上，她都用当天卖废品所得的零钱买小吃回来：两人份的菊花饼、萝卜包、臭豆腐干、烧饼、汤干，或者切半只香嫩的盐水鸭。

我不在她身边的那四年，她从不这样独自买了吃。孩子在家的日子，她才舍得每天下班“奢侈”地买回来跟我分食。这样才津津有味，这样才活得有奔头，这样才是家。

那些廉价的寻常的小吃，都算不上什么稀奇的美食，却是我此生吃到的最好吃的东西。

73

小时候听过一句农谚：“秋风起，螃蟹肥。”

儿时，母亲知道我爱吃螃蟹，每次有亲友来访，带上三五只煮熟蒸透的螃蟹，她也尽是留给我大快朵颐。

螃蟹叫价高昂，舍不得总去生鲜市场买那种奢侈的大闸蟹回来吃，母亲为了给我解馋，常跟小贩讨价还价买回一网袋物美价廉的小细蟹，做油炸蟹。

我背过身去，咽了咽口水。母亲心满意足地扎好围裙、戴上手套，“姿态彪悍”地与这些张牙舞爪、生龙活虎的小细蟹周旋，洗净、切半、拌匀佐料、蘸上面粉、滑入油锅，蟹黄的香气会慢慢“嗞嗞咔咔”地呻吟着欢叫出来。

我的口水再也憋不住地溢了出来。母亲看我一眼，不动声色地低下头，笑了。

这样做油炸蟹的好处，是不浪费螃蟹的每一块壳肉。这些小细蟹被面粉包裹着，蟹壳、蟹肉、蟹黄全都被油炸得体形肥壮、酥脆金黄，整只嚼食入腹，统统都是美味。“比吃大闸蟹划算多了呢。”母亲见我爱吃，开心地嚷道。

啊，油炸小螃蟹，真是想一想，都要流口水——再也吃不到了。

74

在抚养小孩方面，母亲颇有一套她自己的“育儿经”，有些行为在她那个年代还多少显得有些前卫，与其他年龄相近的妈妈们都不一样。

比如她从不赞成大人把食物嚼碎嚼烂了再喂到婴孩的嘴里，也从未这样做过，“多脏啊，嘴里都是唾沫”；比如她在我很小的时候就给我俩分开使用各自的毛巾、脸盆、洗漱盆，从来不混用。哪怕后来我们租住在别人家一间灯火昏暗的小矮屋内，哪怕生活再拮据苦涩捉襟见肘，她也给我细心配置好全部的生活用具。虽然自幼与母亲清贫度日，但她对于我卫生习惯的养成从不疏忽。

母亲教我要爱干净，她自身是一个特爱干净的人。但为了节约水电，她可以自己委屈和将就。比如洗脸时，舍不得倒哪怕小半盆热水，只捏着一块毛巾边角蘸湿一点开水简单擦拭眼睛和脸颊；比如每隔两三天，才好好泡一次脚。

她身体不好，常年体寒。我说，妈，睡前用热水泡脚，会全身暖暖的，舒服，也有助睡眠。可是母亲觉得，每天用热水泡脚，那得浪费多少水电呀。而且她每次泡脚时，还细致地在脚盆底下先垫一块泡沫板，是为了让热气不那么快地挥发，迟些冷却，也是为了在泡脚过程中尽量少添热水——哪怕是作为人类最基本的生活需求，用在她身上，她就觉得是“奢侈”，是浪费，是不值当。

每晚当我走进卫生间洗漱，母亲也趁这个时间用商量的口吻征求我的同意：她能不能也进来蘸一角毛巾洗脸？母亲是计算着，这样的话，两个人同时洗漱，就只需要开一次卫生间的灯来照明，每天积少成多，总会节省电费的。

那么一个爱干净到极致的母亲，对自己近乎苛刻地节俭，将生活必需的基本用度降到最低，却为了我养成良好的卫生洗漱习惯，不约束我的用水用电。

她把所有要吃的苦，都留给了她自己。

75

最后半年，母亲被胸腹水折磨。每次躺坐，她都说能听到水在流动的声音。

有时她原本躺着想要坐起，或原本坐着想要躺下，都会听到身体里面传来浑浊的液体流动的声音。母亲翻动身体，叫我帮她听听看。

我轻轻伏在母亲的胸口，侧着耳朵。我听得不大真切，但母亲清晰地听见自己身体内有“洪水”来袭。我犹豫着并不能确定那是痰音，还是肆意生长的胸腹水。

那时母亲精气神尚存。我听完水声，她又继续站起身去忙家务。

我们都不知道，那清晰可辨的来自胸腹腔内部的水声，是洪水猛兽，最后太汹涌，就这样把我与母亲分开来，把我们都淹没了。

76

小时候，母亲教我在床板上练侧手翻，在小城方言里，这叫“划连车”。

她说，练成了划连车呀，以后长大了就能保护妈妈了。大概是孩童的筋骨柔和，好像没用多久我就学会了划连车，母亲也感到高兴。后来渐渐长大，倒忘了怎么做侧手翻了，不敢再在空地上划一个圈稳稳落地，也没有保护好她。

上学后，我长时间伏案看书写字画画，又不大爱运动，渐渐地稍有点驼背。母亲看在眼里，心里着急，屡屡提醒我写作业、走路、吃饭时都要挺直身子。我睡觉时也总喜欢侧着身、弯缩着腰背，母亲又一再叮嘱我尽量平躺着睡。

后来母亲发挥她的缝纫特长，找来棉垫、纱布、窄绷带一并裁裁剪剪，在缝纫机上亲手缝制出了一个薄薄的柔韧的背垫——像书包一样有两个背带，既有弹性又有韧劲，比商场里后来卖的那些“驼背矫正带”要早问世好多年。几乎有大半年，我一放学回到家就会乖乖将它穿在身后，睡觉时也不卸下来。现在想起来，那副模样可真像个“龟仙人”似的。

有段时间，学校体育课上沙包课，老师让每个孩子都带一只沙包过来。别的孩子的沙包里都装的是黄沙、大米、红豆、绿豆，只有我的沙包是母亲亲手缝制的。巴掌大的沙包颜色精美、四角窄方、缝口密合。母亲特意用双层绒布料缝制布袋，这样在玩丢沙包时，即使打到别人身上，既不重也不疼。

在我身上，母亲也将裁缝手艺发挥到极致。她用零碎的蓝白色条纹布料给我做过几副袖套，让我套在衣袖上去学校，这样衣服换下来也好清洗一些。我总是嫌弃戴袖套去学校太难为情，觉得只有班上的女孩子才会戴袖套，哪有男孩子整天戴着袖套上学的呀。我又不忍拒绝母亲，便在早上出门前，当着她的面穿戴上袖套，出门不久就除卸下来包成一团塞到书包的一角；放学后临近家门还有段路的时候，踩着自行车停靠路边，将袖套翻出来重新戴好再返回家。

母亲还给我做过一双溜冰鞋。她不知从哪儿找来两扇薄铁板，底部安装着四个小轮子，绑扎在我的运动鞋下。笨拙的我穿着笨拙的溜冰鞋，根本就没学会溜冰。后来我也渐渐地越来越没有耐性，不知道把这双“溜冰鞋”扔到哪里去了。

“划连车”、“龟仙人”背垫、绒布袋沙包、袖套、铁板溜冰鞋……如今再回忆起这些奇特的体验，真是我与母亲独一无二的私家回忆。

77

清晨上班的时候，路边有孩童背着精美的塑料算盘去学校。

念小学时，好像数学课本上有一个单元讲珠心算，老师也曾让我们带算盘到学校去。同班的孩子大多带着家长新买的五颜六色、精致小巧的像工艺品一样的算盘踏入教室，我却抱着母亲给我准备的一块硕大的、黑不溜秋的木质算盘。

母亲说，这个算盘是外公从前用过的，质量好着呢。后来母亲在算盘两端系上长布带，这样在上学放学的路上，我可以把它像书包一样牢牢背在后肩。

上课时，老师让大家拿出算盘练习拨珠，我低着头遮遮掩掩，最后羞涩地摆上我的大算盘。下课后，有顽皮的孩子将他们的算盘在教室前廊的地面上推撞着玩，像一辆辆威风凛凛、五彩缤纷的小汽车，我也不参加，始终坐在座位上写字。等那一单元学完，老师不再让我们带算盘了，我才如释重负。

即使是孩童，也会攀比、羡慕与自卑。回想起来，我没有开口向母亲央求说“妈，给我买一块新算盘”，我不知道在那个时候，在那些母亲带着我艰难生活的岁月里，可曾给予母亲一些因为孩子的“懂事”而欣慰的慰藉。

78

看似漫长、回头不过一瞬的小学与中学时光里，我与母亲一起看过很多电视剧。

从念初中起，学校就有晚自习，我只有周五和周六日才能有机会看一会儿。每当遇到我很喜欢的剧集，如果在周一到周四哪天晚上播出大结局，我就会恋恋不舍地对母亲说：妈，你要认真看哦，等我回来你要把剧情讲给我听。

下了晚自习踩着自行车飞快回到家，我一边吃夜宵或一边泡脚，一边听母亲口述大结局：谁最后怎么样了，谁善有善终恶有恶报，谁跟谁终于在一起了。

母亲讲得零零碎碎，三言两语便概括完毕，我听得不够味，笑说：妈，下次可不可以写个观后感？母亲逞强地笑着说：观后感谁不会写呀，我才懒得写给你看呢。又或者，母亲会煞有介事、忍俊不禁地“发表”两句玩笑见解：我觉得啊，这个片子怎么怎么样，讲了什么内容，哪儿好，哪儿不好。说完自己先笑了。

偶尔也有几次，母亲在忙着做家务，留我守着电视机。等她擦干净手急匆匆地坐回我身旁时，我也会讲述她错过的剧情给她听。

好怀念那时，母亲还在，我们向彼此口述电视剧大结局的少年时光。

79

母亲生肖属狗。虽然我们曾养过一只叫“小黄”的狗，但母亲怕狗。

母亲也曾隐约给我讲过，她小时候被生产大队上的大恶狗追咬过，所以在往后这几十年里，一直对面相凶狠的狗心怀畏惧。

有时，母亲看到路边蹲立着一只大狗，就会心慌起来，迈着小碎步急速加快远远绕开。母亲越是惊慌失措，狗越觉可疑，不停吠叫甚至尾随追逐起来。胆战心惊的母亲佯装弯腰捡起一块石子要抛过去，狗这才会站定或避让，母亲也才有了空隙“逃”回家。

每当母亲惊魂未定地给我讲她躲狗的“惨烈”情形，我都大笑，揶揄她说：“妈，你自个儿还属狗呢，怎么竟这么怕狗！”回想起来，这其实是毫无依据的话，十二生肖中，属蛇的人照例会怕蛇，属虎的人也依旧会怕虎呀。

我告诉母亲：下次路遇大狗，要不慌不忙镇定自若，你要是形态可疑，反而遭狗追吠。母亲支支吾吾答应，却依然将狗排在“最害怕的动物”榜单第一名。

除了狗类，母亲还很不喜欢蛞蝓，在小城的习惯说法里，叫“鼻涕虫”——如果鼻涕虫也算是动物的话。每每看到一只蠕动爬行的鼻涕虫，她都胸中泛起恶心，恨不得跳到三尺开外。我逗她："瞧它像蜗牛一样，多可爱啊。"她瞪我一眼，忙不迭地找出镊子、夹子赶紧把它消灭。

啊，这样一个上天入地的超人妈妈，竟然怕狗和鼻涕虫呢。

80

念中学时，第一次给母亲洗衣服。

是有一回水壶烧开了，母亲把沸水往水瓶里灌时，被掀起的盖子烫伤，右手的指背烫出一个大水泡，看着就疼。于是我说：让我来洗衣服吧。

那时还不舍得用洗衣机，都是手洗，好在都是夏天我们换下来的单薄衣裳。摆好圆面盆、小板凳、搓衣板、洗衣粉，我像母亲以往洗衣服一样挽起袖子坐下来。母亲叮咛我："做家务时把衣袖子卷起来，肚子也别挺着，往后缩一缩。"那天我洗完衣服后，母亲欣慰又心疼地问我："累吧？"

母亲这辈子最后一次给我洗衣服，是站在新家的院子里，将圆面盆、搓衣板、洗衣粉一一摆好。所有的衣物，只要母亲能走能动能撑，她都用手洗，这样既不耗电耗水，还会将衣领袖口搓得更干净。

我最后一次给母亲洗衣服，是用滚筒洗衣机。取出来晾晒时，散发出薰衣草洗衣液的香气，飘到母亲的小房间。那时母亲已经虚弱地躺在床上，听着外面的鸟叫，闻着香气，她迷迷糊糊地说：外头的花香真好闻啊。

81

小时候我上过很多兴趣班，国画、美声……大多半途而废。

学得最久的，是拉二胡。当时学校开设周六上午的兴趣班，我们这个班级被指配学习竖笛。母亲觉得竖笛没多大用途，跟老师通融，把我塞进了低年级的二胡班。在那个周末，母亲带我去小城最大的一家供销商店买了一把二胡。

母亲对我学习二胡寄予厚望。她还给我细致地做了一个狭长布袋，正好可以套住二胡的外盒。每个周六早晨，我将二胡牢牢背在肩后去上兴趣班。可那时我觉得二胡是过时陈旧的乐器，学得并不用心。弹来拉去，只把一曲《世上只有妈妈好》拉得顺溜，《杨柳青》还没练熟，就不肯再学了。再后来，二胡连同盒子被扔搁在床底下很多年，上面的蛇皮渐渐破损了。

很多年过去了，有一天门前堆了几块煤炉子生火用的木材，我的手指粘到一些金黄色凝脂，闻到从前那种熟悉的松木味道——是少年时手拿一块松柏脂香擦拭二胡的弓毛时，散发出的浓郁而略微刺鼻的香气。我不自觉地将那块木头捧起，放到鼻下深深嗅了一口气。

仿佛又看到从前，我跟在母亲身后去小镇的供销商店，她用心地给我选购二胡。儿时的回忆像潮湿的黄昏，都回来了。

82

几年前我还在外念书，母亲常去小城一家偶尔搞特价促销的超市购物。母亲买了很多包蛋黄派储存在家里等我回去吃。那种一小袋一小袋鼓鼓胀胀的真空包装里，住着一颗颗圆形的又甜又腻的美味小点心。妈妈，那种包裹着金色蛋黄或者雪白奶油的夹心小蛋糕，真是很好吃。

而我好像已经有很久，没再吃过那样好吃的蛋黄派了。

母亲有一段时间在一家冷菜摊帮忙切卖，偶尔回家时带一点我喜欢吃的猪耳。后来买了我们都喜欢吃的盐水鸭肫、蜜汁豆干回来，母亲夹了两筷子，就全推给我了。妈妈，那样的猪耳朵、盐水鸭肫、蜜汁豆干，真是很好吃。

而我好像已经有很久，没再吃过那样好吃的猪耳朵、盐水鸭肫、蜜汁豆干了。

念小学时家里开小商店，门口摆放了一台“白雪”冰柜，搁在一辆铁推车上。每年暑假我都能吃到好多冰棍、雪糕。后来这么多年不开店了，我们仍会在炎热的夏天去买冷饮吃。母亲总记得从前吃过的花脸儿、蛋筒、火炬，我也一直贪吃“随变”雪糕和用小勺子舀着吃的冰淇淋。妈妈，小时候的冰棍，真是很好吃。

而我好像已经有很久，没再吃过那样好吃的冰棍了。

83

很久以前读到这样一句话：曾经有多用力，后来就有多寡淡。

妈妈，人生也是这样的吗？你的一生，爱得惨烈，恨得深重，你为我咬牙切齿地用力活过，为我攻打江山一样铺缀好往后人生的坦荡道路。然后你走了，所有沸腾的爱恨都降落了，熄灭了，静止了。

那些原本还在牵挂的人、记怨的人、思念的人、放心不下的人啊，那些原本还在筹划的事、纠结的琐碎啊，都突然切断了，蒸发了，空瘪了。

像这世间的房屋、树木、河流、街道、路灯、物件，都不言不语不声不响地似要将你遗忘，似要轻轻抹去你来过的痕迹。所以我才要用力地把你写下来。

哪怕在七十年后，我亦不过是一场云烟。

冬

你会活在
我的想念里
多庆幸
我会越来越像你

1

很多年前那个冬天——我说“很多年前”，其实是二〇一〇年，不过才五年前。

二〇一〇年平安夜，我与母亲在上海，她被诊断出肿瘤骨转移。我开始用一本黑色封面的记事本写抗癌日记。我在微博说，从今天开始每天写一篇日记，记录我与母亲一起走过的日月，希望可以一直写下去，等母亲老了，我再念给她听。

从二〇一〇年十二月二十四日开始，有时是在母亲的病房里，有时是在家里，我记录下每次母亲住院放化疗的用药方案与疗效反应，也写下自己的担忧与反思。

后来这本日记断断续续，成了每周写一篇，然后是每个月一篇、每半年一篇。母亲几次住院期间，我会写得勤；母亲在家时，我就倦怠、荒废了很多。

我以为我会写好多本这样的日记。可第一本还没写完，母亲就走了。我不用再继续写下去了。

我不用等母亲老了再一行一行念给她听了。我的日记里，再也没有主人公了。

2

那年平安夜，我们住在浦东莲安东路的莲东街上，舅舅租的宿舍里。是上海郊区典型的狭小巷道弄堂，几户人家共用一个水龙头，衣裤全晾在过道的头顶，我跟母亲也听不懂街坊邻居的方言。

那几天，大街上满满都是圣诞喜庆的气象，我们却全无心思。我和舅舅带着母亲做骨扫描，挂专家号问诊，辗转几家医院。我们坐地铁，坐公交，过天桥，去医院，等报告，去餐馆，回租屋。母亲小心翼翼地跟在我们身后，像个小孩。那几天，她心里忧伤，以为转移严重、时日无多，却不悲形于色。以往话多的她格外沉默，总是低着头默默走路，躺坐，洗脸，吃饭，起床，睡觉，收拾，还有聆听。

那两晚舅舅睡在别处，我与母亲挤在他的小床上。那是记忆中我最后一次与母亲共枕而睡，像回到了小时候，偎依着母亲的体温与气味。她把被子都堆盖在我这边，那样的时刻仍只顾关心我好不好睡。

那个星期天下午，我与母亲沿着巷弄走，走到街头一家小图书馆，我们进去坐在有阳光的窗边。不一会儿，母亲在我身边安心地睡着了，握着我的手，呼吸均匀而安详。我心中有踏实感，想让时间就这样永远地停格。

很多年过去了，前几天我才听舅舅说，莲安东路那一带的老房子，几年前就早已拆掉了。

3

有母亲在的最后那个春节，大年初一早晨，我与母亲像往年一样，睡醒后先各自吃一块云片糕，母子再开口互相拜年。

母亲躺在床上，笑眯眯地挤出崭新的气色与期待。我大概说了“恭祝妈妈新年身体健康”之类的吉祥话。

按地方风俗，初一早晨要吃汤圆。我想在厨房煮好后，盛好端来给母亲。

母亲执意不让，她酝酿着想要跃起身来。她说再等等，她说给她一点时间，她说一会儿穿上新衣裳与我一起走到餐厅去吃。母亲是下了一番决心，她想初一这天一大早若能撑着起来，也就预示着一年都会有好的兆头。什么都是新鲜的，什么都会好起来，没有病痛折磨了，身体好了，也会有力气了。开春嘛，要有新气象。她冥冥之中渴求上天，能在大年初一这天早上也给她一个全新的奇迹。

却还是没能有气力起身下床来。我把煮好的汤圆端到母亲床前，都煮烂了。

4

念小学时，我与母亲看过一部叫《少年英雄方世玉》的电视剧。剧中有一对轻松和睦的另类母子也影响着我与母亲——是母子，也是玩伴。

孩童时，自以为掌握了一项“特殊技能”——咧开嘴，嘴就变大；噘起嘴，嘴就变小。我乐此不疲地变换“大嘴小嘴”给母亲看，母亲也笑着照着做。母亲与我若有哪一方打了个喷嚏或哈欠，另一方也会学着声音模仿一遍，玩闹逗趣。日子啊，就在这些无聊的游戏中被充满生趣地消磨掉了。

有时我闷闷不乐，母亲会从身后冷不丁冒出来，捏捏我小小的耳朵、鼻子、嘴巴、脖子或手臂，还一边捏一边笑道：“快让我来修一修，看看是哪里的开关坏了，哎呀，修好了吗？”我便顿时咧开嘴笑了。

长大一些后，母亲会跟我玩扳手腕。我们对坐在一张木桌两端，她笑盈盈地握起一只拳头，我用两只手去抱。她做出用力的样子，笑着说：“哎呀，被你扳倒了。”几乎每次都是她故意让着我。

又或者与母亲面对面站定，握着两只手左右摇摆，一边喊着口诀一边同时让身子旋转三百六十度之后，从手臂弯里翻转过来，而两双手始终没有松开。还记得那首口诀是这么念的：“炒银豆儿，炒豇豆儿，炒到八哥儿翻跟头儿……”

也会在母亲做家务时，我悄悄站到她背后，挠她的胳肢窝，然后飞快跑开。母亲当然要去抓我反攻。她总能憋着不笑，而我一秒就完全破功，躲跳着大笑不止。母亲笑道：“挠胳肢窝要不怕痒，怕痒就说明以后怕老婆噢。”

偶尔我顽劣，吃面条时用筷子夹起几根，再绕线团似的将面条旋转着缠绕成好大一个“面团”再咬上去。母亲起了玩心，也效仿着逗我开心。倘若我咬了一口的“面团”不慎跌回碗中，面汤四溅，母亲又一边笑着数落我一边拿来抹布。

还有时我站立着，一不留神母亲偷偷靠近身后，用膝盖轻轻顶我的大腿关节弯，她见我快要跌跪的样子，开怀大笑，又伸手赶紧拉住我。又有时，我们并排坐着看电视，母亲用大手握紧我的手指，我怎么也掰不开她的手掌，急得皱眉，她却大笑。待我长大后，如法炮制，握紧母亲的手逗她抽出来。一个越是用力抽手，另一个越是握得紧，我们玩闹着消磨时光，也好像永远不会抽离出来。

某次母亲过生日，正准备坐到桌边吃饭，我悄悄搬开她身后的椅子，母亲一屁股重重坐到地上。我以为闯祸了，母亲爬起身厉声说：

“好啊，你要记住今年生日把妈给弄跌倒了。”语气佯装凶狠，脸上却笑盈盈的。

还有时对母亲撒娇，冷不丁地搂住她削瘦的肩膀，捏着嗓子喊一句“妈妈，我爱你”。母亲抛来白眼，脸上掩不住笑意。后来我长到发育期开始“变嗓”，像公鹅似的。母亲会忍不住笑着，故意绷紧声带，学我粗声粗气地说话逗我。

少年时，母亲买回两件同款同色的棉毛衫，与我各穿在身上，活脱脱一模一样。我嬉笑道，真像一对双胞胎呀，你是丁大云，我呢，就是丁二云。一阵笑闹。

又曾在很多闲适的时光里，我们说着俏皮话。我说“我十八岁啦，妈你十九岁啦”，“我二十岁啦，妈你二十一岁啦”，“我二十四岁啦，妈你二十五岁啦”——每次都只把母亲的年龄说成大我一岁，肆无忌惮胡聊。母亲边笑边骂道：“呆子哦！”

真是两个从小玩到大的小孩啊。一个玩伴离场了，剩下另一个还在原地打转。

5

大学四年，每到寒暑假坐车回家，迎着傍晚星星点点的路灯，踩着夜色抵达家门，我连唤几声：妈，妈。母亲从家里走出来，打开纱门迎接我。我一边卸下箱包，她一边接过去。

然后我们握着手臂盯着彼此看个遍，看是胖了还是瘦了，是老了还是精神了。我们有说不完的话，家里又重新充满了生机。餐桌上有母亲忙好的饭菜，正摆在纱罩里终于等到我归了家。

母亲矮我一个头，仰头望着我的时候，脸上是止不住的喜悦笑容。她圆滚滚的明亮的眼睛里也有皎洁潮湿的笑意，不肯眨眼地深深望着孩子，高兴地说着：“回来啦，回来啦。”

那样内心丰盈、眼里有光的时刻再也不复回，成了我此生奢侈的念想。

6

阴雨绵延，还夹杂雷雨闪电。

从前一旦遇到这样的天气，母亲总会腰酸腿疼头疼。很多时候，凭借这些人体生物钟一样自发呈现出的先兆，我们就能预知天气变化。母亲渐渐不以为然，接受了来自身体的这种“通知”，并与之共存。又如，闷热的盛夏午后，母亲总会疲惫乏力、四肢酸痛、浑身提不起劲，她说这是天生的“骨里发热”。

等天气稍晴，我开着电动车载着腿脚不灵便的母亲出去转转，只是穿梭在我们无比熟悉的小城的大街小巷，逛逛超市，看看路景，听听喧哗，兜兜弯，吹吹风，透透气。待这样一圈又一圈转悠下来，回家以后母亲就不那么头疼了，她神色有些舒缓地说：出去转了一趟，冒了些风，头脑倒清醒多了。

妈，真好，现在就算阴雨天，你也不会再头疼了。

7

乘电梯的时候，也会想起母亲。

第一次乘扶手式电梯，是孩童时被母亲牵在手里去逛商场，踩着电扶梯上二楼，新奇有趣；第一次乘升降式电梯，是高中时母亲住院，与她常在家和病房间往返。起初，母亲乘电梯还不太适应，总觉得困在小小的、封闭的、令人窒息的空间里上下升降时，微微有些头晕目眩。

后来，经常陪母亲去医院，上下电梯辗转奔波各个科室做各项检查：B 超、CT、MRI、ECT……我偎依着母亲坐在家属等待室，盯着电子屏幕上红色的名字翻滚，每一个陌生的病人的名字、病名及状态陪了我们很多漫长的时日。终于轮到母亲进入室内，我看着她静静躺在那些巨大冰冷的硬邦邦的钢铁机器中央，伴随着刺耳的操作音托送与进出时，才意识到母亲早已比从前更衰老。

是的，她再也不是那个成年之前毅然要去学习缝纫手艺的叛逆少女，也不再是那个在三十出头毅然带着一个孩子咬咬牙走在大街上的离异女人。

她不再那么强大有力，她会疼痛，会害怕，会委屈，会软弱。

她早已变成了我的孩子。

8

最后一次带母亲去医院检查身体，是那个冬天。

做胸腹部增强 CT 时，母亲躺在冰冷的仪器里面，打了针剂的手臂需要腾空后抬。我照例一起进入辐射强烈的检查室，托扶着母亲的手。像以往很多次那样，母亲那个时候不忘念叨叮嘱我：一定要把那件防辐射的工作服给穿上穿好。

我听话乖乖穿好，站在母亲的头后面，托好她的手臂，陪她做完检查。

我并不知道那是最后一回陪母亲做检查。在那之后，我再也无法穿着笨重的磁场隔离衣陪同母亲了。

9

母亲事事细致，从前会在我和她盖的棉被顶端缝上一层棉布。

这层布料就像是围裙与袖套。我睡梦中呵出的口气，流出的口水，耳脸脖颈摩擦而分泌的油脂，只会沾染到这一层遮罩布上，更加便于脱卸清洗。

年前，母亲已躺在小床上不能像往年岁末一样劳作，她教我如何将这层遮罩布拆下来，连同被套床单一起洗干净。她说等晒干后，哪天她起身到我房间再帮我缝上。后来她不曾再有气力踏进我的房间，她走了。再后来某天下午，我独自学着母亲在的时候，把遮罩布一针一线歪歪扭扭地缝上了被子顶头。

缝完之后，我回想着母亲教过的，将线头盘绕两个圈便可以收针打结——在那些微茫的时刻，仿佛母亲的灵魂又飘回我的身体里。

10

在微博上看到一张漫画，说小时候有过这样的场景：下雨天，爸爸或妈妈骑车带着我们，他们身上穿着雨衣，会让我们钻到雨衣后面，搂着他们的腰，我们还会不停地问，到哪儿啦。这样的情景于我，是母亲太多次为我遮风挡雨。

这几年，我也会骑着电动车，让母亲侧坐在后座。我带她去超市购物，去医院化疗，去浴室洗澡。有一回化疗出院返家时，我骑电动车载她经过公园的小路，一路直溜，也不停歇下来看风景，只是为了抄近路。母亲在我身后笑着嗔怪："你就这么带妈逛公园的呀。"那时我想：公园有啥好逛的呀，以后专门来逛呗。

我、母亲、电动车就这样往返于小城的大街小巷。深夜回来的路上若是下起雨，总是我穿上宽大的雨衣，母亲将上身躲到我的雨衣里面，一路泥泞而狼狈。每次转个路口，母亲也会迷失方向，轻声问我：到哪儿了，到哪儿了。

那样的夜晚有橘黄色的路灯在迷蒙的雨里氤氲朦胧，我与母亲一路前行，仿佛千山万水无阻。我们胸中有暖意，心里有安宁。因为那是回家的路。

回家，妈妈，我们回家。

11

幼时我胆小。别的男孩子爬树爬墙耍刀玩枪，我只会唱歌写字看书画画。

不敢划火柴，母亲就握着我的手一遍一遍划拉火柴，嘶嘶啦啦，直到我可以独自捏着火柴柄划出明亮的跳动的火焰；不敢走夜路，母亲就牵着我的手一圈一圈地走过幽暗的窄巷子，直到我可以独自大声哼着歌走在月朗星稀的小路上；不敢骑自行车，母亲就来来回回地陪我练习骑车。

那时我已快十岁，在当时居住的小镇，工厂宿舍的空旷广场上，很多个漫长午后，母亲陪着我，扶着自行车后座一遍遍跟在我身后小跑。母亲就那样手把手鼓励着我教会了我。有时她悄悄松开了手，骗我说，有她扶着呢，让我放心大胆地往前骑。慢慢地，我骑自行车越来越稳，车头不再一个劲地直打颤了。

后来在小镇上念初中，我每天踩自行车上学放学，母亲在后座外侧还帮我牢牢地挂上一个铁丝篮子用来装书包，那是一段穿梭大街小巷、自在如风的日子。

很久以后，家里有了电动车，我们都很少再骑自行车了。每当我看到丢弃在楼道里的那辆布满灰尘的自行车，就会想起那样的童年。那天的云，那些母亲稳稳地跟在我身后小跑的日子，在那样湛蓝久远的天空下。

12

从前，我就不是一个精通生活技能的人，又总是将时间花在读书写字观影看剧上。母亲在时，她教我削苹果要削成一条长长的果皮，中间不会断，我没有学会；我虽然学会了包饺子，却没有来得及跟她学会怎么包粽子、包藕饼和春卷。母亲走后，事事更需要我自己去摸索。

最典型的事例，是我连每次煮饭放多少水都要征询母亲的意见。用电饭煲内胆淘好米，加入水，端给母亲看一眼。母亲说多了，我倒掉一些；母亲说少了，我再添一些。自己完全没有“手感”，也相当笨拙，不能熟能生巧。

母亲曾经教过我一个方法：熬粥的话，水多些没关系；煮饭的话，可以用饭勺将生米粒在锅胆内堆出一个凸起的山丘形状，注入的水刚好淹没“山顶”，最好还露出一点点小尖，这样的水量搭配米量，煮出来的米饭口感才松软。母亲教的这个办法实在管用。而煮了这么多年的饭，我也该实践出真知、积累出经验了，可偏偏不多长心眼，直到现在，煮饭还是要这样“堆山丘”来确定水量。

妈妈，你走了，我将你教过我的生活技能都练习得炉火纯青、登峰造极啦。

13

母亲不会上网，也没有用过QQ和微信，她用过的两个手机都是不超过二百块钱的普通手机，她觉得只要手写功能就够了。

母亲生前用一本绿皮面的小记事簿手写记录着亲戚朋友的手机号码，每次拨打电话之前都要翻开仔细查找，很不方便。只有经常联系的亲友，她才请我帮她输进手机通讯录保存。这本绿皮面的小记事簿，至今还躺在母亲的钱包里。

早些年，教母亲如何发短信。我若是教快了，母亲会唤停，她认真的样子像一个虚心听讲、熟记于心的好学生。我手把手教母亲摁键后，母亲也让我丢给她自己摸索。她想凭借记忆自己从头到尾将整个过程练习一遍。母亲聪慧，很快学会握着手写笔，或者直接用手指在屏幕上一笔一画写出那些字。起初母亲不会翻找标点符号，信息没有标点，我读完一条甚是吃力，便教她只要在一句写完时，随意点击一下空白部分，就会出现分隔号了。母亲又欣然学会。

这几年母亲的视力已不大好。我能想象当我离家在外时，母亲眯着眼睛抓着手机给我发短信，一个字一个字地写好久，才能写完长长的一条关心叮嘱我的短信发送给我。我十秒就读完了，而母亲也许花了漫长的时间，漫长到仿佛她的一生。

这些年与母亲互发的短信，被保留下来的只有十来条。大多是母亲在问我“到哪儿了”“路上慢点”“什么时候回家”或者“门窗要关紧”“小心小偷和骗子”“记得买菜吃”,大多是我简短的回复“在忙”“在开会”“晚点到家”。

这些没有删去的短信，留在我余生的光阴里，留着那一天那一刻母亲的指温。

14

母亲简洁朴素得没有一个专用化妆包，她在人生后几十年内没有再用过眉笔、口红、粉饼盒，唯一用的是保湿霜。每一盒保湿霜，母亲都用得极其细致，一层层一直刮到光滑干净，仿若空盒。

她在走前几个月就叮咛我说，在她走的那一刻，要打扮一下，让她体面地走。家中从来没有口红，母亲怕我忘了，跟我说过几次要记得买一支口红备着。我总觉得那是很久以后的事情，没有放在心上。等到母亲奄奄一息的最后两天，我才匆忙买回一支口红。那是一支崭新的口红，是儿子买给母亲的第一支也是最后一支口红，也是我在这三十年光阴里唯一一次看母亲涂上口红。

我不知道母亲喜不喜欢那支口红的颜色，可是那天她已经不能再睁开眼，不能再回答了。

15

在很多个可以用“小时候”三个字来概述的夜晚，母亲常给我掖被子。

孩童时的冬夜，我的脚被母亲抱在怀里焐暖。熟睡后，我喜欢蹬被子，母亲躺在身边照料我睡安稳了，细致地给我塞好被角后她才去睡，而半夜还要重新给我塞好几次。长大后，我一个人钻进被窝睡，母亲也会走过来，俯身帮我把脖子两边的被角裹得暖暖和和不漏风，还温柔地对我说“快点睡吧”。

后来搬了新家，有独立的房间，母亲仍然推门进来给我掖被子。季节更替时，夜里温差大，母亲见我在床上翻身，总关切地问：晚上睡了冷不冷啊？若我迷迷糊糊答“是”，母亲必定不厌其烦地翻箱倒柜，抱出一床新棉被加盖在我身上。

给母亲掖被子，只有很少几次。

她住院化疗期间，有风从窗户缝隙漏进来。我给母亲掖了掖病床上雪白的被子，将她两肩的被子压下去塞严实，母亲也会享受这微小的被儿子照料的时刻，望着我欣慰地说：我的乖乖儿，晓得帮妈妈掖被子了呢。或者是在家里，有时母亲睡在客厅的沙发上，我帮母亲掖被子，她也笑颜满面。我会一时兴起，跟母亲闹着玩，顽皮地做出夸张的动作紧紧掖几下，故意塞得密不透风。母亲满意地轻声笑着，叮嘱我说，好了啦，你也赶紧去睡，被子一定要盖好。

掖被子是一件太过寻常的小事，也是我们与最亲近的人之间亲昵的福分。想给母亲再揉揉肩膀、泡泡脚、掖掖被子。想再做一回这样的小事。

16

母亲生性活泼好动，儿时的她就很喜欢踢毽子、丢沙包、跳绳这类游戏，若是身体健康，她现在早就是小城广场舞队伍中的佼佼者了吧。

母亲也曾在身体好好儿的时候说，将来她五六十岁了，也跟着那些阿姨大妈们跳跳广场舞。后来母亲癌细胞骨转移，行走不便，不能过多运动，跳广场舞的梦想也就真的成了奢望。身体条件没有了，时间没有了，后来连她都消失了。

母亲或许也曾失望：人生的梦想就是这样一个一个破灭的么。就像从前，有很多想去的地方，想去做的事，说着等病好了就要怎样，却没有了“怎样”。

很多个夏夜，我们出去散步，或者我用电动车载着母亲出行，总要路过十字路口西南拐角的广场。那里聚集着一群广场舞阿姨，她们每天晚上跟着韵律蝴蝶一般翩翩起舞。我会一言不发，低头看路，想匆匆带母亲一闪而过地逃离，我怕母亲看着伤心。但母亲也许想要驻足停下来，看看那些欢快的舞步在别人的身体里升腾。我从未敢在那样的时刻，问过母亲是走是留。

如今母亲去了天堂，病痛没了，腿脚好了，终于可以尽情地在云上跳起舞了吧。

17

天冷了。想起从前，母亲总在我临出门前唠叨：变天了，快去多加件衣服，多垫一双棉鞋垫。

从前我们买回新的棉鞋垫、棉袜，母亲总是舍不得用，大多塞到我的衣柜里。我扔回她的衣箱，她第二天生气地扔回我的衣柜。我再塞进她的衣柜，她第三天又愠怒地丢进我的衣箱。

很多年来，母亲都垫着旧的棉鞋垫，穿着洗磨得变薄的棉袜。母亲走了，家里的衣柜和衣箱里还搁着许多双我们当时扔来抛去的崭新的棉鞋垫、棉袜。

母亲把它们都留给了我。母亲不曾有机会使用它们，永远都不会再用上了。

天冷了，我想起母亲的声音：寒从脚上起呀，多垫一双棉鞋垫穿暖一点，等你将来上了年纪就知道风湿关节炎是冻出来的，就知道有多难受了。

然后，我打开鞋柜，给自己加垫了一双新棉鞋垫。

18

小城的特色早餐，是鱼汤面和鱼汤馄饨。

我也去过其他一些城市，吃过别的地方的面条和馄饨——都不是盛在鱼汤里的。只有小城的人喜欢将煮好的面条和馄饨舀在热腾腾的鲜鱼汤里，是那种乳白色的、黏稠的、微咸的、鲜美好喝的鱼汤。这样的鱼汤面或鱼汤馄饨里，还要撒上一些翠绿的葱花。如果再配一笼小包子，就更惬意了。

母亲喜欢喝汤。从前我们去早餐店点两碗鱼汤面，她总是客气地说她吃不下她那碗，然后将面条夹到我碗里。她说，鱼汤才好喝。后来，母亲奄奄一息的时候，还惦念着想喝鱼汤面的汤。我打回来一锅，母亲却没怎么喝。她躺着，叮嘱我和亲戚们吃掉喝掉，她静静地闻着味儿，没有再说话。

再后来，周末早晨我会去巷子口买一锅鱼汤面或鱼汤馄饨回来，给自己盛一碗，再盛一碗热腾腾的鱼汤，搁在母亲常坐的餐桌位置，摆好筷子或汤匙。我一边吃一边说：妈，喝汤了。

19

十月初一，带上家中的两条毛巾和两瓶清水，去将母亲的墓碑和墓前的台阶擦洗干净，拾捡掉了散落在墓前的枯枝败叶，陪母亲说了一会儿话。

在墓地又看到那只神奇的母羊，逡逡巡巡悄悄来到我身后。我也走近它，抚摸它的额头、犄角和脸颊，它顺从地将头颅低下，任我抚摸。我走向远处想找些青草来给它吃，它却急忙转身奔跑而去。原来它以为我去找它的孩子，伤害到它的孩子。确认我并无恶意后，它再次向我走来，身后跟着一只已经长成羊羔的能独立行走的小羊。我俯身摸了摸羊妈妈的额头，轻声说：羊儿啊羊儿，你在这个陵园里面，有空就多来我妈妈的墓前，陪她说说话吧。

那天我离开的时候，羊妈妈远远地也跟在身后走了一段路，小羊与它并肩。它们一直望着我，慢慢地走走又停停。这对羊母子，像是在目送这世间另一对母子。

20

最后一个多月，母亲与我有过好几次长谈。

像是感应到了什么似的，她或许比我们更早知道她快要走了。很多个长夜，她撑着虚弱的病体，呼吸艰难、形容冷静地与我长谈，事无巨细地交代丧葬、安置、仪式、习俗、墓地的选址、人事的牵绊、衣物的处理等一切身后事。

她的原则是“诸事从简”。在墓地的选址上，母亲早就在打听这一区居民的墓地归属。她听说这一带有免费的集体公墓，但听到居委会的主任阿姨说公墓已经碑满为患、无法新添时，母亲脸上原本殷切的笑容渐渐转为黯然的神色。

居委会阿姨走后，母亲平静地跟我们说起她的想法。她早已跟我讨论过生死了，此刻更是平静地跟我商量骨灰安放。母亲想将自己的骨灰安置在小城东区大桥下的绿化林里，也就是说，趁天黑无人注意，偷偷找一棵树下埋放。那边有树林有花草有河水，环境是不错，但母亲所想的，其实是那样不需要花钱。她不舍得我花好几万块钱给她购置一块昂贵的墓地，她是记挂着为我省钱。

但凡为人子女，怎可将父母的骨灰随随便便就埋到人来人往的河堤绿化带里？我也曾想过将骨灰坛安置家中，可亲戚们说不妥，应该要“入土为安”。我便暗自坚持想给母亲选一处正式的墓地，最后在亲戚的帮助下，托熟人关系，才在小城买到了现在这处僻静的墓地。

母亲给我留下了一隅安稳舒适的家，我也要给她最后一处安稳可靠的徜徉地。

21

孩童时，母亲无数次用墨黑的自行车载着我出行，我侧坐在车前的横杠上。

有一件神奇的小事。某次要经过一座大桥，母亲吃力地蹬着踏脚板。自行车正向前行时，我不知怎的头向后一仰，身体随之掉下杠来，翻落到了地上。母亲当时没留神，过了两秒才发现我没了。我倒在地上，竟然好好的，毫发无伤地爬起来。母亲丢下车跑过来帮我掸去灰尘，我又爬上了车杠。后来我们一再回忆起这件小事，都啧啧称奇，始终觉得不可思议。

后来我个子蹿高，不适合再坐在前杠上，就坐到自行车后座。母亲依旧踩着那辆墨黑的自行车。她扎着马尾辫，穿着裹住脚踝的短丝袜，衬衣后背上洇浸出一圈圈汗渍。我望着出神，一时没注意，穿着薄布鞋的脚后跟蹭进飞速滚动的车轱辘里，磨破了皮，血印殷红。母亲慌忙停下车来，心疼地细致察看我的脚后跟。

那辆自行车啊，承载着一对母子相依为命的记忆。

从前母亲用自行车载着我到这儿到那儿，后来我用电动车载着她到这儿到那儿；从前母亲给我掖被子，后来我给住院的母亲掖被子；从前我躺在床上，母亲坐在床沿，每天清晨叫我起床，嘘寒问暖，后来她躺在床上，我坐在床沿，给她递水拿药，给她讲外面的世界又发生了哪些新鲜事。

两幅画面在脑海里交织浮现，我看到了一条生命的长河，仿佛这也是一种微薄的人生反哺与返照。

22

母亲年轻时候，踩自行车、开女式摩托车、骑电动车，艺高人胆大，稳稳当当。

五年前骨转移后，母亲突然有些畏畏缩缩，不敢骑电动车了，出行除了蹒跚走路，全是我用电动车载着。后来母亲的病情似乎渐渐稳定，又想试试骑电动车。

那天出行，母亲执意不用我载她，说试试让她载我。她双手紧握车把，双脚在地上轻轻划动，随着手腕转动，电动车逐渐开动起来，仿佛又恢复了往日的稳健。母亲感到喜悦，觉得自己会好的。

车开动起来时，我轻轻坐上后座。母亲却立即感到紧张，车头随即偏拐直至左右摇晃地旋转起来，我连忙跳下车——母亲还是胆怯了。她悻悻然下车来，只好任由我载着她。那一整天，母亲脸上都带着忧伤、放弃与无奈的神色，她接受了不能再载我出行而靠我载行的事实。

而在往后的时光里，人生一次次让曾经好强、坚韧、勇敢的母亲像这样感到无奈与忧伤。

23

母亲坐不惯各种汽车、轿车、公交车，坐久了就会头晕。要是出远门，不得不坐汽车，母亲会在上车前半小时服下“晕车灵”，一种止晕的白色小药丸。

比起女式摩托车和电动车，自行车是陪伴她一生最久的出行工具。她更年轻一些的时候，我更年少的时候，当我们一起出行，便骑家里仅有的一辆自行车。

有时去比较远的地方。母亲载着我吃力地蹬着自行车的踏脚，时间久了在平地上都会累，更别提遇上长桥、陡坡、坑洼不平的碎石子路了。我总记得坐在母亲身后，望着她扎起的辫梢左右轻轻甩动，弓起的后背和后脑勺伴随着每一次吃力的蹬踩而上下起伏，衬衫也洇出一圈圈汗渍。若是换作年少的我踩着自行车载母亲，她又舍不得让我载她太久，怕我累着。

后来，她想到了这样一个方法：一个人下车步行，另一个人骑着车轻装上前，隔远远的一段路将自行车停在路边，也步行；后一个人走到自行车那里骑上去，越过步行的人，再隔远远的一段路将车停在路边步行。如此循环往复，我们换骑换行，遥远疲惫的路途也变得有趣，变得不那么累了。

当换我骑上自行车时，我会刚骑一小段路就停靠在路边开始步行。母亲在身后远远地向我摇手，示意我继续再往前骑行一段。我不想母亲走太多路，并不理会。等母亲骑着车赶上我，她忙不迭地停下，总是心疼地数落我：你得要往前面多骑点路，这孩子，怎么不听呢？

那样的岁月，一切都是简朴、真挚、温柔、暖和的。如果能有一段路、母子两人、一辆脚踏车，就这么一直一直相互换着骑下去走下去，永远没有终点，也好啊。

24

阴天的凌晨进入一场梦。我和母亲一起从某座办公大楼出来。我扶着电动车，母亲扶着自行车。我问为什么不让我载着她，母亲却笑笑，健步如飞地推着自行车向前飞奔而去，我在后面追赶。真好，梦里的母亲腿脚再也不疼了。

还有一场梦，我在某个小巷子里的一家理发店理发。快要理完时，母亲找过来了。我想：啊，母亲还在，她回来了。又想：母亲是什么时候回到家，又是怎么找到我的呢？然后，我们一起沿着小巷子并肩走路回家。小巷子好像还拐了几个弯，我们一路没有说话，可是我心中觉得美好，以及安宁。

25

少年时有过两三次，与母亲以及别的大人一起出远门。

那是第一次坐船。我们坐的是长途大巴，可是要过江——大概是过长江。所有的大巴都有序地从岸边的港口码头开到一艘泊岸的渡轮上，那只巨大的船载着大巴过江。那天当我们在船上，因晕车反胃想吐的母亲带我走下汽车，一起到船舱甲板上吹吹风、看看江水。那是被行驶中的大船搅拌出波浪的浑浊翻滚的灰色水面，但在我心里，一直记得就像在海上看着大海一样，觉得浩瀚无际。

后来，南京长江大桥建成并且通车，像这样船运车、车载人的交通方式变少了，我不知道现在还有没有。但那算是母亲第一次带我“坐船”，至今想起来，仍觉得如梦般奇幻。

26

天气越来越冷，一个人在家时偶尔犯懒，迟迟才起身去厨房做一日三餐。

母亲在的时候，便相信这个理儿：无论怎样，都要按时吃饭，吃了饭，人就暖和了。她说，人活着就要有规律，该吃饭的时候就要吃饭。

从前吃饭时，我右手抓着筷子，左手大多数时候刷着手机，或者干脆插在口袋里。母亲就会双手端着碗唠叨我说："吃饭时，左手一定要端着碗吃，尤其这样的冷天，还能焐手。"手端着碗吃饭，不单单是礼节、教养与好习惯，更是因为在这样深秋寒冬的日子里能让人暖和。暖了手就暖了身，暖了身就暖了心。

现在，我一个人坐在餐桌旁吃饭，想着母亲的唠叨，用手紧紧端起了碗。

27

母亲讲过一句话：任何东西物件，别乱丢乱扔乱放。哪怕是狗屎，你也把它折叠得整齐了，看着也舒服。

从前我一回到家，会随手乱放书包、手套、围巾、口罩、帽子、钥匙、鞋子、袜子。母亲唠叨了我好多次。有时看我实在是忙得飞起来，她就帮我重新摆放好。

她是一个对人生、对生活相当讲究干净、整洁、秩序和美感的母亲。

而现在，我即使做不到像母亲那样细致，可一想起那时，便会起身把书包、手套、围巾、口罩、帽子、钥匙、鞋子、袜子等都摆放整齐。就像她在我身边说：

"哪怕是狗屎，你也把它收拾摆放整齐了，看着也会舒服些。"

28

十岁生日时，家里很热闹，那是母亲给我办的最隆重的一次庆生。那天晚上我被大人起哄着，第一次喝了白酒。那晚的广场上燃放起鞭炮礼花，礼花散落时，化作一把把手掌大的红色小纸伞，掉落满地。小伙伴们开心地欢叫，抢着跑去捡。

二十岁生日时，我已在南京念大学。那个时候家境早已没落，母亲也患病。那时我没有手机，母亲也没有手机，她那天站在秋风中，在老家街边的公用电话亭给我打电话。接通后，母亲喜悦而热切地对我喊了声：生日快乐啊。然后絮叨地交代我一定要记得，今天去学校食堂给自己买些鱼啊肉啊好吃的饭菜。那天，母亲在电话里跟我说了很久的话。

三十岁生日到了，母亲已经在另一个世界。都说孩子的生日也是母亲的受难日。我订了个蛋糕，去墓地跟母亲一起分食。生日又到了，那一把把红色的小纸伞，那一声喜悦而热切的祝福，都消失了。

29

今年生日，四位长辈亲戚做好饭菜，等我回家一起吃饭。

晚饭时，我多摆了一副碗筷在旁，心念着给母亲。

母亲与她的姐姐、兄弟，与她留在人间的唯一的儿子，在今晚也仿佛有了某种微弱的慰藉式的团圆。又点燃一炷香立在遗像前，我想，她会一直都在。

想起前年刚搬家，也是母亲他们兄弟姐妹四人忙了一整天之后，坐下来吃晚饭。彼时他们欢聚一堂，安稳地聊天。我永远静默无声地坐在这群平时聚少离多的五六十岁的中年人的一旁。那天我曾想，那样的场景也是我希望他们能多多拥有的、闲适的团圆时光。

两年后的今天，母亲已经不在了，像一个永远补不回来的缺口。往后每年的生日，母亲都远在天上了。我只能在餐桌上添一只空碗、一双筷子，做无声的再也无人回应的凭吊。

30

妈妈，我的二十九岁就要这样过去了。正因为你在我的二十九岁离开，某一部分的我永远留在了二十九岁，永远停止跳动，永远不再生长。我会记得这个逐渐从悲痛转化成忧伤又慢慢回复平静的二十九岁。

妈妈，二十九岁的时候，你是怎么活着的呢？你刚刚生下了我，一定非常欣喜，像这世间每个疼爱婴孩的寻常母亲一样。你轻轻地抚摸捏揉我的小手，一遍遍亲吻我的脸颊，你的世界有了光，有了照耀往后人生的柔和洁白的力量。你整夜整夜不睡觉，给我喂奶、换尿布，将我怜爱地抱在怀里哄我入睡，眼神像一汪温润的泉水。我忘了问你我刚出生时的斤两了，那一串数字对每个母亲而言都记忆深刻，你也聊起过，可是我却没有记住。我再也不知道我刚出生时的斤两了，我只知道，从那一年开始，你的生命不再属于自己。你将你的生命给了我。可是你一点也不觉得心疼，你反而笑了，哭着笑了。

妈妈，我想了想你的二十九岁，我想了想我的二十九岁。妈，我想你了。

31

以前周末在家，遇到晴好天气，会晒出我与母亲厚厚的被子。

上午八九点阳光和暖，我与母亲分工协作，一人抱着笨重的被子，一人拿着几只大塑料夹，一起将被子晒到露天阳台外的两支衣架上。下午三四点，再一起将被子拍掸之后抱回。母亲常帮我将床铺垫好，夜晚入睡时，我会嗅到被单上干燥柔软的阳光味道，感受到母亲温柔抚摸过的痕迹。

而现在，周末休息时，遇到晴朗天气，只剩下我一个人孤独地晒着被子。

母亲走了，我像母亲一样勤晒被子。我偶尔也会将母亲生前盖的两床被子抱出去晒。周六晒我的被子，周日晒母亲的，或者两天换着晒。

也许，我一直在等母亲回家睡。

32

在儿时的小镇，最时兴的饮料是铝罐装的健力宝。

那种健力宝，铝罐上印着一幅奥运健儿图画。很多年前开小商店时，母亲不舍得喝。偶尔喝一次，那种又酸又甜的橙色液体会伴随不知从哪里冒出来的气泡咕噜噜地升腾在口腔、喉咙和肠道里，格外舒服。

临终的岁月，母亲觉得嘴里总是没味儿，加上消化系统功能衰退，食物淤积肠胃不适，想要再喝一次健力宝。她说：要是能喝一口健力宝就好了。母亲并不知道健力宝早已很难买到了，小城的商店里几乎再也寻觅不到。

我买了橙汁汽水回来，母亲却总说不是那个口味。只有喝一两口可乐，听见自己喉咙里嗝出一些气来，才能让母亲感到一丝丝舒畅，恍惚我们又回到从前一起喝可乐、雪碧、健力宝这些碳酸饮料时，彼此看着对方酣畅痛快嗝气又大笑的光阴。回过神来，鲜活的母亲已虚弱地躺着，垂危、临终、枯槁。

最后我买回一瓶大号装的可乐。每次倒出半杯，端到床上给母亲用吸管喝，似乎她也回味起一点喝健力宝的口感。最终，母亲也没喝完这瓶可乐。

33

母亲在时，我买过一些小吃带回家来：鸭血粉丝、猪蹄砂锅、酸辣凉粉、打卤面之类。都很美味，也非常便宜，像是寻常而苦涩的岁月里一颗微薄的糖。

有一次，母亲似是开玩笑地逗我："这段日子怎么老买吃的回来，是不是晓得我没有多长时间了？"母亲的意思，是我觉得她在人世时日无多，才会这么频繁地买给她吃。我急了，白她一眼："瞎说喔，趁热吃。"

谁知道，一语成谶。

34

想吃母亲亲手包的饺子。

将猪肉、芹菜、卜页等食材切碎拌匀，做成馅儿。母亲做的馅儿也不是全生的，她喜欢把馅儿用油盐酱醋翻炒至半熟，冷却了以后再包。

有时我下班回来，洗干净手帮母亲一起包，或者将粘在一起的饺子皮一张张摊开，在每一张上面用小勺舀好馅儿，这样母亲就能包得快些。又或者母亲包了太多饺子，我将先包好的一部分排列到塑料篮子里，放到屋外通风的地方吹干，再用干净的方便袋装好放进冰箱里速冻，留着下次吃。

有时馅儿用完，剩下饺子皮，我们别出心裁，包几颗白糖饺子；有时饺子皮用完，剩下馅儿，母亲会打电话叫我下班路过巷子时记得带半斤饺子皮回来。

包好饺子下锅，在沸腾的水面翻滚，母亲将晶莹剔透、完整无损的盛出来给我，将那些破肚露馅的饺子盛给她自己。我总拗不过母亲这样的溺爱。

饺子煮熟后，母亲有时让我给外婆也端一碗过去。母亲说："你帮我跑一趟，让你外婆现在赶紧趁热吃，冷了就不好吃了。"如果有煮好的饺子头天吃不完，隔天早晨母亲会用油锅做煎饺——金黄金黄的，咬在嘴里又香又脆。

母亲没有吃过我亲手包的饺子。这一生，我再也吃不到母亲包的饺子了。

35

早晚气温降至零下，翻箱倒柜找出暮春时收叠起来的电热毯，晾晒后铺到床单下。

在并不遥远的去年这个时候，还有从前很多个这样寒冬即将来临的时分，都是母亲给两张床细致入微地铺好电热毯。明明还是昨天的事，怎么母亲已不在了？

那无数个漫长的冬日，母亲总记得每晚九点左右帮我将床上的电热毯打开。推亮开关，橘红色的指示灯就会亮起。母亲说，整夜开着电热毯会吸收人体的水分，对身体不好，这样提早开电热毯，等十点上床睡觉时，整个被窝里就会暖烘烘的。与母亲在一起时都是这样用电热毯，提前打开，临睡之前关掉，既节约用电，又能暖和舒服地一觉睡到天亮。

我边回想，边给自己的床铺好电热毯。母亲的床静静地关在她的房间。我给母亲空荡荡的床也垫上电热毯，然后扣紧房门，走了出去。

36

我最让母亲心痛的时刻，或许是念三年级时就得了近视，戴上了眼镜。

原本让亲友夸赞的一双水灵的大眼睛自此看不清物件，需要戴着眼镜度过一生，那时候也没有什么款式新潮的儿童眼镜，都是些镜框又大又笨重的式样。母亲便自责她没有保护好我的视力，其实是我贪恋电视，总是太靠近荧屏痴痴入迷地看动画片和电视剧。往后的岁月里，母亲每每提到我年纪尚小就近视，常会叹息一声，唉，怎么好好儿的，眼睛就近视了呢。

三年级便戴着一副三百度的厚重眼镜，在当时的班级里，我是唯一一个戴眼镜的学生。母亲四下打听治疗近视的医疗手段或恢复视力的民间偏方，比如每逢听说哪里有眼科专家便带我去问诊，比如打车带我去无锡某家医院做了一个宣称能控制近视度数上涨的“加固手术”，比如每晚都让我睡前躺在床上做一遍眼保健操，比如给我吃当时尚未明确护眼效用的各类蔬菜瓜果等食物。

记忆最深刻的，是母亲教我每天清晨和傍晚要站在家门口，眺望远处的绿色景物至少一刻钟。那些陪伴过我童年、少年时期的绿色景物，或许是一块稻田、一株树木、一抹绿帘、一座青山、一幅广告牌、一处绿色油漆尚未干透的墙头。很久以后我才觉得眺望过的那些远方的绿，也都是两个字，母爱。

已是冬天，树木、花草、农田、山水全都失了绿的颜色。等春天重来，等新绿重染，等天地又青翠起来，等我重新孤独地远眺起那些一岁又一季的绿，不晓得母亲还能不能再重新归来？可是，她已不会再重新归来了。

37

母亲在前年跌了一跤，磕掉下面一排牙齿最中间的两颗牙，一笑起来就露出两个空洞的牙床，本就沧桑的她整个人看起来更显衰老。

我劝说过几次，亲戚朋友们也建议母亲去将牙齿补上。母亲总是推托，她觉得没那个必要，她觉得她这样的年龄仪表不那么重要，她舍不得在自己身上花钱。有几个周末双休，我说带她去医院或诊所补牙，她都拒绝了。

可母亲明明是最看重自我的整洁与干净的人，她明明是有洁癖的，她又怎么不想让自己仪表整齐呢？她是一生那么讲究细致、那么追求体面的人啊。

她却不肯补牙，这已是一种自我放弃式的亏欠。她觉得全身已被病魔侵袭吞噬，补牙难填大伤，也是完全心心念念着给我省下每一笔钱。

38

在我们以前的老房子东面通向大街的方位，有一段尘土飞扬的石子路。

从前无数个清晨黄昏，母亲带着我经过那段石子路，车龙头、车把手、车篮子和我们的屁股都颠簸个不停。一到下雨天，那段路更是泥泞难行，一口口黑色水洼打湿我们的鞋袜和裤腿。

后来那段路被整修填平，变得宽敞易行，我们却很少再走那条路了。

母亲走后，小城每天都在变化。某天这里的旧建筑拆了，某天那里的新大楼落成了，某天又有哪儿的商场开业了、大桥通车了、广场绿化了、园林翻新了。在屋外的对门，开了一家涂料油漆店；在距家门十来步远的巷子口，开了一家烤鸭店；我与母亲从前经常去的那两家生鲜超市，因为经营不善陆续关张；我与母亲住的这个小区，在母亲走了一周年后开始铺设管道煤气……

而这一切，都与母亲无关了。哪怕小城再日新月异、星移斗转，都不会记载在她的年历里了。

39

一个人住的第一年。一个人学着做菜，总觉得自己做的菜很不可口。

有时烧了好久的菜，强忍吃上两口，咬咬牙一狠心，将剩下的全部倒进垃圾桶。想念母亲在时做的饭菜，曾经是多么好吃。原来做饭给心爱的人吃，是那么幸福的一件事。母亲从前给我做饭，再辛苦疲累，心里也是暖暖的吧。

给自己烧一碗青菜汤。冬季的青菜每一棵都肥美鲜嫩，母亲从前喜欢做青菜豆腐汤，加上生姜，在寒冬的日子里喝起来也会暖胃。剥、泡、洗、切青菜的时候，握着一颗青菜芯，想起母亲从前教我切青菜芯做杂烩汤的场景。

那些时候，我一片片剥去外面的青菜叶，直到露出包裹在最里层的娇弱的菜芯。母亲看到，笑了。她说：傻小伙，这样做的青菜芯又瘦又长，煮出来不好看呢。好几次母亲一边示范给我看，一边告诉我：刀斜着切开青菜靠根的部分，剥去外面的陈叶，就能做成一颗颗鲜嫩的青菜芯——果然，这样的青菜芯模样可爱，恣意绽放，像翠绿的花朵一样。

我想着母亲教我时的神态、语气和动作，遥远得像外星球，又亲近得仿佛昨夜。

40

冬至将至。

小城的冬至有吃汤圆的习惯。从前这天早晨，母亲用电饭煲烧煮沸水，将一颗颗芝麻馅、豆沙馅的雪白汤圆滚进去煮，不久，满屋子便飘起热气腾腾的糯米香、芝麻香、豆沙香。

我学着母亲在时的样子，给自己煮汤圆吃。又想起从前，盛在碗中的汤圆若是吃不完，可以剩下几颗，留待倒回锅中。我从未问过母亲缘由，想必也是某种丰裕而有节余的预示与祝愿吧。况且汤圆晶莹滚圆的模样，本身就有一种圆满的美态。

点上一支香，盛出两碗煮好的汤圆，搁在我与母亲的座椅面前。一只黄一只白，是从前与母亲各自习惯用餐的碗，又摆上母亲用过的木筷。

妈，冬至了，我们一起吃汤圆。

41

母亲爱吃黏食。

汤圆、麻团、年糕，这类我觉得粘牙齿的黏食，她很爱吃。但她舍不得从超市买那种有真空包装的切片年糕，而是偶尔从巷子里的小作坊摊点买些散称的便宜的块状年糕，或者亲手制作黏食。

家里厨房的壁柜中还有母亲拆封后没吃完、封口扎得紧紧的糯米粉、小麦面粉、生粉、豆沙馅，母亲要是还在，一有空闲，早就馋得耐不住，将它们做成糯米圆子、糯米饼、糯米豆沙糕了。

我若在一旁，母亲会唤我帮她从背后系好围裙，将糯米粉和一碗水兑匀，捏成一个又一个圆团。生好煤炭炉子，或者打开煤气灶，把锅烧热倒入油，将那些或圆或扁、白乎乎软塌塌的黏食放到滚烫的冒着泡的油锅中，“嗞嗞啦啦”炸上一圈，待一面熟透，用铁铲翻过来再炸另一面，炸成金黄香甜、外脆内软的诱人模样。

待熟透后，母亲将它们捞出锅，盛放在碗碟当中。这些奇形怪状的黏食两面金黄，散发诱人的香味。蘸上白糖，拿起筷子趁热夹一颗咬一口，又脆又软又烫又甜，能拉出好长的糯米丝。我回想着那样的画面，口水都要流出来。

无论日子过得怎么样，食物总能给人安稳感。又甜又黏的食物，是安稳的幸福。

我心想等哪天周末，也系上母亲的围裙，学着母亲的样子，给自己炸上这么一锅金黄的回忆。

42

儿时，各种零食包装和内附卡片上都印着一些“脑筋急转弯”，在课间休息时，我常与同学们相互提问，比如“这个世界上什么布剪不断”“什么桶装不满”“为什么小红喜欢吃骨头”之类。

也曾回家后丢下书包，得意扬扬又不动声色地问过母亲：“小明有三个哥哥，老大叫大毛，老二叫二毛，老三叫三毛，老四叫什么？”母亲若是说“四毛”，我必会手舞足蹈乐不可支。隔一段时间又将这个脑筋急转弯翻出来问母亲，只不过自作聪明地将人名换成“小张有三个哥哥叫一宝、二宝、三宝”，或者“小华有三个姐姐叫大花、二花、三花”，然后满怀期待母亲脱口而出“四宝”“四花”，屡试不爽。

其实当我回想起来，母亲也许只有第一次被这个脑筋急转弯蒙住了，没反应过来，随口说出了“四毛”，而往后那么多次，她都是故意说错让我开心吧，是为了让我在没有父亲的童年里不那么寂寞。

43

从前即使我在家里，也有多数时间没有陪伴在母亲身边。我在自己的房间写稿或看剧，半天都不去母亲跟前聊天。但我知道母亲就在隔壁房里看电视或收拾衣物，我只要手头忙完了、电脑用疲了就可以走出房间，走到母亲身边喊一声：妈。

而现在，我在自己的房间，读完一本书、看掉一部电影、写完一篇稿子之后，把腰板直了直，抬头望向窗外灰白的天色，心里知道：即使我站起身走出房间歇一会儿，母亲也不在客厅或者隔壁房间里了。

那样我一走出房门就能去到母亲身边的光景，仿佛昨日，又恍如隔世。

我只能继续坐在房间电脑桌前原地不动，茫然无所顾，像夕阳沉下去，像一句电影台词——这世上，一个人，从此没有同类。

44

母亲在做家务事时，常有一句口头禅：“一不做二不休。”

每天起床后，她都先做完一圈家务活，临到晌午才有空丢下手，去洗脸刷牙吃早饭。洗漱完毕，继续打扫卫生。她总要把手头的事情做完，才舍得坐下来，停下来，躺下来，歇下来。

如果她正躺着小寐，或者倚靠着看电视，或者闲着，一想到有什么家务活还没做掉，会立马跃起身来，说着“一不做二不休”，然后转身去忙完。

母亲跟我说：把事情都做完了，再去歇着，心里也踏实。所以她做任何事都雷厉风行、风风火火、任劳任怨、从不拖沓，今日事今日毕，一不做二不休。

可是人世间的烦心琐事那么多，每天都有无穷无尽的家务活要做。她做了一辈子也没有做完。她永远地躺下了，那些被遗弃的家务事，再也与她无关了。

45

无论是春困秋乏，还是酷暑盛夏，母亲有午睡的习惯，也逼我每天午睡。

小时候，我总不肯午睡。母亲将我哄上床掖好被子后，还久久坐在床沿，看着我睡着了，她才蹑手蹑脚地悄声走开。有时我故作聪明，紧紧地闭上眼睛假装睡熟，过一会儿听不到母亲的声响，以为她走开了，偷偷睁开眼睛一看：哎呀，妈妈还笑眯眯地坐在床沿看着我午睡呢。

在小城念中学时，中午我要是也磨磨蹭蹭不肯睡，她就“威逼利诱”我说：只有睡了午觉，晚上才能看电视。若是当时的电视台恰好有我正追看的每晚三集连播的电视剧，我会立马听话，乖乖上床去睡。母亲也非常守信用，只要我睡了午觉，就准许我看电视；到了周末，甚至能宽容我看午夜剧场到深夜。

那时候，电视台常将上一部剧的最后一集大结局排在当晚新播剧集的后面播出。要是新播剧让我们不感兴趣，我们只好撑着睡意蒙眬的眼皮，一边耗着时间一边等候。也有失算的时候，我们心想晚上七八点先上床睡，算计好十点钟爬起身看大结局，结果，哎呀，睡过头了。

后来工作了，我也每天中午回家睡午觉，这是被母亲养成的好习惯。

午睡时，门前若有儿童奔跑嬉笑、喧哗玩闹，母亲会立即蹑手蹑脚跑出去，喝令那些孩子安静或者跑远。向来慈眉善目的母亲，在那时会有严厉的神色与口吻。

母亲无微不至地呵护我。无论我长到多大，只要她在，都挺身而出站到我的身前。

46

在到处租房住的那些年，我们常用一顶深红色的浴帐在家里洗澡。

母亲“化身”凿墙工人，在屋里两面墙上钉上铁钉，拉起一道绳子，用木头镊子牢靠地挂起一顶浴帐，里面摆上长木桶，倒入热气氤氲的烫水，然后钻进去洗。浴帐这项发明，在我们的人生里好像陪伴了很多年。

冬天的傍晚，母亲给我放好洗澡水，我钻进木桶，嫌烫，湿漉漉地弹跳起身，想加些冷水。母亲叮嘱说，别用凉水洗，烫一些才下 kèn（方言，泥垢的意思）呢。我总趁母亲不注意，偷偷舀了好几勺冷水兑进去。

那时候，家里还有两个小铁罐子装着白色粉末状的痱子粉、爽儿粉，用一层厚厚的棉垫盖着，再用铁盖子盖着，让它清幽的香气存留不散。夏天洗完澡，母亲会唤我给她后背擦上痱子粉，也会叮咛着给我的后背抹一抹。

后来，家里这两顶浴帐、两罐痱子粉都不知道放哪里去了，就像那样清贫而快乐的时光，不知道去哪儿了。

47

念小学时，与母亲住在一间小租屋里，吃饭、睡觉、看电视都在一个屋内。

每天晚上，我背朝着电视机写作业，母亲就将音量调得极低，安静得不想打扰到我的学习。我的书桌上却有一面镜子，只要偷偷将镜子摆出一个特别的角度，就能看到翻转的电视画面了，仿佛“镜像”一般。

这是母亲当时的疏忽，也是我那时候自以为得意的小聪明：一边写着作业，一边看着镜子里的电视连续剧。

母亲不在了，那台笨重的老式电视机也不在了，只有我和那面镜子，还被孤独地留了下来，留在这世事隔山岳的人世间。

48

想起很多年以前，一件与母亲去远方的小事。

那时母亲与父亲离婚不久，带着幼小的我生活。那个年代，改革开放浪潮汹涌，歌舞厅、录像厅、台球室、游戏机室、发廊也悄然兴起。苏北乡镇的女子兴起一股去苏南打工的热潮，都说苏南的工厂新、环境好、食宿全、赚钱多。无论是年轻姑娘还是中年妇女，都满面春风地先后踏上南下的长途汽车。那时，母亲已不开缝纫店了，也想去苏南的服装厂闯闯。

好像是个暖和的日子，母亲带着我，还有她的一个名叫刘云的小姐妹，一起坐车去苏南。大概去的是无锡。既是去找工作，也是带我出去玩。午后才到达那座城市，直奔工厂看过后，我被母亲抱在怀里或牵在手里到处走，很快天就黑了。

她们没有去找旅舍投宿。看到路边有一间小店铺，是一家生猪肉铺，白天营业屠宰切卖，晚上卷铺收工后不关门，也无须用人看管。母亲与刘云阿姨在里面长长的油腻的水泥案板铺上报纸，她们坐着睡。我躺睡在母亲的腿上，母亲搂着我。那天半夜，来了两三个警察，询问我们的身份与来历，然后盘问我与她们的关系——原来他们以为我是被拐卖的小孩。

我告诉警察叔叔，她是我的妈妈。我还是觉得害怕，站在母亲身后什么也不敢说。后来我又睡着了，母亲一整夜守着我。

翌日我们就回去了。据说刘云阿姨后来真的去了苏南，与母亲也断了联系，茫茫人海，像两粒沙，杳无音讯。

母亲没有去苏南，在苏北小城抚养我长大，就这样一直过了二十多年。

49

母亲从不习惯使用银行 ATM 机。她保留着最初的习惯，不用银行卡或信用卡，始终到柜台上办理存单。

我在南京念大学，头两年需要母亲定期给我汇生活费。即使有银行工作人员热心指引，母亲也很少去 ATM 机上转账，而是宁可取号排队，哪怕需要等待很久才可以到柜台人工办理。倒不是母亲不会用 ATM 机，她是那么机灵聪明的人，很多技能一学就会，而是母亲觉得人工柜台办理更加稳妥可靠。

所以母亲将每一笔省吃俭用、起早贪黑操劳攒下的钱都存成了一张张定期的银行存单，哪怕是很小的一笔，比如两三千，她都这样收藏着。回到家后再细致地将存单收好，这让她觉得安稳。钱财存着，都不是给她自己花销，她是想着留给我。留给我，买了这套房子，换来我独自安享的生活。

母亲走后这一年，各大银行一再降息。我假想母亲若是还在，听到这样的消息，一定会微微嘟起嘴，失望地抱怨：哎哟，利息怎么越来越低了呀。

50

不爱用银行卡而习惯用存单，是母亲那一代淳朴女性普遍的生活习惯。

经历了三年困难时期、各种运动与磨难的蹉跎，经历了计划生育、企业改制、下岗再就业、下海经商、出国淘金等时代浪潮的冲击，也经历了无数国家政策与人生无常之后，她们理所当然变得谨慎而小心翼翼。除了存单会让人安心，母亲还有查阅超市收银小票、打印住院清单的习惯。

尤其是自从邻居去超市购物被多收了钱之后，母亲不再那么信任商场、超市电脑收银的可靠性，回家后总要粗略地算一算购物小票上的总价有没有出错。

后来母亲老花眼看不清小字，就会用商量的口吻问我能否抽点时间，帮她大致算一算。我很不耐烦地回过去，“算什么算呀，那都是电脑计费的，能错嘛”，然后不情不愿地拿过收银小票来算个大概——现在回想起来惭愧，要是母亲眼神视力都还好好儿的，她哪会要“劳神”我呢。

这些年每次从医院办理出院时，母亲会弓着腰伏在结账窗口，恳切地请求那些拉长脸的工作人员帮她打印用药清单——那上面详细列出每次住院的放化疗、项目检查、挂水服药的开支。若是超出了预支，母亲会心疼地说“唉，这次看病又花了不少钱”；若是账目有出入，母亲就会去院方财务处问询。

这其实是一种好的活法、习惯与秩序。可惜的是，我们的人生，在大多数时候，都缺乏这样认真细致的对待。

51

幼时，我乖顺得过分，无论到哪里，都依偎在母亲身后。

但在念高中时，我竟然学会了打响指——虽然丝毫不是什么了不得的事情，但在小城的孩子里面，打响指这样一种“技能”，是属于那些油里油气的社会少年的。我也不知怎么的就会打响指了，而且左手打得比右手顺溜，只要把大拇指和中指贴紧，配合着划刮出响亮的一声“啪嗒”，似乎也有种带劲的乐趣。母亲觉得惊奇，笑着瞪圆眼睛要跟我学。她划动手指，偶尔闷声响了一点，也像个孩子一样扬扬得意。

我也并不抽烟。某年放假回来，见到小我一岁、早已步入社会的表弟，他客套地给我点了一支烟，后来被母亲知道了，她惊慌地问我：“天呐，你什么时候学会抽烟了？”那天母亲以为她无意之中发现了我也许已长久养成的烟瘾。站在她面前比她高出许多的儿子，是哪一天长大了，变成一个既熟悉又陌生、既亲近又疏离、抽起烟来了的大男孩了呢？那天的母亲会不会内心五味杂陈，觉得慌张、喜悦、忧心、骄傲、焦虑，各种滋味涌上心头了呢？

我已无从问询母亲那时的想法了。她走之后，一切都被岁月带进了永夜。

52

妈妈，以前，我在外面要是冷了，饿了，疼了，辛苦了，委屈了，孤独了，失败了，受欺负了，不高兴了，觉得看不到光亮的时候，一想到你，一想到你所在的温暖的小家，我就有了依靠，有了安慰，有了期盼，有了拍拍灰尘、擦掉泥土、继续努力下去的理由。

可是现在，我冷了，饿了，疼了，辛苦了，委屈了，孤独了，失败了，受欺负了，不高兴了，觉得看不到光亮的时候，我也还是继续活下来了，我也还是可以没有依靠、安慰、期盼地活下去。

人类失去了母亲，还能继续吃喝拉撒睡？人是多么强大，又是多么薄情。

53

巷子口有一家包子店。

母亲最喜欢吃豆沙包，我最喜欢吃烧卖。菜包子也是爱吃的，我和母亲都喜欢吃青菜包，新鲜的青菜馅里有香菇粒和虾仁，而且我们对雪菜包都不太喜爱，雪菜馅再香，嚼在嘴里也是腌咸菜味。肉包子馅太肥，吃多了也就腻了。三鲜包、萝卜丝包、灌汤包偶尔也会吃，各有各的好。

搬到新家后，母亲曾在巷子口的这家包子店加工过两批包子。年关将至，小城各家各户都有做成笼的包子预备着过年吃的习惯。母亲便拎着桶装的青菜、肉馅与食用油去包子店请老板加工。包子店是一对外地夫妇开的，时间久了，听得懂我们这里的方言，一来二去，与母亲也熟悉了。

母亲在时，家里若来了客人，会去买包子回来待客，或者唤我去买。老板夫妇也就认识了我。他们见我们是老顾客，还会多送一只菜包或蒸饺。

母亲在最后那段日子想喝点黏稠浓香的鱼汤。包子店的早餐供应鱼汤面和鱼汤馄饨，我去买过几次。老板大概也听说了母亲的身体每况愈下，每次都多打好几勺鱼汤让我带回来。可惜母亲后来没有喝上几口。

这一年来，我偶尔懒得做饭，上下班的路上去买包子吃。老板夫妇始终态度热情，有两次临近打烊，都多送了两只蒸饺给我，就像母亲在时一样。

我心有感激。这对外地的老板夫妇也记得母亲的和善。正因为母亲与他们和善，他们才这样和善地予我多一份关照。某种意义上，这也是母亲留下的福泽。

我微微觉得一丝安慰，这坐落在小城巷子口的一家小小的包子店，不过在人世短短一瞬，也曾与母亲有过铭记于心的因缘。

54

想喝一碗母亲用豆浆机磨出来的热腾腾、香喷喷的甜豆浆。

几年前家里买了一台豆浆机，母亲很是热衷于操作。成斤地买回集市上的干黄豆，头天晚上抓一把泡在一碗清水里，第二天早晨清洗干净，就可以磨豆浆了。

很多个天色灰蒙蒙的凌晨，母亲叮咛我再多睡一会儿，自己先起床给我做早餐。我躺在床上听着豆浆机发出“咕噜咕噜”磨碎黄豆的声响，磨掉清晨的静谧时光。听着那样的声响，我特别安心，恍惚又能睡个回笼觉。等到芬香滚烫的早餐做成，母亲再轻轻来到我床边，俯身温柔地唤醒贪睡的我。

母亲会在一把黄豆里撒几粒花生，花生伴着黄豆磨出来的豆浆雪白粉嫩，更加香郁。倒满两大碗，加些白糖拌匀，配上面包、饼干、糕点，就是我们美味的早餐。有时，母亲端着壶身缓缓倒出豆浆，我一手握着过滤网，一手用筷子搅拌豆渣，让每一滴豆浆都流淌到碗里。这样的双份早餐，是食物的香气，是寻常幸福的小日子，是这世间一个平凡安逸的家。

后来，我们很少用豆浆机了。母亲躺在家中的最后那几个月，豆浆机也一直搁在储物间的柜子里。母亲再也没有力气早起给我磨豆浆喝了。再后来，母亲走了，家里没有了干黄豆，我没有再用过豆浆机，没有再喝过它磨出来的豆浆，也没有再听过那样"咕噜咕噜"幸福的声响。

妈妈，我好想再喝一碗你用豆浆机磨出来的热腾腾、香喷喷的甜豆浆啊。

55

母子二人在小镇上相依为命的那些岁月，生活物资匮乏，常常捉襟见肘。

一日三餐也是大难题。母亲许诺我每个星期都能吃上一回红烧肉，买肉回来的那天就几乎是我独享的盛宴。没有肉吃的日子怎么办呢，也不会光吃青菜。

母亲囤积了两大罐猪油，那种用搪瓷盆装着的，雪白或乳黄色、柔软滑嫩像果冻一样凝结的冻猪油，裹着浓厚的油香。那个时代的搪瓷盆，黄色的盆身镶着一圈细细的蓝边，盛开着朵朵红花图案，斑斑驳驳地掉了几处漆。

肥肉在锅里缓缓出油，被榨干油分的猪油渣可以捞出来留着烧汤，剩下满锅刚熬好的丰美的猪油。母亲细致地用勺子装进洗净的搪瓷盆里，待慢慢冷却后，再用塑料封口袋将搪瓷盆包扎好，不让香气挥发。再寡淡寡味的青菜白菜豆芽土豆，只要兑一小勺猪油下到锅里去炒，立马色泽鲜美、芬香满屋，能就着吃好几碗饭。即使哪天没有烧菜，只要盛一碗热腾腾的熟米饭，打开搪瓷盆的封口，用勺子挑小半勺猪油在米饭中央轻轻拌匀，再稍稍隔一会儿，就能化腐朽为神奇——浓烈的猪油在一颗颗晶莹饱满的米饭粒里融化渗透开来，香透了。

很多年后，母亲依然保留着这种在吃饭时用黄猪油拌米饭的喜好。这样一两盆猪油，能陪伴我们度过一整个缺少油水的寒冬。那是在艰难岁月里，我们一回想起来就会觉得富足与安稳的小确幸。

妈妈，我好想再与你对桌而坐，吃一碗只是拌了香喷喷的黄猪油的米饭。

56

从前做梦，梦到山川河流、星辰日月、尚未游历过的花花世界与新奇神秘的陌生远方。后来的梦，仿佛皆与母亲有关。

梦到和母亲出行时挤坐在汽车的同一个座位上，梦到母亲将很多支牙膏放到冰箱里冷藏储存，梦到我一边骑电动车载着母亲一边告诉她我去超市买了鸡蛋，梦到惹母亲生气后她留了字条离家出走房门紧锁，梦到母亲睡眼惺忪地躺在客厅沉沉入梦然后我轻轻关掉电视，梦到母亲在我身边睡醒后蹑手蹑脚地走开做事不想吵醒我，梦到给母亲祭祀时和她一起煮白米饭、买鲢鱼，梦到与母亲沿着学校教学楼前的广场并肩散步聊天，梦到与母亲一起面对面剥花生和蚕豆，梦到看见可怕之物时呼喊母亲奔跑出来营救，梦到母亲发现我的被套破了一个无法缝补的洞，梦到给母亲递了一根新鲜的香蕉而她却执意换了一根熟烂得发黑的，梦到询问躺在沙发上的母亲冰箱里未拆封的豆沙馅该怎么吃，梦到夜深了我迷迷糊糊醒来催促仍在灯下操劳赶工的母亲去休息，梦到我考试那天闹钟坏了于是午睡前叮嘱母亲要记得叫醒我，梦到与母亲说着话却词不达意互相争吵委屈伤心难受痛哭，梦到母亲喝不惯人参切片泡开的热水所以我泡两杯陪她一起喝，梦到母亲住在邻居阿姨家一边熨衣服一边计算着要补给邻居的电费，梦到厨房的电线“嗞嗞嗞”火光四射轻微爆炸等到第二天醒来发现墙壁里的电线果然受潮失灵了，梦到母亲听说将花花绿绿的报纸剪成三角形就能当钱使，梦到与母亲骑着自行车半路遇到某位曾有矛盾和过节的妇人时母亲仁慈地给她让道，梦到似乎是世界末日我与母亲绕开地面纷纷裂开的沟壑一起奔逃，梦到和母亲一起去田野中央参加父亲的葬礼，梦到母亲从没有过的长发迎风飘扬的微笑的样子，梦到我在上班时手机 QQ 突然跳出很多条母亲发来的似是告别托付与临终交代的消息，梦到我还迷迷糊糊睡在床上而母亲早已在稀薄的晨光中开始了一天的劳作。

这些梦境，有时在前半夜、后半夜，有时在刚躺下之后、待起床前，有时在深夜、凌晨、黎明、晌午，就好像母亲一直一直都还在我的身旁。

57

因为我的户口没有迁调到小镇而念不了小学的那一年，母亲教我认字。

那时我六岁，跟着母亲住在小租屋。母亲鼓励我挨家挨户去邻居门前抄写对联。没有像样的练习簿，母亲就将大张白纸裁剪成厚厚一叠，压到缝纫机下顺着顶端边缘“缝制”出一个小本子；没有崭新的铅笔，母亲就将用秃了、短得不能再短的铅笔头套上半截硬板纸，便于我小小的手握着。

我抓着这样的小本子、小铅笔出门去，抄好对联回家后，母亲再教我认那些字。

那一年，我跟着母亲学写了许多像“大小人口、日月风雨”这类简单汉字。后来她还教我写最难写的“走之底”，教我正确辨别使用三个“的、地、得”。

母亲还教我写数。我搬出一只小木凳坐在高椅面前，她则坐在一旁伏身教我从 1 写到 10。我记得数字“8”很不好写，我自作聪明，偷偷画出两个连接在一起的圈圈，或反方向顺拐，又或者写了一个扭着腰、撅着屁股的“8”时，母亲总一眼识破，然后不厌其烦地握着我的手一遍遍教我。她也曾教我算术，掰着十个手指头学会算十以内的加减法。

第二年有了户口，开始念小学。后来我渐渐长大，母亲也督促我要写字工整。她说，最好在每一行字的上方留一点空白，使得行列之间留一点余地，这样的话这一行字才会整齐好看。不拥挤，不满溢，留一点余地，才好——这是母亲在教我写字，也是母亲在教我做人。

后来在学校，每当我写的字被老师夸奖时，我都记得这里面有母亲的功夫。

58

因为母亲是裁缝，一架缝纫机缝补天下，我从未担心过衣裤鞋袜破损。

母亲还给我做过假领。也许旧时的上一辈人才明白什么是假领——用一块白色或白条纹的废弃布料制作成的衣领。这样的衣领没有衣袖，没有前襟，也没有后背，只有套住肩膀的衣领，可以穿在垫肩西服里面，却像穿着一件完整的衬衣。是在物资匮乏时期，人们用来遮羞、对抗贫苦的智慧产物。

母亲给我做过两条假领，一条是白色的底上有细细的银灰条纹的，一条是用“的确良”布料制成。那个年代还没有纯棉、亚麻，“的确良”是时髦的新潮布料。母亲给我做讲究的衬衣时，大多是用白色或蓝色的“的确良”。在昏黄灯影下的缝纫机上，她一针一线缝制，神态静谧柔和，心思安宁满意。

这十年来生活条件越来越好，已不再需要穿假领。我将假领收藏在衣箱。那是在艰难岁月里，母亲亲手给孩子缝制出的大方与体面。

59

念小学时，我与同桌的淘气女生偶尔为了“三八线”闹矛盾。

小孩子哪懂怜香惜玉之心，很快我们互相掐起架来。后来那个女生的奶奶找到我的母亲理论，也被母亲以柔克刚、化锋利为无形地客气和解了。再后来我和那个女生反倒做了一段时期好朋友，她来我家教我跳《潇洒走一回》，我某天放学也去她家看了一部《超级学校霸王》的盗版碟，又一起攀爬到她家天台玩耍至天黑，完全把等不到我回家而心急如焚的母亲抛到脑后了。

好像也是低年级，我在学习上有些松懈，连续几天不做作业。第二天早晨到教室，总被一个姓戴的女班干罚站。放学回家后，母亲见我总闷闷不乐，以为我受了委屈，第二天气冲冲跟我一起进教室，抓起女班干的书包，警告她不许再欺负我。为了保护胆小怕事的我，母亲真是没少出头。

童年记忆仿佛泛着昏黄潮湿的光晕，都遥不可及了。

60

儿时与母亲玩过一些小把戏，有些时候，像两个坐在前后桌的同班玩伴。

比如在母亲午睡时，偷偷给她扎一个笔直竖立的辫子，或是两根朝天的羊角辫。等她醒来，我拿来镜子，两人发自肺腑地笑得前伏后仰。后来母亲童心四起，趁我熟睡时，也多次如法炮制于我。

又比如，我学着同学之间流行的恶作剧，写一张纸条，上书“我是一只大笨猪”“我是超级大美女”之类，用透明胶带悄悄贴在母亲衣服背后，任由她出去买菜、串门子、倒垃圾，待她回来再笑闹着找我“算账”。

那些漫长的童年，那些我以为能永远停格的与母亲嬉戏的光阴，都扑棱着拍打翅膀，呼啦啦飞走，一下子都过去了。

61

最近这几年，我清晨起早洗漱上班，母亲也是差不多那个时间就起身。

她身体不好，我说让她多睡会儿，她说要给我做早餐。无论我长到多大，无论我如何能自理，无论是熬粥煮面煎鸡蛋，只要她能忙活，都要给我做早餐。有时我在穿衣或者刷牙，她来到我身后柔声征询我的意见：要不要打一碗蛋茶？要不要做几个煎蛋？想不想吃蒸包子或者油饺？听到我肯定的回答之后，她会欣然转身走去厨房。等我梳洗完毕到餐厅，就会吃到热气腾腾的早餐。

有时我睡过了头，上学或上班要迟到了，干脆不吃早餐，在母亲担心我饿一上午的忧心忡忡里冲出家门。还有时，我睡眼惺忪地在想些别的事，当母亲照例问我“早饭想吃什么”的时候，总是表露出很嫌怨的不耐烦。

母亲走后，我再也吃不到她做的早餐了。

62

母亲从不用香水，她用的也只是六神花露水、金银花驱蚊水、风油精之类。

每天早晚，母亲见我用洗面奶洁面后似乎真有片刻的增白功效。她心里也是跃跃欲试，虽然嘴上从未明说。我给母亲买了第一支也是最后一支绿茶洗面奶。母亲使用了几次，半信半疑地盯着镜子中的脸孔问：有变白么？我当然说：有。

母亲操持家务，没心思花费过多时间打扮。后来她渐渐懒得用洗面奶了。再后来，这支洗面奶至今仍摆在梳妆台。

63

想起在我幼年时，母亲总恪守一些养育孩童的民间旧俗，虔诚得很。

蹒跚学步的我，瞪着好奇的眼睛打量这个新奇又危险的世界。每当受到惊吓时，我容色骤变，似要啼哭，母亲会赶紧抱住我在原地蹲下身来，用手指抹一点泥土擦在我额头或者鼻头。她嘴里说着“不怕怕啊，不怕怕啊，晚上跟妈妈睡啊”，哄我安宁，然后还不忘叫我在原地尿一柱小便。在迷信说法里，很多小孩子一旦被“吓到”，就容易生大病，而这样做仿佛就能消咒破灾，化险为夷。

要是我跌了跤，要赶紧用一块棉布包裹着瘀青或红肿的地方轻轻地揉啊揉，那块棉布还得是深黑或深蓝色的，只要这样揉，仿佛就不会疼，很快会消肿了。

当我吃饭太快或着了凉，不停地打着嗝，猛喝热水也无用。小城方言把这种情况叫作“吃圆子”，母亲忍着笑容，板起面孔，瞪圆眼睛，故作严肃地说一件“骇人听闻”的事情，以为这样吓到我，转移了注意力，就不再打嗝了。

又记得孩童时，每当一颗乳牙掉落了，母亲会叮嘱我用纸巾包好，走出屋外对着屋顶郑重而用力地扔上去——这样做，之后新出的牙齿才会生长齐整。

这些有趣的民间旧俗，是一颗颗母亲们祈求孩子们平安长大的心。

64

母亲的乳名，叫“萍儿”。

在乡下风俗中，给刚出生的孩子取一个依凭寻常物件而来的小名，就会少病少灾，健康平安，容易养活。所以外公外婆取“瓶儿”的音义唤母亲“萍儿”。

我的乳名叫“毛毛”，也是母亲根据“猫猫”的音义而取的。

一只瓶子，一只猫，是最卑微的物件与动物，在生活的困苦面前，总能挨过去。

妈，你走后，我才更懂我与人世的从此淡漠、两两相忘。我成了无挂无牵的独行者，正像是你的乳名“萍儿”，漂荡如浮萍，无依无靠无处停泊。

我一个人吃饭的时候不难过了，我给你的房间打扫通风的时候不难过了，我深夜熄灭灯光入睡的时候不难过了，我清晨在花坛边晾晒衣物的时候不难过了，我每到周末在各个空旷的房间徘徊的时候不难过了——只有在每天下班路上，在夜幕降临的黄昏，在路上每一个行人匆匆归家与亲人团聚的时分，伤感的雨云重新一片片在我的心胸里聚拢、堆积、集结，然后短暂地淹没我。

我会在夜幕低垂的下班路上很快地抹干眼泪，告诉自己：从一片自怜自艾的浮萍长成一棵风吹不倒雨压不垮的野草吧。妈妈，你曾经像野草一样，顽强地活着。野草的生命力是最强悍的。那么，我也可以做一株顽强活着的野草。

所以当我下班回到空荡荡的满是回音的家，我会想起从前。我不在家的那些日日夜夜，你不也是这样，每天下班回到空荡荡的满是回音的家么？那些年月，你都可以孤独地听着自己的呼吸声走过来，那么，我也可以。

哪怕你是等待着孤独的尽头会有孩子的归来，我是等待着孤独的尽头从此延续着母亲的生命活下去。

65

母亲走的那天，我抱回她最后用过的一只枕头，摆在了我的枕边。第一个夜晚，我抱着她一直用的靠枕缩在被窝里，好像很快就能沉沉入睡。

枕头上全部是母亲的气味，有时会觉得她还在身边。偶尔看到一两根母亲的黑发白发从枕头缝隙掉落出来，我小心翼翼地捏着手指将它们收集起来。很久以后，有一天我又将枕头靠在脸上，发觉母亲的气味逐渐消失了，它们挥发在了空气中。当我开窗透气的时候，它们又跑到了天地间。

妈妈，我怕连你的气味，我也留不住。

66

最后几天,母亲断断续续对她的亲人、她所爱的人,各自“托孤”。

有天晚上，舅舅来看望母亲。母亲把我支开，我转身去了厨房熬粥。母亲对舅舅说了最后一番我因不在场而无法听到内容的话。后来回想，这已是母亲在交代遗言。我身在厨房，能猜想得到，母亲谈论的话题中心也许是我。后来我听舅妈说，那一晚母亲请求他们在往后的日子里，多宽容我这个晚辈从小冷僻孤傲的性子。到了临终，母亲仍是放心不下我。

还有一天下午，舅舅带我去几处陵园提前选址，家里留下姨妈守着奄奄一息的母亲。姨妈后来回忆,那天下午母亲跟她絮叨了好久。母亲不遗憾于她苦难的一生，不遗憾于她破碎的婚姻，不遗憾于她患癌的病痛，她对我的姨妈说:“唯一的遗憾，是等不到小军成家了。将来如果他结婚，得求姐姐到时费心帮忙了。”

母亲临终前,我偎依在母亲身前。她气若悬丝地缓缓交代我:“你自己要照顾好自己，你的吃穿我不再照会你了。”母亲还断断续续地吃力地对我说:“等我走后，以后你要是有得，别忘了对你姨妈、外婆好点。”

除了记挂我，这世上与母亲最亲近、能说说知心话的是她远嫁的姐姐——我的大姨。而母亲与我的外婆，是一对又爱又恨的母女，她们彼此埋怨、斗气、拌嘴、折磨、记挂、心疼、依赖、不舍、深爱了一辈子，也像天底下很多的母女。母亲始终念着她是我外婆的女儿，生前不辞辛苦去照料半瘫的她，如今女儿走了，没有完成的事情，母亲留给了我，我替母亲去看望外婆。

外婆一生细致、讲究、不厌其烦、事无巨细;母亲一生硬净、节制、活得有秩序，也爱干净到极致；到了我自己，也有轻微洁癖。这大概也算是三代人的传承。

这些，都是母亲的遗言，是母亲的“托孤”，是母亲的担忧、不舍与爱，对自己在这世上留下的唯一血脉在往后人生道路上的担忧、不舍与爱，对姐姐、母亲及亲人的担忧、不舍与爱。

67

也许从此会害怕过年了吧。满大街的红色装扮、鞭炮声、年味，都是别人的狂欢。就像每天下班迎着昏暗的路灯，已不用再像行色匆匆的夜归人那么赶着回家了。家中已无母亲温柔的守盼。她总是能将日子过得红红火火，哪怕家中只有我和她两个人；我却将日子过得冷冷清清，家中唯剩我一个人与她的痕迹气味。

从前过年，我跟在母亲身后去超市、菜场，或者母亲坐在我的电动车后座去采购年货。我们去买春卷皮、饺子皮，去大街小巷找炸炒米的摊点，炸炒米的师傅大喊一声“响啦”，我捂着耳朵跑开，空气中弥漫起香喷喷的微甜。

从前过年，母亲忙着一头扎进厨房，满心喜悦地做年夜饭，伴随锅铲翻炒发出嗞嗞嗞的欢快的热闹。我忙着擦洗干净外门与房门，张贴福字和对联。

从前过年，是我与母亲的小团圆。几道菜，两碗饭，吃着两个人的年夜饭，看着电视，听着窗外噼里啪啦的焰火燃放的喧嚣，并肩坐着闲聊，期待着明天。

小时候，每到过年之前我都特别高兴。母亲说，她小时也像我一样盼望着过年，可是长大了，人心里装的事越来越多了，烦恼忧愁也越来越多，也就越来越不那么期待过年了。我并不能完全领会母亲的意思。就算有天大的苦恼，在一年才一次的好吃好玩好看的春节面前，又算得上什么呢？

妈妈，你走了之后，我才明白有你才是年。回家过年，回家吃饭——我再没有了那样的福分。往后过年，是与寻常日子无异地过，一个人做饭、吃饭、洗碗，看着电视里的无聊节目，独自熄灯入睡。终究我也成了一个不再期待过年的人。

68

在外念书那四年，每到寒假我都归心似箭。母亲也早早在家囤买好了麻饼、京果、芝麻糖、花生糖、炸炒米、五香花生、葵花籽、云片糕这样的年货小吃等我回家过年。母亲总不会忘，我从小就爱吃那种雪白松软、绵甜糯香的云片糕。

记得最深的，是她一年到头也舍不得买肉食吃，等我放假前一个月才去批发市场买一大箱冷冻鸡腿回来，抹上盐、八角、桂皮、茴香、姜料一并腌好，留着过年吃。没有冰箱的那些年，母亲将鸡腿用细绳系好，挂在门后的窄巷子风干；买了冰箱后，母亲将腌好的鸡腿冷冻在冰箱速冻区，等我归家后拿出来解冻。

母亲生病后，听信鸡是“发物”，吃了对她的身体不好，于是尽量忌口。但每逢超市促销，她仍买回成斤的鸡腿、鸡翅根留着烧给我吃。母亲会唤我去帮她扯来两只大购物袋，然后卷起袖口，一头钻进人头济济、杀气腾腾的生鲜区，奋力地挑拣起卖相好看的鸡腿、鸡翅根，直到战胜了似的拎着满满两大袋重新钻出来。我顺势接过来，一起去称重、贴价格条码、排队结账。

我们满载而归。母亲美滋滋地将它们烧熟，望着色香味俱全的菜肴馋了起来，但顶多夹一小块鸡腿肉，喝一点鸡汤。我吃着母亲烧的鸡腿，如果偶尔夸赞一两句她的好手艺，母亲就会笑容满面、神色皎洁，觉得满意而快乐。

69

母亲穿的衣服，一年四季、春夏秋冬，来来回回就那么几件；珍爱的两套衣服，也是每逢春节从衣橱里取出来穿几天，晾晒拍打后又细致而小心翼翼地或折叠或悬挂地放回衣橱。母亲爱美，却从不舍得给自己买新衣。

母亲苛刻地对待自己，总是穿着漏洞的袜子，却把我穿脱了线的羊毛裤、棉内衣直接扔掉或做成抹布，然后强硬地催促说要与我一起逛街给我添置过年的新衣。我也算懂事，幼时起就从不要母亲过年给我买新衣，好多次是她执拗地带我去买。即使上了街，也不逛那些光鲜亮丽的昂贵的专卖店，而是去各种服饰大卖场。这样像她一样勤俭节约的品性，或许也曾让母亲欣慰过吧。

70

最近这几年，母亲已坚决不肯给她自己买衣服，却给我买了不少件。

像是要给我留下什么似的，她连我三四十岁才穿得上的羽绒服都买好了。

前两年，我需要买新羽绒服，看中一款式样新潮的黑亮羽绒服。母亲不合意，说我再过几年就三十岁了，还穿这样孩子气的衣服不够大气。这是两代人的眼光分歧。

商量不下，最后得出的结果是，我买下心仪的这款羽绒服这两年穿，她给我买了她看中的一款我觉得式样老套的深灰暗沉的中年人羽绒服。母亲说，等你三四十岁，就能穿了。过日子要长久打算，这也是母亲的生存之道。

我现在才明白，原来那时候，母亲也许就担心她不能陪我到四十岁，甚至是看不到我的三十岁了。她将我很多年后才需要穿的羽绒服提前多年先买好，她心里也就有个底。她将它们抚摸过，满意放心了，然后留给我。

这件深灰的羽绒服，连同母亲给我织的一双半指手套、两条围巾、三件毛线衣一直悬挂在我的衣柜里层。我会继续珍藏好它们。等三四十岁时，我会在寒冬季节穿上这件羽绒服去看望你。妈妈，它是你给我的一件去往未来的礼物。

71

对于物质需求的淡薄，这一点我或许是遗传了母亲的脾性。

小学时穿着太松垮或者太紧绷的不合身的外套、裤子、鞋子去学校，我大抵也会微微羞涩，但从不觉得窘迫。有一条我很喜欢的深灰色灯芯绒裤子，常年穿着它坐在教室的椅子上，愣是把屁股那块布料都磨白了，薄薄的几近破口。我舍不得扔，母亲却操起剪刀剪成两条抹布，后来几天给我做了两条新裤子。

相反，我却毫无缘由地对书本怀有嗜爱，无论是压在桌子玻璃板下的名条，还是贴在墙上的报纸。清早睡眼惺忪地起床，穿着衣服或吃饭的时候瞥见它们，手脚就慢了下来，原来双眼又被那些文字吸引过去了。

母亲在工厂食堂上班那段时期，还帮忙传送厂房办公室征订的各种日报、晚报。她每天清晨从邮递员手中接过厚厚一摞报纸后，会赶紧转身回屋让我翻阅，待我读完了娱乐版和副刊，她才一手握着报纸，一手提着热水瓶，急忙送到厂房办公室去。因为母亲的这份“徇私”与偏袒，少年时代的我读过很多期报纸。

念书时，母亲给的零花钱，我也积攒下来。等到积少成多，偷偷去买《时代影视》《流行歌曲》《歌迷大世界》这类杂志，藏在自己的小箱子里，堆叠起来像一座山。后来，母亲看到我像宝贝一样收藏在书箱中的这些花花绿绿的娱乐杂志，问过它们的来源。我含糊其辞糊弄过去——绝不能让母亲知道我把零花钱都用来买这些“闲书”。但很久以后我想，母亲这般聪慧，也许其实是心知肚明的。

母亲知道我太爱读书，无法制止，也便放任着由我去了。母亲只是叮嘱说，傍晚天色暗沉时不能看书，否则会变成“猫儿眼”。母亲还说，别死读太多书，小心读成书呆子。我却不管不顾，果真到现在也不善交际、不善言辞。

倘若是现在，一向待人接物圆融世故、游刃有余的母亲也许会气急败坏地“数落”我：“唉，你呀，怎么就没一点急口令呢！”

72

在网上选购衣裤和鞋，我一向有选择焦虑综合征，迟迟拿不定主意。

以往这样的时刻，我会连唤好几声“妈”，打断坐在客厅沙发上入迷地看着电视剧的母亲，拉她到我房间，坐在我身旁，帮我挑选好看的式样。母亲会结合她的审美与认知，认真地给出观点。

又或者，我怂恿母亲在电脑前给她自己挑选喜欢的衣物。她眯着眼睛跟着我上下翻滚的鼠标细细端详好一会儿，眼窝里闪烁着清亮的微光，不时还自顾自地品评两句：嗯，这个式样不错，这个花色好看。但母亲又不情愿我真的给她买。母亲总说，她不需要，她不需要，哪怕她心底其实很喜欢。

现在，每到年中、年尾、各种节假日，各大网购平台都跳出花花绿绿的广告窗口吸引人们购置衣物。我还会在网上选购衣裤和鞋。有时界面跳到那些中老年女性的衣帽鞋袜分区，不经意地瞥一眼，内心又仿佛黯淡下去。

我再也没办法给母亲买衣物了，也再不能拉着母亲坐在我身边了。

73

母亲走前一个星期，我还天天上班。我以为母亲时日还多，竟未请假。

那时母亲已成天躺着，日渐虚弱。有天上午我上班去了，母亲撑着起身下了床，在大房子里艰难地走动。她也许想把这间大房屋切分成的各个房间都用力地深深地走过、看过、告别过，然后又平静地躺回床边。

母亲也许知道那是她最后一次在她留给孩子的这个大房子里走动了，她想最后再看一次那些木门、地板、墙壁、窗棂、家具与布置。

那是母亲最后一次下床走动。她把她与儿子的家，把她在人世最后的一隅居所，再仔仔细细完完整整地看了最后一遍，最后一眼。

74

虽然独自抚养我的那些年岁奔波于生计，虽然命运给予母亲的画景是残缺的，但母亲对我自幼的言传身教从不怠慢，对我品性的养成也算严苛。

比如，诚实、善良、坚强，这些美德的养成很重要。比如，无论是知心好友还是泛泛之辈，“见面三分情”，都要结交。比如，待人接物要有礼貌，当家中来了客人，要放下手中正在忙的事情，笑脸迎人唤其坐下。比如，在邻居家玩耍，若是他家开始吃饭，须得立刻道别然后离去，不可鲁莽无知地贪恋逗留或是站立一旁，打搅别人起居饮食。比如，当别人好心给予食物，应礼貌婉拒，倘若收下，日后也要不忘加倍回赠其他食物以示感谢，归还出去的碗不能空着。比如，众人一起吃饭时，面对桌上盘中的菜肴，只可夹食自己面前那一部分，筷子不可伸越到他人跟前的碗碟。

这是母亲对她自身、对自己的孩子，在最表层的体面上的言行教养，要做到秩序井然、洁净工整并且有节制。我从七八岁开始，便领悟这些人世准则，往后一直深谙内心，时刻规范自己尽量去履行。

75

去年的央视春节晚会，是与母亲看过的最后一届春晚。

往年的春晚，我们也并不会一起看完整。多数时候我们看着看着打起了盹，或者母亲一个人做年夜饭忙到晚上九点十点，我们才开始边吃边看。童年时，看春晚是我们一起守着电视欢度的良宵，每一届都会有一两首《中华民谣》《涛声依旧》《常回家看看》这样的经典歌能让母亲和我哼唱着回味一整年；这几年，我们都兴致大减，大多是第二天挑选重播的精彩片段补看。

最后这一场春晚，母亲没有力气看了。她虚弱地躺着，眼睛看不清，也累得迷迷糊糊。最后那个除夕夜，我坐在母亲床边的椅子上打开电视，像打开另一个世界的喧嚣。又到母亲这几年喜欢的蔡明的小品了，我轻轻唤醒母亲：妈，看小品了。我故意多说话，给母亲讲解她没看清听清的遗漏的细节，还偶尔挤出笑声，跟她讨论一两句。我希望母亲也能会心地笑出来，希望某一刻她也觉得舒心。

但母亲还是看不动了。她再也无意去看去听晚会上的欢天喜地，她再也无力挂念电视机里别人的闹腾，她再也无暇关心蔡明与潘长江又抖出了哪些笑料。母亲的这一生太累，在生命中最后一个除夕夜，她只想沉沉睡去。

母亲永远告别了春晚。从此往后的除夕夜，再也没有好看的春晚了。

76

母亲癌细胞骨转移这些年，几度放疗后腰骨发硬，弯腰时疼痛，洗脚、剪脚指甲都费劲，但从不肯让我帮忙。她总推开我说："现在我还能坚持，让我自个儿来，等以后老了实在洗不了剪不了的时候，就得靠你了。"

可我再也看不到她老去了。直到最后，我也没给母亲洗过一次脚。唯有在她走的那天，帮她剪了一次手指甲、脚指甲。

想起孩童时，母亲牢牢抓住我的小脚，也是这样给我剪去长得刺进肉里的硬甲，见我龇牙咧嘴地想要挣脱逃避，母亲就会一边"一、二、三……"地数着我的脚指甲一边逗我说，"哎呀，怎么剪得只剩九根脚指头啦！""不得了啦，怎么两只脚长了十二根脚指头呀？"

待我中计信以为真，被吓唬得不再闹腾，着急和心慌起来，忙不迭地探过小小的身子去查看自己的双脚时，母亲就会得逞似的哈哈笑了起来。

去年年底，母亲在家中淋浴房洗澡时，我给她擦完背，母亲就催我出去。那时母亲就已气力逐渐衰弱，她独自坐在莲蓬花洒下的小凳子上，每擦洗几下就要停下来歇息一会儿。那是她最后一次洗澡，我却疏忽大意地丢下她，去上班了。

母亲走的那天，持续近一个月的暴躁与戾气全消，变得无比温柔、平静与安宁，像我的孱弱的孩子。也像从前无数次每当母亲与我置气，板起面孔、硬起语气、埋怨我或跟我冷战时，只要我耐心哄一哄，她就会重新变得柔软起来。

那天中午，母亲不再像之前一个多月那样坐卧难安地挪动身子，她平静地躺着，断断续续交代我说，最后要在她气息尚存时赶紧替她擦拭好身子、穿戴好寿衣，虽然她从不肯看一眼那套寿衣。那天中午，我还给母亲细细修剪了她的手指甲、脚指甲。是唯一一次，也是最后一次了。

母亲还说，有一条她很喜欢的黄丝巾，要记得给她系上。那条丝巾像一抹晚霞，是沉静安宁的橘黄色。儿时我曾见过两次，母亲一辈子都没舍得围戴，一直珍藏在她的衣柜里。而母亲最后所记得的，叮咛给她捎上、陪她上路的，不是什么金银珠宝、财物首饰，就是这样一条黄丝巾。可惜我再也没有机会亲口问问她关于这条黄丝巾的故事了。

她走了。她只求尽可能简洁端庄、干干净净地，与这个世界体面地告别。

77

一些抗肿瘤的药物，母亲生前没来得及用上。后来，我都赠送给了需要的人。

有口服的化疗药、止疼药、利尿剂、人血白蛋白、中成药。我上网发赠药帖，将它们寄往全国各地。这是我能替母亲做的最后一件事，我想也会是母亲默认的善举，希望能帮到那些遥远的素未谋面的陌生人。

但那些母亲用过的药物包装盒，我还留着。有的药盒上面还有母亲写的字，写着药名与功效，标注着每天吃几次、每次吃几粒。它们装载着母亲的疼痛，也承载着我的回忆，它们是时光流逝的印记。

从前母亲每次出院，我们整理随行物件回家前，我也会把墙上塑料架里印着母亲名字的卡片一并揭下带走。它们像是母亲的一部分。它们装载着母亲的疼痛，也承载着我的回忆。它们同样也是时光流逝的印记。

这样的印记不单单是药盒与卡片，还是一袋袋坚硬的 CT、B 超、核磁共振的塑胶影像片，是一张张堆积起来的泛黄的挂号问诊、服药输液的收据发票，是一沓沓雪白的签署着姓名和日期的放化疗同意书与出院小结，是一本本如何积极应对癌症、如何处理放化疗毒副反应、如何饮食调理的杂志报刊书籍剪页……

它们都是“曾经”，都是“过去”，都是“那些年”，都是“回不去”，都承载着我与母亲一同走过的路，都是母子这一场旅途中的曲折、荆棘与印记。

这些印记，我都会留着，直到很多年后，它们也终将随我成灰入土。

78

我们搬进新家后，母亲睡过三个房间。

原本她睡的那间卧室在西房，光线不好，白天也暗，没有什么生机。光线充足、空气流通的是东房，她坚持留给我住。母亲病况复发后，不愿睡在西房，总觉得阴沉害怕，又从卧室挪到客厅沙发上来睡。因为客厅设了条桌，摆放了一尊观音塑像与两只香炉，母亲觉得睡在菩萨面前怕是不敬，对身体的好转也无益，所以没多久，她又态度坚决地要挪到卫生间旁边的小平屋去睡。那是在一月底，我帮母亲把枕头被子抱到了小平屋。那时我还在希冀，以为过一阵子母亲还能搬回卧室睡觉。然而三月，母亲就走了。那间小平屋成了母亲最后住的房间。

母亲走后，我每隔一段时间会打开母亲的房间打扫。母亲空荡荡的床上依然堆叠着她的被子，床下也依然放着一柄扫帚。在生命的最后几年，母亲听迷信说在床下搁一柄扫帚，能辟邪、挡煞、祛恶运，能像护身符一样让她否极泰来、百邪不侵、睡得安稳。

枕头、被子、扫帚都原封不动地摆放在母亲的房间，可母亲已经不在那里了。

79

去年小城下第一场雪，是在一月二十五号那天，母亲唤醒我下床去给天井的植物套上保温袋。今年提早了一些，在一月十九号，飘了一场细细密密的小雪。

电视新闻里说，今年寒潮肆虐，各地雨雪极冷，小城虽然地处江苏，最低气温竟也骤降到零下十一度。二十二号深夜又下了一场雪，迷迷糊糊又梦到母亲。

在梦里，母亲也是不愿住在西房，觉得阴暗。我说：妈，是不是房间空旷，让你害怕了？这样吧，以后每天晚上睡觉时，你把房门开着，我也把房门开着，有什么事你只要喊一声，我就听见了。母亲似乎答应了。梦境也继续滑落下去。

伴着一夜压重的落雪声，我一觉睡到上午，醒来才记起，这梦又是对往日生活的复刻。母亲原来不在了，无论是西房，还是客厅，又或者是小平屋，都空了。窗外升起冬日难得的暖阳，不一会儿，昨夜厚厚的积雪全都融化了。

80

母亲在的时候，家永远整齐洁净。这个家是她的艺术品，是她留给我的避风港。

她从前绝不允许家里有任何杂乱脏污，即便在她已经病重的时候，还整天都在擦、洗、扫、拖，累了歇一会儿，再扶着腰撑着站起来，继续擦、洗、扫、拖。

这个房子里有母亲细心装点布置的清洁和秩序，有她使用过的锅碗瓢盆、牙刷牙膏、毛巾被褥、衣物鞋袜，有她坐过躺过睡过的沙发、凳椅、木床，有她心跳的痕迹和呼吸的气味，有她鲜活地活过的证明。

81

从前天冷时，母亲每当做完家务，手从冷水里逃出来，冻得通红，冻得发疼。她会直咧嘴说："哎呀，水会咬人呢。"买了两双棉绒里子橡胶外皮的手套，母亲也省着戴，久而久之，双手粗糙得连掌心和指尖都裂开一道道口子。

母亲有时顽皮，不动声色地悄悄将一双冷手塞到我脖子里，一边偷袭我一边大叫："焐手哦，这下才暖和了，抓到热水袋了！"我会尖叫着跳开，然后如法炮制。母亲笑着，脸孔与皱纹开出一朵动人的花。

又或者冬天寒冷时，母亲会"机灵"地把双手紧贴在熬粥的电饭煲外壁上焐热，还唤我也丢下手中的纸笔，和她一起围着电饭煲把手焐热了再继续写。

天气又冷了。我坐在暖融融的房间里，想念着母亲那双粗糙的、手掌和指尖都裂开一道道殷红伤口的、用热水泡的时候又会疼痛的、紧贴在熬粥的电饭煲外壁上焐热的、偷偷塞到我脖子里逗我玩的手。

我再也不能将那双苍老的手裹在我的手里头焐暖和了。

82

这两年常买小吃店的猪蹄砂锅回来给母亲吃。

小店在小城中心街道背后的一条老巷子里，有时下班路上，我绕路去打包一份热腾腾的猪蹄砂锅。半只切开的大猪蹄，与白菜、粉丝一起烧烩。也许是加了鲜味佐料，母亲很喜欢吃。我若买一份回来，母亲会逼我与她分食，后来我索性每次买两份。

某个周末，我们决定自食其力，一起到街角的生肉铺买了好多只生猪蹄回来炖汤。母亲还教我如何辨认前爪与后爪，挑选什么模样的猪蹄才新鲜。回家后，母亲将猪蹄炖熟，一部分留着现下吃，一部分用干净保鲜袋封装好，搁入冰箱里冷冻。这也是母亲善于储存食物，才能活得不慌不忙的生活习惯。

最后在冰箱里还冷冻着一小袋清炖猪蹄。人走了，食物就是冷却的念想。

而那家老巷子里的猪蹄砂锅店，我也很久没有再经过它的门前了。

83

细致而节俭的母亲，人生走了许多心甘情愿的弯路，这是她的活法。

日常生活中，母亲的毛巾会用到干瘪粗糙，牙刷会用到软毛都松垮脱落，鞋垫用到棉绒都掉光了，她还是会继续用好久。从前的每一盒雪花膏，后来的每一瓶面霜，到快用完时，母亲也会弯起手指来挖，将弧形的边角缝隙掏刮得光洁如新，才舍得买新的。她刷牙用的一只白色搪瓷缸，底部破了洞，也用塑料丝带穿进去，烘烤补好，继续用着。

逢年过节，母亲会将家中一只煤炉子生火备用，从不怕麻烦。一颗满是洞眼的蜂窝煤能用上一个钟头，烧水、烧饭、烧菜、烤玉米、烤山芋都行，比用煤气用电划算多了。住在小屋那些年，几乎每天都用煤炉子。我学着母亲换煤球，用火钳把堆叠在一起的三块煤球小心翼翼地夹出来，将最底下已经发白的那一块灰煤球搁在墙角，把上面两块还没完全白透的煤球夹放回去，再重新摆进一块新的黑煤球，还要注意让上下三块煤球的洞眼对齐，这样火势才烧得旺。换下来的灰煤球渣在方言里叫“炭屎”，母亲也舍不得扔，而是留待它发挥余热，要是有什么汤水油墨洒到地上，可以将一块“炭屎”碾碎了覆盖上去再清扫去污，用处可大了。一直到搬新家后，顾及屋内外的整洁干净，母亲才“狠心”将煤炉子淘汰了，它才从我们的人生舞台恋恋不舍地退下了场。

但即便用煤气用电，母亲也颇有计划。新家所在的小区实行了分时电表，早八点前、晚九点后的电费都是“打折价”，母亲就尽量在深夜和清晨两个时段烧水、熬粥、炖汤、充手机，规划好各种家用电器使用的时间。

去百货店选购热水瓶时，母亲会拔开塞子，歪头将一侧耳朵紧贴在瓶口听“轰不轰”，“有轰声，瓶胆才保温呢”。有时烧开一壶热水，母亲吃力地拎着水壶往热水瓶里灌时，我若闲着，也会帮忙。那个时候，母亲也不忘叮嘱我说，不要把水壶拎得太高，水壶口尽量靠近瓶口灌进去，热气才不会“走掉”。

每到寒冬降温之前，母亲会找出家中废弃不穿的坏衣服和毛巾，将露在外面天井的水龙头和水表里三层外三层地仔细包扎严实，保护它们不被冻裂。

就是这样细致而节俭的母亲，靠她自己的活法，将人生过得细碎却妥帖。

84

独处的时候，偶尔会有些神经质地，学母亲跟我说话时的语气与样子，笑着的、板着脸的、喜悦的或者是愠怒的，像是对往日韶光的复刻与贪恋。

以及在做很多事情时，都会揣摩母亲的心意和想法。会想着如果是她，会怎么处理这件事，会做出何种反应；会假想我这样做，她会不会高兴？我这样处理，她会不会满意？

若是旁人看见，一定不能领会，更会觉得我走火入魔。其实，这也是一种反刍，一次补习，一份记念，一种催自己好好前行、继续上路的回照与回味。

85

岁末年终，腊月的气息越来越浓，又快到春节了。

妈，我会将你的墓地擦拭得干干净净，将家里打扫得整整洁洁，然后给自己做一桌年夜饭，内心安宁地吃完。我不知道我的人生会有多长，但我知道，这是我的人生里第一个没有了你的除夕夜。夜深了，我将你的遗像摆在客厅沙发上，与你静谧无声地一起看春节联欢晚会。我知道，你会在。

如果窗外有呼啸的寒风，有窸窸窣窣的落雪声，有响彻云霄的鞭炮声，有别人在闹腾燃放烟花礼炮嘶鸣着升入夜空的欢呼声，也不会打扰到我们的团圆。

86

你在的时候，最见不得我哭。受了委屈、觉得难过伤心，或失去了心爱之物，都不许哭，因为那是败阵求援。

从前很多时候，我都克制得不够好。我总是容易感伤，轻易掉泪——是的，我懂得，一个男人若是哭泣，总是软弱的象征。

我也清楚地知道，比起同龄男子，自己身上总多一份阴柔的气质。可我并不觉得沮丧。与你相依相伴二十多年，你的品性爱好、为人处世、生活习性自然会根深蒂固地浸润我的人生，我也理所当然地具备了一些女性性格范畴中的敏感、沉默、缜密、忧伤与细腻。

这些并不是俗世认可的适合赞美男子的美德，但我觉得感恩，甚至会欣慰于这样一种继承。因为这样，你的生命仿佛就在我身上得到了延续与映照。

因为这样，你才会继续活着。

87

妈，你留给了我无数关于人生活法的细节。

你煮饭时惯常放三碗水，炖鲫鱼汤时加冷水而不是开水，用水壶煮鸡蛋后烧开的热水能灌装到水瓶里留着晚上洗漱，梳洗台上漱口杯和牙刷的摆放位置，挤牙膏的顺序，洗衣服时舀几勺洗衣粉或倒多少分量洗衣液，衣物用金纺浸泡后不用搓洗只需晾干就会变得柔顺，晾晒T恤衫时不要将衣架从领口硬塞进去而要从腰圈套上去才不会撑垮领口，买鞋试穿时要在脚后跟能伸进两三根手指去才不硌脚，洗好的白鞋要用纸巾包裹密密叠叠一层再晾晒才不会留下黄斑，被套被褥不要过分暴晒以免变脆，晒过的棉胎要等热气散去后才能封紧扎好收进储物柜，折叠衬衫和毛衣的式样与手法，换季时用塑料袋储藏洗净晾干的衣物，每晚临睡前开一盏微渺的节能夜灯……

这些细微的生活方式，是你经年累月所养成的惯性，是你用尽一生摸索的良策，是你在世间活下去的细致而琐碎的准则。你走了之后，它们都会潜移默化地移植在我的骨骼与血肉里，如同烙刻在我身体发肤上的印记。

妈，告诉你一件美妙的小事：我会活得越来越像你。

88

妈，你会活在我的想念里。

哪怕有一部分的我跟随你去了异域，然而有一部分的你也活在了我的此境。在我吃饭、睡觉、走路、躺坐、难过、开心的时候，你都住在我的心里。

这世上有千千万万的母亲与孩子，多庆幸我是我，你是你；多庆幸我是你的孩子，你是我的母亲；多庆幸，我会活得越来越像你。

再相见

当我思念你
我会抬头看天上
再出发
踏上重逢旅程的第一天

1

每天早晨出门前，喊一声“我去上班啦”；下班回到家后，唤一声“我回来了哦”；坐到餐桌前，说一声“开始吃饭喽”；夜深了躺进被窝，道一声“睡觉了啊”——就像从前，母亲在的时候一样。

一个人住的第一年，从春天到冬天，真是很努力地让自己活下去。

而这一年，也就要这样既快速又漫长地过去了。

2

最近在看一部剧《出境事务所》。它讲台湾的殡葬礼仪业。

原来“出境”有另外一个意思：故去的人离开所在的这个境地，去往另一个境地，是为“出境”。我也喜欢这部剧的英译名，“Long Day's Journey into Light”，直译过来，是“漫长旅程化作永远的光”。妈妈，我知道，你摆脱了肉身束缚，也就可以像永恒的光一样亘远久长。

它的主题曲当中有这样一句：“我知道你去了更美的地方，不再有眼泪也不再有悲伤。当我想你，我会抬头看天上，当你也想我，就到我梦里逛逛。”

妈妈，你也要记得，常到我的梦里逛逛。

3

清晨倚在床头读史铁生的散文集。

他写:“此岸永远是残缺的，否则彼岸就要坍塌。”如此，是母亲的离去使得我所在的“此岸”变得残缺;她去了“彼岸”，成为永不坍塌的“彼岸”。

他还说:“当一颗距离我们数十万光年的星星实际早已熄灭，它却正在我们的视野里度着它的青年时光。”我喜欢这句话，喜欢这样的机缘。就好像佐证着，同样的事物，可以在不同的时空里迥异地闪烁着。

当我与母亲都活着或者都长眠的时候，我们才可以在一起。其他的任何状态都是永隔。哪怕是这样，我与母亲再也不得在同一个时空相逢，但如果可以，可以使母亲继续存在于另一个时空。

妈妈，也许当我睡着的时候，你那边的世界正醒着。

4

再后来的梦，断断续续、支离破碎，每次醒来后都没有从前记得深切了。

有一节梦的片段，是母亲独自睡在最后的小房间。清晨我起身，推开掩映的门，母亲正侧身向内安宁地睡着，有轻缓柔和的呼吸声。我蹑手蹑脚想走去厨房熬一锅浓稠的粥，再去买几颗剥开蛋壳就能冒出金色黄油的咸鸭蛋回来一起吃，母亲就被我的声响弄醒了。她翻转身来，我问她睡得可好，我们稀疏地聊天。

另外一场梦，梦到我的房间屋顶漏雨，滴滴答答湿湿漉漉，把课桌、电线、地板都打湿了。母亲和我一起挪走那些湿透的物件。

这时有人敲门，说水表漏水了，领着我们去看水表。随后我惊醒了，窗外的天果然是阴雨绵绵。

有时半夜梦到母亲，迷迷糊糊地又猝醒，下意识地在脑海中咀嚼梦境，将刚才的梦走马灯似的重新回想默记一遍才缓缓睡去，可是清晨起来后，又都忘了。

还有时，母亲的脸在我的脑海渐渐模糊，我慌张起来。好在午憩或深夜的短梦里，母亲的模样会片刻浮现，我又像拼图一样一块一块找回母亲的样子。

母亲的样子也是不一样的，有春天的、夏天的、秋天的、冬天的，有白天的、黑夜的、悲伤的、欢愉的。我期待并欢喜于每一场梦境的重述。当我不能再拥有母亲并肩坐在身旁，至少还可以在梦中与她短暂地久别重逢。可是，怅然若失的是，一旦离开了梦境，我又必须从那一个时空跌入这一个时空，毫发无伤、无关痛痒地过着没有了母亲的日常人生。

有一晚，不知是梦是醒，迷迷糊糊觉得自己的房间门有被推动的声响，似是母亲走进来看我。我不动弹，仍紧闭双眼，一动不动佯装熟睡，心想若是母亲的魂灵归来看望我，也不至于惊动到她，如此便能让母亲安心自在。

再后来，梦见母亲的次数越来越少。是我白天思念母亲的时刻少了，还是她终于去往来生了呢？是我已经接受了母亲的离去，还是她在彼岸也已接受自己“死去”这一既定事实呢？又或许是我终究走进了时间，再也记不住梦境。

5

母亲一生从不怨天怨地，她始终以最坚硬顽强的姿态与命运斗争。

当我幼稚地抱怨说“真是够了”时，母亲会意志坚定地说“总会想到办法的”；当我畏缩时，母亲会鼓励我勇敢地再试一试；当我泄气时，母亲会不间断地给我打气——正如无论生活把我们逼迫得多么辛苦难挨，她都从不会走投无路。

但在最后半年里，母亲有几次叹气道：老天爷怎么这么不公平，不肯放过我？

那天母亲埋怨老天不公时，我却没有附和她。我想起西方作家描述苦难，有这样一句说“深知痛苦发生之时，别人总是在进食、开窗或者木然踱步”。我竟扮起了哲人，开解母亲说：或许啊，单独来看每个人，有人一生美满，有人一生悲苦，对每个独立的个体来说，老天是不公平的。但对老天爷来说，它给了人间一半美满、一半悲苦，只不过有人落在了美满那一边，有人就落在悲苦那一边，所以老天爷以为自己是公平的。

母亲似乎听进去了一些，喃喃回应我说：哦，是这样的说法，是这样子的啊。

若是当时我同样对母亲诉说老天的不公正，母亲是否能得到一些共鸣的回应与共情的慰藉？何以母亲就要被划分在一生悲苦的那一边呢？在我心里，未尝不埋怨老天何时公正过呢？

6

最后两个月，母亲整日整夜缩在沙发里，头深深地低着，几乎垂到胸前，人越发瘦弱，不仅全身肌肉萎缩，连原本圆润的脸庞也变得瘦骨嶙峋。

某天扶她起身去卫生间。母亲经过洗手池前的大镜子，看到镜子里的脸，她自己都吃惊地愣住了。先前只是手臂、腰身、小腿瘦得皮包骨，如今却连脸孔都已经瘦得脱相，整个人只剩一层松松垮垮的皮囊披裹着骨架。母亲摸了摸自己的脸，讶异而用力地瞪圆双眼，定了定神，再仔细观察了半晌，忧伤而痛苦地喃喃道：我怎么都变得不像我自个儿了？

我说：像呢，像呢。

可再多的安慰都是苍白。母亲那天躺下来后，再未说起脸上骤然而至的消瘦。她用沉默的无奈与无望，对抗着也包容着病魔与死神对一个女人最后的侵蚀。

7

长大后，我告诉母亲，童年时最让我觉得有安全感的时刻，是幼时与母亲还睡在一张床上的夜晚，我们挤在一个被窝里，她靠坐在床头打毛线织毛衣。

毛线团越滚越小，母亲手中的毛衣越织越大，她来回规律摆动的手臂正好遮住了我眼前的光线。我枕着枕头躲在她的腰旁，在母亲的身边，在整个天地都黑暗的包裹中，闻着母亲身上淡淡的香气进入梦乡。我觉得特别安宁。

听着自己的孩子安然入睡的声音，母亲也会安心吧。后来，母亲好多次描述我的呼噜声，说“你睡得蛮香的呢”。那时候的母亲，语气里都是疼爱与欢喜。

我成年后，母亲不知从哪天起渐渐老了。有时与母亲并肩躺坐在客厅沙发上一边看电视一边闲聊。母亲打起了盹，小小的发丝灰白的头滑靠到我的肩上或者枕在我的腿上，半个身子也侧倒进我的怀中，还将手放心地握入我的手里，发出轻微而安稳的鼾声。母亲轻轻打呼的鼾声，总使我觉得安心。但母亲的睡眠总是很浅，才眯了一小会儿，我稍有细微的挪动或她听到某处窸窣的声响，她又会醒来，喃喃道：哎，我怎么睡过去了。

睡在长大的孩子身边，母亲也会觉得有安全感吧，就像童年的我睡在母亲的身边一样。那样的时刻，仿佛天地间也都安宁了。

8

最后这个大年初一午后，母亲倚靠在椅子上，我躺在她的床边打开电视想给母亲解闷。母亲已经很多天不想看电视了，从前她是那么爱煲剧。

我想找一部电视剧提起母亲的兴致，最后挑了《情深深雨濛濛》看了一集。我们看到依萍去父亲家讨要生活费，陆振华用马鞭将依萍打得遍体鳞伤。是现在看来仍令人愤愤不平的情节。母亲撑着看了会儿，气息虚弱地跟我谈论：这样的父亲太没良心了。我恍惚觉得母亲又好了，我们又回到往日并肩坐在客厅沙发上一起看剧的时光。

但后来母亲还是身心疲乏，觉得喧嚣吵闹，不再看了。我关了电视，母亲疲累无力地躺回小床。后来，小房间的电视机再没打开过。再后来，母亲走了，我独自躺着摁开电视机，看着孤独的电视剧。

9

看了四部电影，《记我的母亲》《致亲爱的你》《天水围的日与夜》《山河故人》。

日本电影《记我的母亲》里说，“想到有一天要与妈妈分开，就会难受得不行。”可是我们以为的“难受到不行”的日子，还是过来了，还是过下去了，还是“行了”。影片里还说，“这个世上有很多海峡，我最喜欢的，是和母亲一起渡过的海峡。”是啊，因为和母亲一起渡过的海峡，不只是海峡。而除了那样的海峡，这个世上所有其他的海峡，都只是海峡。

《致亲爱的你》当中，北野武跟高仓健聊起“旅游”与“云游”的区别。虽然都是行走在路上，然而旅游者有目的地，有家可归，有回头；而云游者永生都在漂泊，只剩眼前路，再无身后身。联想我的人生，往后大抵就剩这般的云游了。无论去往浩渺天地，还是困守孤独小城，现世里仿佛终究隐遁了来路与归途。与母亲在一起的那样一个“可归”的家，从此只能寄存心间。母亲不在了，无论我去到哪儿，原来都只是在流浪。

第三次看许鞍华导演的《天水围的日与夜》。好几年以前，第一次看的时候，我觉得自己像少年张家安，成长在单亲家庭里，可是有一个浑身都是力量的母亲；现在重新看，生出伤戚之心，觉得我已经像片中那个郁郁寡欢、孤独度日的独居阿婆；但愿多年以后再翻出来看时，我已成为片中的母亲贵姐，浑身都是力量，在柴米油盐细水流长的岁月里，为了自己和所爱的人稳稳走下去。

又独自一人去电影院看《山河故人》。影片中的母与子，最后一场送别时，少年问：车怎么这么慢？我们为什么不坐高铁或飞机？中年妇人说：车开慢一点，妈妈就能多陪你一些。少年也许当年不明白妇人的心事，不识得绿皮火车那“旧时物件”的美——就像从前我不懂得，有母亲在的岁月，曾是世间最静美的岁月。影片中的母亲告诉孩子，“每个人只能陪你走一段路，迟早是要分开的”。正因为我们都晓得山河岁月难回头，故人一去无相逢。正因为我们都知道此生永不会再见，才在很多告别的时候，不说再见，而道一声：

珍重。

妈妈，你陪我走的这一段路怎么这么快，这么快就走到了尽头。我与你互道一声“珍重”，从此以后啊，就要孤独地踏上茫茫前路了。

10

想念母亲均匀的呼吸，一声又一声，缓慢、静谧、安宁。

不是沉睡时的微微打鼾，也不是最后几天每一口呼吸都气息打颤，都痛苦地间隔很长时间，是母亲浅浅入睡时，我正在她身边，听到她无忧无虑的鼻息。那一刻真是岁月静好、现世安稳。

很多次她在医院病床上睡去，我坐在床边写东西，或者伏在母亲的腿上、肚皮上，跟随母亲的呼吸轻轻起伏。我说，妈，这样压着你会不会嫌重？母亲说，不碍事，就要压着才舒服。

母亲那伴随均匀的呼吸而起伏的、舒适柔软的肚皮，像一个小小的甜美的家。

11

对待亲友，母亲表达善意与关怀的唯一方式，是最朴素与最实际的——食物。

她们这一辈人，不会像现代人那样直露地表达，也不会如心思繁复的古人那样借书信文字来传情。母亲认为食物能填饱人的肠胃，让人心生愉悦，并感到生活的安稳。

以前在南京念书，放了寒暑假回来，母亲总做好丰盛饭菜等我吃，仿佛我在饥荒小山村饿了十八年，终于一朝得救，大赦肚皮。或者临到我要开学返校前，母亲细致地将水果与熟菜都严实打包好，装入我的行李箱，要我带回学校。我往往拗不过她，即使食物被闷坏或者让我一路负重，也这样往返携带了四年。

有时亲戚们过来，坐定之后，母亲会紧接着削水果、摆出花生瓜子，或者剥刚煮的五香茶叶蛋给他们吃。不管什么时候，食物永远让人心生安定。

在那样一个羞于言诉爱的年代，她这样表达着她的爱。

12

天底下的年轻人，人生的目标与方向各异。但我想无论走到多远的地方，总会有相似的梦想，种植在游子们执着努力和不懈奋斗的愿景里，那就是要在外面闯荡出一片天地，有朝一日银马金车、衣锦还乡，让父母将来能够过上好日子。

"让母亲过上好日子"，我也曾经这样激励自己。

然而母亲没有等到，或者说我没有挽留住母亲。从此，像大树失去枝干，像河流失去渠道，像航船失去方向，像夜明灯失去光亮。或许将来我会有一个家庭、一个孩子，那会成为我重新奋斗的动力，但，那都对母亲于事无补了。

13

一个女人，学着做一个妈妈，担负责任和重担，将孩子抚养长大成人，并尽可能给予他一切坦途——这已是伟绩。

母亲从未受过教引，从未有谁来告诉她该如何做一个母亲。岁月给予她的只有苦难与眼泪、病魔与坚强。母亲如同独自秉烛夜游，摸索着成为一个单亲妈妈，学着像这世间的母亲一样，给了我——她的孩子双份的爱。

我不知道母亲会不会有过彷徨无助，困惑于自己该如何做一个“更合时宜”的母亲。从前当亲戚们聚在一起时，他们偶尔不赞成母亲对我的教育方式。其实生活安逸的他们并不明白，这世上每一种教育方式都有它的利弊。他们没有权利评判母亲。因为母亲已经将她力所能及的，将她最好的，全都浇灌于我了。

相反，是我并不知道如何为人子女，没有来得及懂得怎样更好地做一个儿子。

是我忘了告诉母亲说，妈妈，你已经做得足够好足够好了。我比父母双全的孩子更幸运，因为你的付出与栽培，远超一个抛弃妻儿的父亲，也比这世间许多母亲都更伟大。妈，你已经做得非常圆满与完整。在你一生抚养孩子的成绩单上，你是问心无愧的满分。

你真是一个特别棒的妈妈。我真为此感到骄傲。

14

总会在日后一再想起与母亲最后的吻，并逐渐淡却痛楚，笑着回忆起来。

在回望无数往事时，我都深感对母亲的亏欠与惭愧。但是那天的最后一吻，我像亲吻孩子一样亲吻母亲的脸颊，母亲像亲吻孩子一样噘起嘴唇回应我，让我知道也许母亲原谅我了。那天的最后一吻是母亲在告诉我：其实她没有怪过我，来这世上一遭，无论我让她的一生背负着多么难挨的负罪与负重，她都不曾抱怨过。

我会将母亲最后一天那样一场与亲情的吻别小心翼翼地珍藏。虽然我不会因为她原谅了我便完全原谅我自己，但并不是人世所有的离别在最后时刻，都能像我与她这对母子这样互诉“我爱你”，这样来得及告白与道别。而这一吻，让我的人生少了一些残缺，多了一些慰藉。

谢谢你，妈妈。

15

所以我庆幸，庆幸在母亲临终前的几个小时里，守在她身边，说：妈妈，我可以亲亲你吗？

她眼含笑意，轻轻点头。我俯身亲吻她干瘪的脸颊与嘴唇。

所以我庆幸，庆幸在我吻完母亲之后，她用虚弱的力气、含糊不清的咬字、一字一顿艰难行进的嗓音吃力地对我说：我爱你。

我说：我也爱你。

她又说：这个世界上我最爱的是你。

我说：我不会再爱其他人，像爱你一样地去爱了。

所以我庆幸，庆幸能有这样一场，母子告别之际最后的吻与倾诉。

16

妈，你走了以后，小城还是原来的小城，天色还是原来的天色，街道还是那样的街道，楼层还是那样的楼层。

可是当我上下班走在人流汹涌如蚁的大街上，走在我们曾一同路过的街道上，还是觉得世界变了样。很多东西已经不一样了，即使说不上来哪里不一样。十字路口、红绿灯、桥、商场、车流、人潮，看起来就是觉得跟从前不一样。也许，人生可以分成两个段落，一段是有你的人生，一段是没有了你的人生。春秋冬夏如往常轮回，然而世界却变了样。

妈，你终究成了我的“段落”，而不是“全章”。人生就是这样的吗，有一天，过往的人成为留下来的人的段落——多么寻常又多么荒凉。

17

英国女心理学家西尔维亚说过，“有一种爱是为了分离”。

她说，这个世界上，所有的爱都以聚合为最终目的，只有一种爱以分离为目的，那就是父母对孩子的爱。父母真正成功的爱不是把孩子留在身边，而是培养孩子独立，放手让孩子走，让孩子尽早作为一个独立的个体从你的生命中分离出去。这种分离越早，你就越成功。

她的话不无道理。但她身处大洋彼岸的英国，西方人向来看重夫妻关系远超过亲子关系。我们在引进、欣赏和学习西方理念的同时，也不应该抹掉中华文化的亲情伦理传统。中国人几千年来父母与儿女之间黏结得更紧密，我想，这也是传承下来的美德。

当母亲在人世不再拥有圆满的夫妻关系，她所能拥有的便只有我了。当我在人世尚未有自己的爱人与孩子，我所能拥有的便也只有她了。这样的相互拥有，一旦断层，永无填补。

所以我当然明白两代人之间最终总是走向告别。可是啊，妈妈，我只是在很多时候，好想能再抱一抱你。

18

变成一个比从前更加害怕热闹的人。亲戚、同事、朋友的聚会尽量都婉拒。不是逃避，不是自闭，而是疲于也倦于在那样喜庆的场合挤出笑颜。

但很多时候，倘若不出席亲戚们邀请的家宴，会被认为不识大体。人类在社会网络中，总有很多无法逃脱的面具演出。陶渊明《挽歌诗》有云："亲戚或余悲，他人亦已歌。"宴会上，大家已有说笑，无戚戚之色，若我"或余悲"，亲戚"亦已歌"，反倒是我不合时宜。我要被迫着、拉着、推着假装融入进去。

每一场欢宴都是一场表演，所以也并不艰辛难咽，因为我知道人生本来就是舞台。难的是欢聚下来，会更觉孤独；喧嚣之后，会更显空寂。在每次热闹之后，曲终人散场之后，大家各回各家，各找各妈。而我回去后，心与家都更显得空旷。

是所谓的盛宴过后，更加伤心。

19

有很多这样的时刻：早晨坐在床沿穿衣服、走在大街上、上班的空隙、下班的途中，在做完每一件事之后，在浑浑噩噩又过完了几天之后，会突然怔住。

我会突然停下脚步，停下手里的动作，仿佛也停下跳动着的心，强烈地想要问：

妈妈，我这样做对不对？这件事，我这么做对不对？我像这么活着，对不对？

那么迫切地想得到母亲的肯定答复，或者否定纠正，或者指正建议。如果这么做是不对的，我就改善；如果这么做是对的，我就继续走下去。我需要这样来自母亲的回应。

可是，每次当我停下来在心里这样默问时，母亲都再没有回答我，只有风，只有云朵，只有树影摇动。那些时刻，我觉得心里没有了底气，像失去方向。

妈妈，我这样笨拙地努力地生活，对吗？

20

我与母亲也曾有过很多谈笑风生、言笑晏晏的时刻，想到这里，似乎有一点慰藉。

从前，我们聊着有趣的话题，发表风趣的见解；我们说着无所顾忌的玩笑话，一同哈哈大笑，我笑得咧开嘴，母亲笑得眼睛眯成一条缝，脸盘皱成一朵花；我们谈起工作中人际关系的苦恼，我感到困惑、不解或失望，母亲三言两语云淡风轻，让我重新豁然开朗；我们看着电视剧里的情节，气氛活跃地讨论着；我们像这世上每一对母子，说着悄悄话，那么紧密地贴近。

妈妈，那真是我们快乐的奢侈的甜美的时光啊。

21

小时候，在学校课本上读到这样一句话：前人栽树，后人乘凉。

从前也觉得这句话是美好的愿景，是温柔的慰藉，是规劝世人行善积德，是感怀当下的人做出功德业绩。栽下一棵树、搭起一座桥、建造一栋房屋、创造一个美好的太平盛世，这些前人的劳动与恩惠，留待后人来享受。

现在觉得，这八个字着实悲伤。前人栽的树，那年那天他却无法看到荫凉；许多年过去，后人踏进那片荫凉时，前人却早已成灰不复，像我的母亲一样。

前人栽树，后人乘凉，真是天底下一件悲伤的事情。

22

从前啊，很多事情，当母亲再也做不了或实现不了，会暗自喃喃叹息一句：

“这辈子是不想跳广场舞喽”,“这辈子是不想穿上高跟鞋喽”,“这辈子是不想出去旅游喽”，“这辈子是不想再开电动车喽”，“这辈子是看不到你成家喽”，“这辈子是不想抱上孙子喽”……

每当她说“这辈子是不想……”的时候，也许当时语气随意，并不是多么难过与忧伤，只是对人生总不能事事顺遂如人意的寻常抱怨与无奈。

如今回想起来，那样的句式竟是格外触目惊心。“这辈子是不想再怎样怎样了”，这句话饱含了多少命运的困苦、无解的放弃、悲凉的绝望？

“这一辈子”都已成空，可是人是否真的还能有“另一辈子”“下一辈子”去补遗？

23

这个冬季仿佛格外漫长。全国各地气温大幅骤降，说是世纪寒潮。

妈妈，这是你离去之后的第一个冬天。小城虽地处江苏中部，最低温竟然达到了几十年从未有过的零下十几度。云层惨淡，北风呼啸，冷得像是末日。我有时想，为什么你走后的第一个冬天会这么冷，是巧合还是预兆呢；还有时想，你不会再感受到这样寒冷的冬天了，你已在春暖花开的天国之上，可以过着舒心的日子，多好；又有时想，这样冻水冻食的困难日子里，要是你还在我身边，我可以跟你一起谈论、商议、出主意，我一定也不会这么孤独。

然而我知道这样的寒潮终究会过去，我也会继续活下去的。

24

有很多小事，日后回想起来还会觉得讶异，讶异于母亲强大的力量。

十年前夏天快要结束时，我去南京上大学，要从小城坐车先去另一个小城，在那里等开往南京的长途汽车。母亲那年刚做了手术与化疗，我没让她送我。

因为在地理课本上学过南京是一座“火炉城市”，我在随身拖携的两三只行李箱里没有带上冬天的衣物，而且我想，国庆长假我还会回家的。

然而母亲在家惴惴不安，担心我衣物不够而挨冻。她在那天汽车开动前，抱起我的棉衣，奋力地踩着自行车从故乡小城骑到那座候车的小城。那一年家境艰难，母亲没舍得花钱打车，她以为可以飞快地骑行到那座小城，将棉衣亲手交给我——后来汽车还是载着我开走了，母亲没有赶上。我能想象母亲站在空荡荡的车站四处张望，又无奈地转身骑回家时，心里写满了忧伤。

那年那天，大病初愈的母亲弓着腰身，在风尘仆仆的路上奋力蹬着自行车，后背的衬衣被汗水浸湿，能看到凸出来的脊椎骨，仿佛浑身蕴含着无尽的力量。

25

从小学到中学，我吃饭总是慢条斯理、细嚼慢咽，母亲早就吃完饭刷好了碗筷等着给我洗，我却将每一口饭菜都在嘴里咀嚼半天才咽得下去。母亲催促道：快点吃呀，快点吃。催促无效，母亲跟我“约法一章”：从今天开始，每一顿饭，谁吃得慢，谁就负责洗碗。这么一来，似乎鼓励了我，我端起碗，加快挥动筷子扒饭的速度——其实无论我吃得快慢，最后还是母亲洗了碗。

出去念了四年大学，在学校食堂与同学一起用餐，吃饭速度得到了莫名的训练与飞跃。放假回到家后，我变得狼吞虎咽，把饭菜一扫而空。母亲在诧异和高兴我判若两人的改变的同时，又未免担心起来，嗔怪地笑着关切道：别吃得太快呀，对肠胃不好，吃慢点，吃慢点。我却又慢不下来了。

母亲走了，无论我吃得慢还是快，她都不会在我耳畔唠叨了。

26

小城虽在长江以北，但坐落在江苏境内，除夕夜从没有吃饺子的习俗，只有满桌赏心悦目的菜肴。从前很多个窗外飘着雪的除夕傍晚，母亲开始张罗年夜饭。即便只有我们母子二人，她也要将年夜饭烹饪得色香味俱全。

有一道菜是非吃不可的，便是“芋头烧汤”。在小城风俗里，有在除夕夜“吃芋头，遇好人”的说法。将切成颗粒的芋头子烧开，撒上蒜花与调料。母亲将一碗芋头汤端上桌，笑着唤我：“趁热喝芋头汤，来年就能遇好人喽。”

还有一道菜，在小城里叫“杂烩汤”。每当逢年过节，在天寒地冻时分，被各种鸡鸭鱼肉熏得满心都是油腻之际，很想喝上这么一碗。

都是普通的食材：焯水洗净的肉皮，讲究一些会用鱼肚，以及木耳、鹌鹑蛋、鱼丸、小肉圆、竹笋、青菜芯，加上生姜、料酒、油盐味精，炖成一锅汤。

母亲穿着围裙，弓着腰身在厨房忙碌，辗转于煤气灶台、切板和水池之间。有时我丢下电脑前的稿子，洗干净手想去帮忙。我走过去问：妈，有没有什么我帮着弄的？母亲抬起头，用手背轻拭了一下额头的乱发，大多数时候只是温柔地说：不用不用，你忙你的稿子，待会儿熟了，我喊你过来吃饭。

杂烩汤烧至半熟，母亲会端出事先煮好的一大碗鲫鱼汤倒进去，汤变得乳白。母亲说，这样汤的口味才更加鲜美。随后母亲关掉灶头，再焖盖片刻。

这样一碗寻常却美味的杂烩汤，比火锅少了性烈、多了温润，像一幅生动的画。金黄的肉皮，黑色的木耳，雪白的鹌鹑蛋与鱼丸，红色的小肉圆，青色的竹笋，翠绿的青菜芯，都在乳白的浓汤里相逢与相拥，有一种安稳的满足。

这样一碗鲜美可口的杂烩汤，曾是苍茫岁月里我们最安宁静好的福祉。

27

我是母亲怀上的第二个孩子。母亲偶尔伤感地说起往事：在我出生前一年，怀孕的母亲未被及时送去医院，被小镇上的赤脚医生误事，第一个孩子夭折。

直到母亲在一年后再次怀孕，我像一棵幼小的种苗一样在二十世纪八十年代末偷偷潜进母亲的肚子，重新孕育着婴孩的母亲才稍稍得到慰藉。

但失去第一个孩子的伤痛不会轻易消除，在我出生前母亲依然无限忧伤。母亲后来回忆说，可能就是怀着我的时候她总是郁郁寡欢，无形中的胎教塑造出了我安静内敛、敏感忧郁的性格。母亲还有些惋惜地说，也许是受了她的影响，我尚在襁褓时，就常常只会怔怔地望着周边的突发状况却不哭闹，而同龄的婴儿被他们的母亲抱在怀里，早就哇哇大哭响彻云霄了。

从小到大，我一直不爱大声讲话大声说笑。从前我回想成长的岁月，似乎也找不出一段特别快乐的时光。但现在我明白，有母亲在的这将近三十年的时光，其实就是我快乐的时光。“最好的时光，总是在过去”。

我终于成为一个熄灭所有沸腾，愈加迟缓沉稳地老去的青年人。

28

母亲回忆说，我还在牙牙学语时，就天生对她有格外的依赖。

那时我睡在一架木质的婴儿床里，母亲用双手摇摇晃晃，满面柔光地哄我入睡，眼看着我睡熟了，她蹑手蹑脚地走开想去做些家务，我就仿佛心灵感应一般醒过来。母亲后来嗔怪道，每次只要她一走开，我就神奇地感知，然后睁开眼哇哇哭闹不止。母亲无奈，只好寸步不离我的婴儿床。

这是否是每个孩子对母亲天然而神奇的察觉呢？明明在沉睡，却能轻易醒来。

母亲走了，从此再也不会守在我的床边。我开始习惯一个人孤独入睡，一边想念一边缓缓进入梦乡。我终究像负了心，不再猝然醒来，不再哭闹，不再依赖。

再后来，我读严歌苓写的小说，她笔下的女主人公“是不会哭的，有人疼的孩子才会哭”。同样，我也不会再哭了。

29

这两三年，母亲有好几次问我：抱她的时候，觉得重不重？

有这样一种民间说法，说人在最终时期，身子会变重。母亲问我的时候，以前是跟我开玩笑，后来就是真的在忧心死神了。我赶紧说：不重不重，跟以往一样。母亲说：你说实话，不碍事。我说：真的，妈，一点也不重。

也真是实话，母亲那个时候已经瘦得脱相，只剩一层皮囊披裹着骨架，身体怎么可能还会重呢。

母亲在最后那些时日还有几次让我闻一闻她身上是否有气味。也是民间说老人在走时，身上都有无可避免的异味。我如实告诉母亲：什么气味也没有，真的。

直到最后，母亲的身上都是我熟悉的妈妈的味道：杂糅了衣物的布料味、洗衣粉洗衣液的香气，以及母亲淡淡清香的柔和体味。

她这一生，爱干净到了极致。在她活过的岁月里，她的身上、头发上、衣服上，甚至是她坐过躺过靠过的地方，总是有股淡淡的香气。但其实，她平常从不化妆，只用一盒最廉价的、掏刮得望见弧形边角缝隙的保湿面霜而已。

我不知道别的老人走的时候是不是真的变得身体沉重、发出异味，我只知道，我的母亲永远都是瘦小的身子与淡淡的清香气味。我只知道，那么多次当母亲问我这两个问题时，她心里是有多么忐忑、不安、害怕、难过、忧伤，带着将要离开这个世界的不舍与无奈。

30

很长一段时间我都在想，为什么母亲会这么早就离开我了？我并未贪恋地想要母亲陪伴到我也白发苍苍，我也明白为人子女，终要送别自己的父母这一程。我只是伤痛于为何到了我这儿，离别的日程会提前这么多？我二十九岁，母亲五十八岁，这样的年龄、这样的两代人组合，在人世间有无数仍健在的母子啊。

有一天读到一句话："奔波的人失望离开，留下曾经心爱的东西。"想到母亲。她就是这么一个一生"奔波"的人，她"离开"了，留下我——她"曾经心爱"的孩子。是她也对我"失望"了吗？不然，怎么就离开了呢？

再后来有一天，我想到了史铁生。好像他也曾问过这个问题，好像他也曾在余生花费了很多年来寻求答案。他在《合欢树》中写道："我坐在小公园安静的树林里，闭上眼睛，想，上帝为什么早早地召母亲回去呢？很久很久，迷迷糊糊的我听见了回答：'她心里太苦了，上帝看她受不住了，就召她回去。'我似乎得了一点安慰，睁开眼睛，看见风正从树林里穿过。"

31

正因为在一起的岁月浓密绵厚细碎深长，怎么可以忽然断层不念不想？妈，无论我过得成功还是失意，快乐还是难过，你都不会知道、不会再关心了。

后来我读到一位信佛的女作家扎西拉姆·多多的一篇文章，她在《以神之名告别》里写道："不要嘲笑任何人的心理寄托，你其实无法证明，此生的财富与名利，跟死后的天堂，哪一个更虚妄。"

所以我只能这样慰藉自己：有爱不死，思念不灭。生者记忆不灭，逝者便能永存。如此，每个往生者就可以有两次生命：一世是自己活，亲历人间；另一世是活在爱他（她）之人的心中，直到那后来人也成灰入土。

32

写了这么久的往事，初衷是想挽留住那些消逝的时光。

因为记忆太汹涌，它们会时刻淹没我，然后又迅疾抽离，让我怅然若失。也因为记忆终究是个不可靠的东西，它们总会一点一滴慢慢淡却。我害怕自己不知道哪天会渐渐遗忘。写下来之后，就好像可以一直拥有。

这场写作旅程，便是一次挽留、一次封存，也是一次告别、一次放手。我以为它能给母亲的人生做一点补遗，其实对她的人生毫无更改——她不会回来了。这让我倍感失落与挫败：莫非我们只能在逝者长逝后才肯回头去缅怀？世间所有“子欲养而亲不待”的悲哀莫过于此。

我想用书写的方式给母亲的一生留一些纪念，其实更像是给我自己的一场救赎。我只能希冀在这场旅程中找到自我解答与解救，如同一场旷日持久的、看不到出路也无须出路的修行。

或许它只会使我自愈，别无他用，但也只能如此了。

33

从前念书时，我很喜欢龙应台的散文集《目送》。我下载了有声版，在公交车上听，在返校的途中听，在归家的火车上听，在做家教的夜路上听。

母亲走后，我重读那篇《目送》，才明白从前的喜欢太浅。我方才泪如雨下。

其中写道：“我慢慢地、慢慢地了解到，所谓父女母子一场，只不过意味着，你和他的缘分就是今生今世不断地在目送他的背影渐行渐远。你站立在小路的这一端，看着他逐渐消失在小路转弯的地方，而且，他用背影默默告诉你：不必追。”

妈妈，从前陪你走过许多路。陪你上街，陪你买菜，陪你逛商场；陪你去医院做核磁共振检查，你躺在巨大的冰冷机器上，缓缓往前滑行；陪你去殡仪馆火化间，你全身穿着寿衣盖着寿布躺在托架上，缓缓往前滑行。

妈妈，最终我目送着你逐渐消失，从光芒万丈渐渐消失成黑暗无边，而我却再也不去追上你了。

34

湿嗒嗒的雨绵延了好几天。

将换洗的衣物挂在屋内通风明亮的地方，想起从前住在小屋的日子。

那时也常有这样的阴雨天，母亲总有办法将衣物烘干：湿袜子、湿鞋垫用纸巾包好，贴附在生好火烧着水壶的煤炉子外壁，再用一圈皮筋牢牢绷住；湿手套、湿毛巾也用纸巾包好，紧紧压放在正煮饭的电饭煲或高压锅的盖子上。

这样无论是湿袜子、湿鞋垫，还是湿手套、湿毛巾，在没有阳光的雨天，也能很快烘干，变得温热而柔软，给我穿戴着去上学、去上班。

转身去厨房，舀米、淘水，给自己熬粥，发现因为阴雨天连绵，受潮的米桶底层生出一些黑色的米虫。母亲从前管它们叫“牛子”，她会拎着米桶到放晴的院子广场上，摊上报纸，倒出米，让“牛子”全部爬光，留下洁白如新的大米。

无论遇到什么困境与难题，母亲总有生活下去的既笨拙又巧妙的法子。

而现在，我一个人望向湿嗒嗒的孤独的雨云，突然很想念那样的日子。

35

仍然在很多时刻觉得恍惚。

我怎么会从那样一个并肩陪着母亲一起走路一起说笑一起聊天的男人，一下子被抽离被拉开被分割，忽然变成一个如今在给母亲烧纸烧锡箔的人子？

仿佛中间那么多漫长的温存的痛苦的煎熬的麻木的冷漠的放弃的过程，都被轻省了，都在那一刹那失忆了。如同那些纸钱，无论堆叠得多厚，也会在熊熊烈火中摧枯拉朽呼啸一般，瞬间化为黑色的灰烬。

后来我曾想，这一生我活得越久，离母亲也就越来越近，将来还会在彼岸重逢；可是活得越久，别离也就会越久，好像离母亲越来越远，再也回不到从前的日子。两种矛盾的念头交织萦绕。我知道我们之间的距离会被时间和空间拉长，哪怕母亲一直住在我的心里，但是想起和母亲在一起的时光，想起与母亲经历过的点点滴滴，会越来越觉得遥远。越觉得遥不可及，越觉得恍如隔世，越觉得陈旧泛黄。但我还是会尽量活久一点，至少这样，思念也就会长一些。

可是啊，妈妈，我很害怕几十年后当我还活在这世上，想起你的时候，想起那些与你一起走过的岁月，竟像是很遥远、很遥远的一场梦了。

36

关于“永远”，从前有句话很文艺腔，叫“永远有多远”。

因为我们都知道这个世界上没有什么是永远的，爱啊，恨啊，怨啊，憎啊，相聚啊，离散啊，亲近啊，拥有啊，都不会是永远的。我们逐渐知道，要只争朝夕，要活在当下，要把握现在，因为没有永远。

但我现在觉得人生是有“永远”这一回事的。

比如，你走了，就永远不会再回来了。

37

母亲走之前最后几天，常常握住我的手，舍不得我走开。

我知道那是母亲对人世的眷恋，对我的眷恋。母亲心里害怕。谁不害怕死亡呢？任何人，即使他信誓旦旦地说自己无惧死亡，但真的面临那样的时刻，谁不留恋这爱过、恨过、呼吸过的花花绿绿的人世间呢？毕竟，虽说“活着”的留下的人是在尘世受苦，但“死去”与“亡故”更是空荡荡的虚无。

那几天，母亲变成了柔软而疼痛的孩子，她害怕离开我，她害怕我离开她。最后那些日子，有天我抱着战栗的母亲，在母亲耳畔对她说，妈妈不怕，离开人世并不是真的离开，灵魂会永远存在，灵魂会一直都在的。我以为这样说能慰藉母亲，减轻一点她的恐惧与害怕。

但在母亲走后，我一次次深感懊悔，我不应该对母亲那样讲。为人子女，怎么可以那般劝慰父母从容赴死？母亲还在为了我痛苦地坚强着支撑着，我竟告诉她，不用再坚持再支撑着了。

那样的时刻，我本该紧紧搂住母亲对她说：妈妈不怕，儿子在你身边，无论发生什么，儿子都会守在你的身边。我本该说：妈妈不怕，我会一直、一直在你身边。

38

妈妈，原来人活着要有所寄托。是的，寄托。

你的寄托是我，而我的寄托不是你，至少不完全是你。这好不公平啊，妈妈。

可是，我还是要去寻找或者创造出别的什么崭新的寄托，然后像个负心人一样善忘地、背弃地、薄幸地活下去。

没有机会再对你道一声“对不起”或者说一句“我爱你”。这是无法脱离的苦海，无法寂灭的执念。哪怕我知道，人生总该是好了伤疤就忘了疼，擦干眼泪就继续活下去的。哪怕我知道，往后的岁月，总该与人世有些新的寄托、新的维系、新的牵绊。哪怕我知道，人生也许就在这样的了悟里，走下去了。

39

回头张望，母亲这一生足够“傻”。

她的傻，是明明离了婚，却放不下她的孩子。要是她重新与一个人结合，重新生个孩子，过上另一种生活，说不定也会有另一番人生。可她还是选择了我，她还是牵着我的手让我依靠在她的身旁一起踏上茫茫前路。

她的傻，是无法狠心丢下她在这世间已有的孩子，她做不到给自己重新建造一座罗马，她将我视作了唯一。这个孩子，后来长成了我，曾给她带来快乐，带来慰藉，也带来苦难，带来原罪。

她的傻，是在生病后这么多年，从未跟我说过一句“我今天特别不舒服，你早点回来”或者“明天别去上班了，在家照顾我吧”。无论她有多疼痛，她总是一个人硬撑着、将就着。她撑得住孤独与寂寞，即使摔倒了，也自己咬着牙爬起来。她只是希望我好好的，别因为她而耽误我的工作、前程与人生。

她的傻，是对亲友都好，甚至有时候过于真心。她对所有的娘家亲戚、朋友邻居，都尽了她所能表达和付出的爱与善。她却心心念念着不能给亲友增添麻烦，即使那是她的兄弟姐妹，即使我们是她在这个世上仅有的亲人。她至终完全不对谁有所亏欠，只是我们都亏欠她的。假如我们都对她更好些，母亲的人生会不会多些圆满？而活着的人，人生也能少些遗憾？

假使她对谁有所亏欠，那只有一个人——母亲最对不起的，是她自己。

40

母亲患癌后这几年，我也在偷偷查阅资料获悉疾病的走向。了解，但并不全信，是盲目，也是乐观。我们都不知道癌症最终的面貌是什么，但也许都清楚最终的结果是怎样。我甚至想到过“病入膏肓”这四个有点难写的字，当它们残酷地降临到母亲身上时，我该怎么做？在我还没想明白的时候，已经来不及了。

最后这大半年母亲病况加剧、疾痛袭身时，也许会对此生心有不甘。这样的不甘是存在的。谁能不对命运怀有抱怨呢，更何况母亲尚未年满六十，连老去的岁数都算不上便已日薄西山？母亲一生仿佛因我而燃烧，为我而熄灭。人的一生有千万种可能与走向，母亲为何因我而困住了后半生的大把时光？

可是，母亲竟无悔于这样的不甘，她默默地接受了这样的不甘，然后在最后一天临走前对我说：她爱我，这个世界上她最爱我。

41

想找几张旧照片，却翻出一些母亲的古老物件。

夹在有陈旧气味的书里的，是一张用牛皮纸信封细心包好的深蓝色复写纸和三张一寸的黑白照片。照片有切割得像波浪线一样的锯齿花边，是那个时代风靡的特色。黑白照片上年轻的母亲很美，烫着那时候流行的波浪卷发型，双眼有神，嘴唇微张地笑着。

还找到一张母亲念小学六年级时的毕业证书，印着毛主席语录，正文用毛笔字写着母亲当时的学号：贰拾壹，以及“1973 年，完成全部学业，准予毕业”的字样。那年母亲十四岁。想起朱丽叶与罗密欧相爱的时候，也是十四岁。十四岁真是太美好的年岁。

还翻出一封信。是二十年前，母亲离异后带着我，遇到的新的人给她写的情书。某个姓梅的男人，在一张 A4 大小的白纸上用圆珠笔写成正反两面，密密麻麻，偶尔夹杂潦草的错字与重写的涂改，但皆是真挚的表达。这张信纸已经斑驳泛黄，蓝色的圆珠笔迹洇出重影，是旧时光的遗证。母亲后来当然没有跟小镇上这个叔叔在一起。那时除却我，其他的人事物，在她心里都不重要了。

我像偷窥到了母亲生前的秘密。一些美妙的、潮湿的，如同在月夜下盛放的秘密。

她这一生，也曾有人爱恋，有人思慕，有人记挂，有人怀念。

多好啊。

42

曾与母亲有过关于下辈子还要做母子的谈话，当时却是漫不经心的戏谑玩笑。

今时今日，我当然渴望若有来生，仍可以与母亲做亲人。只是下辈子不再做母子，换成做父女。我做父亲，她做女儿。让我抚养她长大成人，让我为她哭为她笑，为她心力交瘁，为她满头白发，为她觉得全世界都不及她重要，为她觉得只要她过得好好的，这世间漫天的烟花我都可以不理不顾不看了。

可是我又担心地想，如何做才能让母亲等到我下辈子成家之后，刚好就能成为我的孩子呢?

43

妈妈，其实我不知道你在哪里。我知道你还在我身边，可我不知道你在哪里。

他们说你在墓地，我去墓地，可是我觉得你明明还躺在家里的小房间。他们说你会回家看看，我在你住过的两个小房间失落地走来走去，可是空荡荡得只听见我的脚步声。你不在墓地，你在家里，你不在家里，你在墓地，我突然迷糊起来。

妈妈，当我想跟你说说话的时候，你是在卧室里，厨房里，餐厅里，客厅里，墓地里，还是在天空，在星河，在大地，在海洋，在森林，又或者是在我抵达不了的地方，在某个同样运转的时空里?

我不知道你在哪里。你终究化作万物。你变成山川河流、日月星辰、花树草木、风霜雨雪。只是，我再也没有了一个真实可感、可触摸、可抱拥、可牵拉扯绊、可对其倾诉往后余生的忧欢的妈妈。

你从此是“半人”，活在我的故事中。我从此是“半鬼”，留在逡巡往昔的梦里。

44

第一个没有了母亲的春节，第一个独自一人过的年。

像往年母亲在时一样，在家中备好糖果糕点，整齐细致排列在果盘里，招待亲友登门拜访时食用。其实从冬日晨光微亮到初春暮色落沉，都没有人来。母亲走了，有些亲戚朋友的牵系也就从此断了。人世茫茫，大抵如此。

转身进厨房，炖一锅汤，慰裹风尘。在人世间，当人们各自奔赴团圆而我不再有团圆时，至少这一锅汤还能暖胃。

张爱玲说在没有人与人交接的场合，她充满了生命的欢愉。那么，我也可以聊以自慰说，在没有人与人相逢的每一个深夜，充满了世间与我两两相忘的“欢愉”。世间的人，你们有恋人、家和春节，我有诗篇、回忆和酒。

只是啊，这样的诗篇，没有回应；这样的回忆，没有触感；这样的酒，没有温热。只是啊，我还是想念从前，想念母亲在的时候，想念学生时代。

孩童时，我是清晨贪睡懒觉的迟到大王。那时，母亲总是早早就起床，为了让我多睡一会儿，她蹑手蹑脚地轻声动弹。等我睡眼惺忪地爬起身，清晨的一切都被母亲打点好了，崭新鲜活地等待和迎接着我：牙刷上挤好的牙膏，洗脸盆中倒好的热水，垫好鞋垫、系好鞋带、只要我将双脚套进去就能轻松穿上的摆在门口的运动鞋，饭桌上盖着盖子保温的早餐……

那最好的时光，连同那样一个忙碌在金色晨光中的母亲，都消逝了。

45

你的离去，如果有一丁点善意的解释，那就是你终于可以好好地睡上一觉了。

妈妈，你走的那天安静地平躺在木板上，身上穿着寿衣，双手握着两束香摆在身旁，双脚也对齐了，看起来很整洁。你终于可以好好地睡上一觉了。

你那么平静安详，看起来一点也不痛苦不难受了。我多么想你爬起身来继续和我说说话，可是你再也不愿动了。你终于解脱了，既没有了病魔折磨的疼痛，也没有了空盼儿子成家的煎熬。妈妈，从此你可以想睡多久就睡多久了。

妈妈，多好啊，你终于可以好好地睡上一觉了。

46

母亲走后，这一年我过得很短暂，这一年我过得很漫长。

这一年里，家里的小乌龟也走了，一度生得肥硕巨大甚至开出花来的芦荟、玉树等几盆植物也在岁末那场寒潮中连根冻死。母亲不在了，它们仿佛也纷纷经历了悲喜、寂灭、欢苦和盛衰，逐一与我告别。

以及，冰箱里还冷冻着一些去年的食材，钟表停了又转，灯火熄了又亮，小城又新开了几家大的连锁超市，门前的积雪与灰尘来了又去、去了又来。然而母亲看不到了。这些世态，都与往生了的母亲再无关联了。

春夏秋冬又一春。从前的四季也是这般更换的，但母亲走后，我比以往活过的近三十年更能格外感受到大自然所谓的“春回大地，万物复苏”。门前门后的树木花草开始吐出嫩绿的新芽，可是离去的人不会再回来了。

这一年里我写往事，写回忆，却时常对我出生之前母亲的生活感到茫然无知。毕竟那是没有我的岁月，我们是两代人。中间隔着三十年，我才成为她的儿子，她才成为我的母亲，我们才成为世间一对平凡的母子。

我以为那样横亘的三十年已足够称得上是岁月的深渊，其实不然。在成为母子，在相逢与团圆了近三十年之后，我们又彼此永失——母亲走后，我才是真切地与她相隔漫长的、无法预知重逢与终点的、连呐喊也没有回音的岁月的深渊。

47

史铁生在《我与地坛》里写过那些苍黑的古柏：“你忧郁的时候它们镇静地站在那儿，你欣喜的时候它们依然镇静地站在那儿，它们没日没夜地站在那儿从你没有出生一直站到这个世界上又没了你的时候。”这样的感受，也是古诗云“庭树不知人去尽，春来还发旧时花”。有时候我觉得，我也开始羡慕起冬去春来的那一棵树、一朵花、一片云、一条河。

都说人是万物的灵长，但人有生老病死。人类奔跑、说话、生活、爱憎，最终都化作青烟消失得悄无声息。而公园里、街道两旁，那些千百年的树木依然苍翠挺拔。因为树枯槁了会发新芽，花萎谢了会绽新枝，云被暮色遮盖之后第二天还可以重新飘浮，河流冻结了也有春暖通融之日，连建筑物坍塌为废墟之后都可以重塑，可是人的生命呢，假如并无往生、只此一世，那是多么荒凉啊。

有时候走在房前屋后、大街小巷，看到这样“镇静地站在那儿”

的松柏、花朵、云层、河流时，我就会怔怔地想一会儿母亲。

它们知不知道我的母亲已经不在了呢？说不定母亲曾经抚摸与倚靠过的一棵树，低头爱慕地深嗅过的一朵花，抬头痴痴仰望过的一片云，俯身捧水解渴过的一条河流，它们都曾与母亲短暂地片刻相逢过，而如今母亲不在了，它们依然镇静地存在着。它们会想起我的母亲吗？

48

从前看老电影，就只是在看电影；母亲走后看老电影，不只是在看电影。

在观看一些老电影的过程中，会比从前多了一份刻意，去留心电影上映的年份，然后下意识地在心里计算出母亲当时的年岁。

看一九三四年阮玲玉演的无声默片《神女》，电影上映二十四年之后，母亲才会出生呢。它讲述一个平凡女人，为了孩子可以具有另种力量，超越凡性，也超脱肉身的枷锁与俗世的小我，然后成为神。原来，母性的光辉亘古至今。

看一九五二年黑泽明的《生之欲》、一九五三年小津安二郎的《东京物语》，各自一百四十三分钟和一百三十六分钟的片长像浩渺的岁月缓行，又像细腻的静水流深。看完想起中国的两句古语“人生天地间，忽如远行客”，“子在川上曰，逝者如斯夫”。这两部黑白电影上映的年份，母亲还没出生，人世间没有她更没有我，“世界”这两个字对于我们都是无意义的混沌，那个时候我们在哪里呢？

看一九五八年的日本电影《楢山节考》，影片讲生而为人是福也是祸，从虚无中来，回虚无中去。那一年，是母亲出生的年份，当她清亮地啼哭着，睁着圆滚滚的双眼第一次看到这个人间，心里会想到些什么呢?

看一九七二年的瑞典电影《呼喊与细语》,讶异于导演英格玛·伯格曼怎么可以将生命拍得如此复杂、绝望、细密、挣扎与丰富。那一年,母亲已经长到了十四岁,才小学毕业,是一位水嫩嫩、脆生生的美好少女。

看一九八一年的《伤逝》,鲁迅小说改编的电影充斥着大段旁白,写满了无常也写满了忧伤。那一年,母亲二十三岁,她会在心中有暗暗喜欢的男孩吗?

看一九八四年严浩导演、顾美华与斯琴高娃主演的《似水流年》,电影像一首散文诗,女主角匆匆地来又匆匆地离去,每个人都会变更和老去。那一年,母亲二十六岁,也许正准备着婚嫁,心中也曾有几分喜悦与伤感。

当这些老电影上映时,母亲都在做些什么、怎样活着呢?我找不到答案,这皆是我还没有出生的年份,我只能在打开这样一部部老电影的同时,仿佛穿越到母亲的青春光阴,仿佛可以微渺地探究与触摸到母亲的血肉之躯在时代洪荒里碾过的车辙痕迹,从而有了某种补缺的回溯,与拾遗的遥相呼应。

49

成年后的母亲,这么多年离家、谋生、成家、生子、漂泊、奔波。但无论过去多少年,无论是在哪里,她都还记得书本上最后学到的一篇课文,还能熟练地背诵出文中出现的司马迁讲过的话:“人固有一死,或重于泰山,或轻于鸿毛。”是啊,人固有一死,在漫长的人类史上,母亲的往生也许渺小得不过轻如鸿毛,然而在我的生命中,是重于泰山。

很多时候，我会假想少女时期的母亲。我也想穿越回过去，与她“重逢”一次，去看看青涩纤瘦的母亲，看看她生动的、鲜活的、真实的模样和脸孔。然后我会安静地坐在她身旁，不打扰不惊扰，像个陌生人那样，又像最熟悉的亲人。

如果她冷，我会搂紧她；如果她疼，我会抚慰她；如果她哭泣，我会轻轻拍她的后背；如果她开怀大笑，我也会咧开嘴，直到我们的笑声颤动了身后的枝丫。

50

人生活过三十岁后，才拥有了第一本护照。

那天在办护照窗口，看到“紧急联系人”一栏，手停住了，笔端也停住了。

从前这样的时刻，我总是毫不犹豫地填写上母亲的名字和手机号码，从前我总能随口报出她的一长串身份证号和出生年月日。今时今日，恍如大梦初醒，才发觉我在人间已经没有了母亲，没有了“紧急联系人”。

心里难过起来，怔怔愣住。仿佛从前无论是去往天涯还是海角，总有母亲作为“紧急联系人”在我身后的那份底气和果敢被抽空了。母亲的号码，已经不会有她在那一头接听了，但还是执拗地想把这个位置留给她。

以前听粤语歌，有一句“我也可畅游异国，放心吃喝”，当时以为是一种无牵记无挂碍的洒脱与潇洒，现在才明白它有一层涩然一笑的凄苦况味。以后，“我也可畅游异国，放心吃喝”了。

然后很快回复平静，依旧在“紧急联系人”那一栏，郑重而工整地写下了母亲的名字和手机号码。

51

有时我假想：母亲现在在哪儿呢，她会不会想起我？

后来我想明白了，我不用母亲想念我，也无须像天下诸多子女那般拜求先人保佑他们在世的福祉和后世的子嗣。因为思念是双向的电波，当我每天在心里唤着母亲的时候，生者的执念是否也会打扰逝者的安宁？更因为母亲这一生为我辛劳，已经够苦够累，怎还忍心让她继续操心？她走之后，应该让她自由自在，应该让她从尘世的亲情枷锁中挣脱，好好地长久地歇息。

妈，孩子自有孩子的欢苦。只愿你仍有意识在某个我暂时抵达不了也触摸不到的地方清醒着，就像魂灵可以在某个栖息地安宁地徜徉。只愿你无忧无虑地云游天地，再也不用记挂我，不用想起我。只要你好好的。

52

有陌生读者在豆瓣日志里发来一首乐曲的链接。

在阴雨的清晨，循环听着这首《Violin Sonata No.21，K.304》。

是欧洲音乐家莫扎特结束旅行，从巴黎回到故乡萨尔茨堡后，写了一支悼念亡母的小提琴奏鸣曲。他的母亲在这场旅行中生病去世。曲中，儿子是小提琴，母亲是钢琴；小提琴如泣如诉、不绝如缕，钢琴已超然于世，象征母亲的解脱，到最后戛然而止，留下颤巍巍的小提琴孤零零地在风中独自颤抖、哭泣。

少年天才的莫扎特如天使闯入凡间，留下美妙乐章无数，最后一部音乐作品《安魂曲》尚未完成，就在三十五岁遁入天国与母亲重逢。他的一生短暂却长久。

妈妈，我会活到多少年后，才能去往天国，去你的世界团圆呢？

53

妈妈，我越来越感到某种“温柔的慈悲”“伤感的慰藉”和“悲观的乐观”。

就像现在，我会内心无比温热潮湿地去想：多好啊，妈妈，我不是活在对你的埋怨、误解或者怨憎里，我活在你爱的记忆里。即使在这样的过程中，我还是会一再觉得疼痛、愧疚、悔恨、遗憾与怅惘，但更多更多的部分，更多更多的时刻，我都是活在你留给我的丰厚的爱的记忆里。

我不知道我的中年时光、老年时光会是什么样子，但我永远记得，我的青春时光有一个最棒最好最伟大的妈妈。人们都说青春是一个人的生命里最美好的时候，那么在我最美好的青春岁月里都曾有你在场，这已足够了。

多好啊，你会继续活在我的想念里，我会继续活在你爱的记忆里。

54

妈，又到春暖花开的时节。你已走了一年多。

许多曾发生过的往事，它们从记忆仓库中唤醒我，并教我一再回头张望的时刻、地点、情境，从“去年今日”逐渐变成“前年今日”，再有多少年过去后，它们又将变成“几年前的今日”“几十年前的今日”……我遥遥地怀念起的，终将是几年甚至几十年以前的那一轮昏黄的月亮。

每当我说起“母亲在世时”这五个字时，仿佛那已是亘古以前的旧事了。终究有一天，我需要很用力地回想你说话时的语气、神态和动作。你的笑声或怨责声，开心或生气的样子，竟都恍如隔世，再也不能感受真切了。再也无法触碰，无法清晰浮现脑海，无法精准生动描述。是我太薄情，还是时间走得太快了？

回想你领我走过的近三十年的岁月，我们一同携手走过的路，其中的崎岖与曲折，多像一场恍然大梦，我终于能够体会他人所说的“人生如梦”“浮生若梦”。可这梦又是真实存在过的，它如此丰盈、华美、宝贵和厚重。

能怀着这样一场梦的回忆活下去，过完这一生，也很好。

真的深深谢谢你，妈妈。

55

有一部台湾电影叫《百日告别》，是导演为寄托对亡妻的爱与思念而拍摄的。

在参加某一档访谈节目时，这位导演说：在每个导演的生命当中，都有不得不拍的作品，《百日告别》就是如此。必须要完成这样一部电影，必须要跨越了它之后，人生才能继续向前走下去。

我终于能够体会，面对亲爱之人的离去，难的是“挽留”，更难的其实是“放手”。我一直在用力回忆、用力书写、用力“挽留”，原来总该给自己一个期限，也给离去之人一个期限，告诉自己：花开花落终有时，到了应该“放手”的时候。

这一年来，从春到冬又到春，我用了很多心思、精力与时间来写这部回忆录，我想也是这个道理。或许在每个人的生命里，都有一些不得不说的话，不得不表达的爱，不得不经受的告别。它仿佛是我一生之中必须要做的重要事件之一，只有当我写完之后，人生才能继续向前走下去。从此，该将这一桩“在此处”放下了；往后，我须得替自个儿“在别处”活着了。

妈，虽然对你的爱、愧疚与思念是永远都写不完的，但在用力“挽留”之后，我终于懂得，终究要学会“放手”。

56

生老病死，是人类永远无法回避与缺席的命题。但人类永远喜闻乐见于“生”，讳莫如深于“死”。这是人类的软肋，也是普世的常情。

电影《百日告别》里有四幕关于头七、五七、七七、百日的黑底白字的题词。最后一幕，它说：“百日，此日为卒哭祭，至此之后，不能再哭，活着的时间，已包含进死亡的时间里。”“如光在影之中，如喜在哀之中。”

是啊，“放手”并且“走下去”，除此以外，的确找不到更好的路了。

妈妈，你像花开花落，深爱终有离别。你走之后，我只能像这样揉揉伤口，拍拍尘土，哭哭笑笑地爬起身来，继续走下去。

57

人，是靠什么而活着？是期盼，是希望，还是信念？

有人觉得自己的生命是最宝贵的，也有人是为了比自己生命更珍贵的东西而活着。那些“比生命更珍贵”的事物，可以是某个人、某件事、某样物件、某段爱、某份仇恨、某场记忆、某种理想或者主义。

母亲就是这样活着的。为了比她自己的生命更宝贵的孩子，母亲用力地活着。而我以为我也将她视作比我生命更宝贵的人，却远远不曾做到。我只是在她走后，才发现我再也没有了原本比生命更宝贵的那个人。

我终于想抚养一个孩子。试着去努力，当一个好爸爸。我希望像我的母亲一样，将孩子视作比生命更宝贵的存在，好好抚养他长大。

也像是想重走一遍母亲走过的路。从头开始，从头再来，将母亲的人生重新活一遍。我想，我会变成她。

58

妈妈，你走之后我才懂得，人的一生，就是为另一个人割骨剜肉、呕心沥血过，才是有意义，才是没有枉过，才是酣畅淋漓、痛痛快快地活过。在这一过程中，所有的喜悦也都因为这痛苦而更加清澈可见，更加厚重而且有所附丽。

妈妈，即使被他辜负，被他误解，被他伤到心，也会被他永远记住与想念。

这么一个人，也许是爱人，是亲人，是孩子，是维系紧密的人，是我们对待他比自己的生命更重要的人。我也想有那么一个人，能像你为我一样，为他那样活过。我会像你一样，无畏无惧，无怨无悔，从始至终。

59

我想我应该会成为一个好爸爸。抚养一个孩子长大成人，像这世间每一位寻常的父母那样，也像我的母亲一样。哪怕我从不知道一个父亲应该是什么样子的，因为我并未有过这样的榜样。但我想，我可以变成一个像我母亲那样的父亲。

很多年以前，我在文章里写过：将来我如果有了小孩，女孩的话会叫她“欢”，清欢的欢，女孩不要像母亲那样，她的一生过得太苦了，女孩就要无忧无虑快乐一些；男孩的话会叫他“锐”，锐利的锐，男孩不要像我这样，太柔软太敏感，男子就应该棱角分明、锋芒刚硬一些。

回头想想那时候，我的人生构想多美好啊——有母亲，有孩子，有一个家。

而现在，我希望倘若以后有了孩子，女孩子叫“朵朵”，男孩子叫“天天”。因为母亲的名字里有一个“云”字。这样的话，她与我的孩子就会像云朵，就会像天空之中永远挂着一片云。

我也会告诉我的孩子，你有一个很好很好的、素未谋面的祖母，她是你的奶奶。她曾经深深爱着我，就像我如此深深爱着你一样。

60

妈妈，你的离去像漫长假期。

我的继续活着，也像离开你而去往花花世界的一场旅行。

如果这是一条河流，人间世是一次泅渡，那么，你已经上岸了，而我终将也会上岸，抵达你所抵达的彼岸。隔开我们的只是时间，而不是爱、陪伴和想念。爱、陪伴和想念会一直都在。我们只是暂时被时间隔开，见不了面。

我想，那些离开了这个世界的人，从离去的第一天开始，其实也是留下的人踏上与他们重逢旅程的第一天。我会在人间继续好好地活着，鲜活、热烈、真实地活着，并且在路上，永远思念着云上的你。

所以我觉得，我们终究还会再相见。再过五十年，更长或更短，到那时，我们在天上见。与你重逢的那一刻，我也许会哭，但也许会笑吧：

“啊哈，好久不见呀，妈妈。”

图书在版编目（CIP）数据

云上：再见啦！母亲大人／不良生著 .—北京：
北京十月文艺出版社，2020.4
ISBN 978-7-5302-1981-2

Ⅰ.①云… Ⅱ.①不… Ⅲ.①散文集—中国—当代
Ⅳ.①I267

中国版本图书馆 CIP 数据核字（2019）第 152279 号

云上：再见啦！母亲大人
YUNSHANG ZAIJIAN LA MUQIN DAREN
不良生 著

出　　版　北京出版集团公司
　　　　　北京十月文艺出版社
地　　址　北京北三环中路 6 号
邮　　编　100120
网　　址　www.bph.com.cn
发　　行　新经典发行有限公司
　　　　　电话 (010)68423599
经　　销　新华书店
印　　刷　肥城新华印刷有限公司
版　　次　2020 年 4 月第 1 版
　　　　　2020 年 4 月第 1 次印刷
开　　本　880 毫米 ×1230 毫米　1/32
印　　张　10
字　　数　232 千字
书　　号　ISBN 978-7-5302-1981-2
定　　价　59.00 元
质量监督电话　010-58572393
如有印装质量问题，由本社负责调换。